金山公园大门

焦山定慧寺

北固山甘露寺

天下第一泉鉴亭

南郊玉蕊亭

北固山公园大门

编委会成员会议：沿桌自右至左为孔庆濮、陈智勇、肖伟敏、吴林森、欣士敬、陈东辉、杨传惠、罗戎平

编委会成员在景区采风，图为蒜山公园京江亭

焦山壮观亭

五条街唐老一正斋

南郊风景区读书台

古今镇江楹联

吴林森 主编

苏州大学出版社

图书在版编目(CIP)数据

古今镇江楹联/吴林森主编. —苏州:苏州大学出版社,2007.12
ISBN 978-7-81090-994-5

Ⅰ.古…　Ⅱ.吴…　Ⅲ.对联—作品集—中国　Ⅳ.I269

中国版本图书馆 CIP 数据核字(2007)第 193131 号

古今镇江楹联
吴林森　主编
责任编辑　许周鹣

苏州大学出版社出版发行
(地址:苏州市干将东路 200 号　邮编:215021)
丹阳市教育印刷厂印装
(地址:丹阳市西门外　邮编:212300)

开本 850mm×1 168mm　1/32　印张 12.5　插页 2　字数 310 千
2007 年 12 月第 1 版　2007 年 12 月第 1 次印刷
ISBN 978-7-81090-994-5　　定价:22.00 元

苏州大学出版社营销部　电话:0512-67258835

《古今镇江楹联》编委会

凡 例

一、本卷遵照中国楹联学会制定的《中国对联集成》编纂方案和江苏省民间文艺家协会、江苏省楹联研究会有关文件进行采集、选编。遵循"求大同、入选"作品均与镇江的人、事、物有关；力求符合科学性、全面性和代表性。入选作品一般均具有较高的文学性、思想性，或具有科学研究和生活实用等多种价值。

二、本卷对联作品主要选自历史文献和本市（含丹阳、丹徒、句容、扬中、京口、润州）联家、楹联爱好者及有关单位提供的资料，部分作品选自本市名胜古迹景点、寺庙、园林和有关方面的现场采录，还有一些选自公开出版的书刊。

三、本卷作品按内容分类编排，共分山水类、园林类、古建类、宗教类、居室类、行业类、题赠类、喜庆类、哀挽类、巧妙类、文艺类、集名类、故事类、杂题类等14个类目和60个子目。

四、同一对联采集到多份资料的，按采录时间的先后，择优选用。

五、本卷作品均标明作者姓名。正文下面（除全国性著名人士外），一般均有"简介"。同时记述景点介绍、背景情况和采录供稿等，前面已介绍的后面不再重复。

六、由于是"集成"，简注力求符合作者的原意和实际情况，否则宁可不注。

序

楹联作为一种独立文体，根植于中华民族悠久传统文化的沃土之中。一千多年来，它以其独有的形式和特定的风格，愈来愈被文人雅士以及广大老百姓所喜爱。

楹联至清代已达鼎盛，形成了与诗、词、曲、赋并驾齐驱的文学现象，有着很强的实用性、通俗性和地域性。

楹联有区别于诗词的独特属性和创作规律。除字数相等、内容相关、词性相对、音节相谐外，还属于“声偶文学”的一部分。楹联俗称对联，又曰春联，民间一直有“二十三供灶王，二十四写大字，二十五磨豆腐”的俗谚。所谓“写大字”，即写春联。老百姓腊月二十四起开始写春联，除夕贴出，一为喜庆，祈祷吉兆；二为避邪，盼望吉祥。

楹联的基本特征是词语对仗和声律协调，是一种汉字音形义一一相反的对称文学。在中国文艺百花园里，是一枝别具特色、独具魅力的奇葩。

镇江是国家级历史文化名城，有着3000多年的文明史，文化底蕴十分深厚，是吴文化最初的发祥地之一。古往今来，人杰地灵的镇江吸引了无数文人墨客来到这里，萧统、陶弘景、王昌龄、李白、白居易、范仲淹、欧阳修、王安石、苏轼、陆游、米芾、辛弃疾、郑板桥、龚自珍、康有为等，均在这块文化沃土上留下了许多流传千古的佳作名篇。

和其他文学形式一样，镇江地区也产生过一批有影响的楹联大师，留下了数以万计的佳联妙对。

作为《江苏楹联集成》的重要组成部分，镇江市民间文艺家协会的同仁把编纂《古今镇江楹联》作为一项神圣使命，遵循中国楹联学会“求大同、存小异”、“严而不死、宽而不滥”的要求，按科学性、代表性、艺术性的原则进行识优选编，考词订句，精益求精，数年来不计报酬，淡泊名利，八易其稿，克服了许多困难，特别是财力的困难，今日终于面世，可喜可贺。

楹联文化堪称中华一绝。所谓绝者，一是由我国始创；二是为我国独有(他国有之，亦源于中国)。因而《古今镇江楹联》一书的出版，无疑是抢救和弘扬镇江地域特色文化的又一重要成果，是继承前人、有益今人、造福后人的一件大事。

在镇江这片文化沃土上，能为人民群众提供精美的精神文化产品，是每一位有良知的文化人的天职。鉴于此，作为本书主编，我对成书过程中支持、关心我们的各级领导、各位专家学者及广大联友，致以最诚挚的谢意！

文章千古事，得失寸心知。

是为序。

吴林森

丁亥年十月二十七于谷阳

(作者为镇江市民间文艺家协会主席、研究员)

目录

第一章 山 水 类

颂 长 江

李宗海

发源于青海巴颜喀喇山，跨四川，穿三峡，渟五湖，浩浩荡荡，流经万里

毓孕乎中华民族文化史，肇两汉，越六朝，沿百代，麟麟炳炳，光耀千秋

——《李宗海先生诗词楹联选》

扬 子 江

汪 玢

南徐此大镇 中国有长江

扬 子 江

许图南

万里奔腾，无如此水 高峰掩映，有美三山

赞 镇 江

李宗海

是山水雄秀之区，有长江浩荡，金焦耸峙，北固巍峨，南郊静幽，堪供游览

为人文荟萃之地，忆太白英豪，苏米风流，存中健笔，稼轩伟略，足示楷模

——《李宗海先生诗词楹联选》

镇　　江

《镇江志序》

内连天堑　外蔽日畿

《齐志》　　　　又

因山为垒　缘江为境

《隋志》　　　　又

东通吴会　南接江湖

曾　巩　　　　又

西接汉沔　北距淮泗

爱新觉罗·玄烨(清康熙帝)　又

吴会人文因气秀　金焦峦势起弘观

——以上均选自《清乾隆镇江府志》

题 镇 江

庄德新

长江为砚，金山为墨，宝塔为笔，绘出九州美景
铁轨作经，枕木作纬，火车作梭，织成四化宏图

题京口风光

朱庚成

粉本遍南郊，烟雨鹤林颠老画　名区称北固，风光满眼稼轩词

题镇江三山

夏友兰

走马试锋，渡江击楫，白发凭栏，红颜擂鼓，想我九州，多少英雄儿女
三山并峙，万里奔流，汽笛长鸣，人声鼎沸，纵观两岸，无边美好风光

题金焦二山

田翠竹

两点金焦，看长江起落浊清，目光敏锐
一群鸥鹭，傍明月阴晴圆缺，心地安详

——以上均选自《中国对联宝典》

镇江三山三寺

李宗海

问京口名胜为何，有北固尊严，金山富丽，焦山韶秀
喜南朝遗踪犹在，看招隐苍郁，鹤林雅静，竹林幽深

——《李宗海先生诗词楹联选》

九 华 山

赵曾望

寻山自此携双履 听雨何缘卧小楼

[简 注] 九华山在镇江南郊。

圌 山

赵曾望

壁立万仞 关封三江

——《中华名胜对联大典》

[简 注] 圌山在镇江东郊长江边。

茅 山

华阳境天，地肺名山 三峰混合，万古圣乡

[简 注] 茅山在句容、金坛交界处。

爱 句 容

李 锋

三茅爱地胏，得道升天界，有恩民众，句曲更名茅山
二葛居句容，术成迁南国，无愧后人，崇明又号华阳

赞 扬 中

陆远鸿

创生态平衡，造人间净土
凭科技兴市，育水上明珠

陆远鸿

又

桥渡相连，长江不再成天堑
科教并举，宝岛而今臻百强

颂 绿 洲

王德山

金浪涛涛，放眼河山添秀色
绿洲历历，倾心风物展新姿

第二章 园 林 类

金山公园

金 山

梅圣俞

山形无地接 寺界与波分

又

乡连江北树 云断日南天

又

水流心不竞 云在意俱迟

又

天晴秋见海 山润午生云

——以上均选自《金山龙游禅寺志略》

芦中公

又

帆远浮天阔 江空得月多

——《中国名胜楹联大辞典》

又

台骨依云静 江声带雨飞

又

远色带孤屿 虚声涵股雷

梅圣俞

又

结宇孤峰上 安禅巨浪间

又

涧泉缘路缓　山月近人清

又

落日惊涛上　浮天骇浪长

——以上均选自《金山龙游禅寺志略》

爱新觉罗·玄烨　又

一峰砥柱当天堑　万里江山接海门

又

门前一水常来绕　屋后三山不断青

又

天开图画孤峰秀　地涌楼台万派新

——以上均选自《金山龙游禅寺志略》

王安石　又

天末海门横北固　烟中沙岸似西兴

——《宋嘉定镇江志》

［简 注］ 一作王平甫诗。

释无方集句　又

云移塔影横江口　船载钟声出浪堆

又

平分沙界空中色　横截蛟龙水底天

又

江山满目皆诗料　烟雨千家总画图

又

齐梁栋宇金山寺　吴楚乾坤铁瓮城

——以上均选自《金山龙游禅寺志略》

翁闿运　　　　　　又

狂澜避地江成陆　古塔擎天寺裹山

爱新觉罗 · 弘历（清乾隆帝）　又

诗句全从画间得　云山常在镜中留

——《金山志》

［简 注］ 此联现见于金山购物中心大门。

爱新觉罗 · 玄烨　　　又

孤云自往心同远　皓月当空性本圆

——《清乾隆镇江府志》

又

孤峰屹立昂天柱　万舰奔流破海涛

——《金山龙游禅寺志略》

赵朴初　　　　　　又

清风明月本无价　近山远水皆有情

毛　滂　　　　　　又

楼台影压浮天月　钟磬声随过岸风

［简 注］ 此联原为宋代毛滂《登金山》中的诗句，现见于百花洲映日亭。

苏　绅　　　　　　又

僧依玉鉴光中住　人踏金鳌背上行

——《金山志》

又

檐花半落岚光重　木叶乱鸣江雨寒

——《金山龙游禅寺志略》

爱新觉罗 · 弘历　　　又

气接鸿蒙，中流开远势　山浮杳霭，一柱倚晴空

——《清光绪丹徒县志》

[简 注] 此联现见于芙蓉楼二楼。

又

江水涌光，涤尽浊流凡气
巍山耸极，顿开超世旷观

又

屹屹孤高，回狂澜于既倒
滔滔东下，竖砥柱于中流

又

洪流东注吐长江，烟波万里
积水北潮吞大海，雪浪千寻

——以上均选自《金山龙游禅寺志略》

张玉书

又

万顷碧波水晶盘，托起金山寺
一轮明月珍珠伞，普照书经楼

丁绍周集句

又

我辈复登临，旧业已随征战尽
江山留胜迹，天风常送海潮来

——《中国名胜楹联大辞典》

又

金塔冠金山，直上九重擎日月
碧涛凌碧汉，还从万里驾风云

——《金山龙游禅寺志略》

黎天才

又

只手挽狂澜，战事方殷，好统孤军援楚北
一心辅民国，神威默定，直教八日定江南

——吴恭亨《对联话》

潘家麟　　又

故事说千年，掘地得金，日照波心金万点
神州歌四化，渡江浮玉，月升山背玉无瑕

徐砚农　　又

浮玉著江天，佳话千秋，玉局曾经留玉带
掘金稽稗史，神州四化，金鳌长共固金瓯

李宗海　　又

坡老有遗踪，写经楞伽台，放歌妙高台，风流万古
金山多异境，悟佛白龙洞，参禅法海洞，壮丽千秋

——《李宗海先生诗词楹联选》

公园大门

有山有水有林亭映带左右
可咏可觞可丝竹怀抱古今

——实地采录

明 月 亭

伊秉绶

月明如昼　江流有声

——吴恭亨《对联话》

风 月 亭

王　川

风吹扬子春波绿　月照盘陀诗人魂

——实地采录

七 峰 阁

爱新觉罗 · 玄烨集句

溪云初起日沉阁　山雨欲来风满楼

——《清乾隆镇江府志》

枕 江 阁

雄镇冠南徐，浪涌潮来，江海无边天外阔
名山环北固，吴头楚尾，金焦二点望中收

——《中国名胜楹联大辞典》

金 鳌 岭

窦 庠

晴江万里云飞尽　鳌背参差日气红

——《金山志》

至 游 堂

王万泰

胜地南徐山北固　大江东去我西来

——吴恭亨《对联话》

又

古开平

忆从前侍宦来游，楼阁耸清虚，一水周环浮玉影
际此日登高凭眺，沧桑增感慨，卅年依旧听潮声

——《金山志》

玉 鉴 堂

翁同龢集《瘗鹤铭》

天旌厥事事乃集　江裹此山山不浮

——吴恭亨《对联话》

四 宝 馆

李宗海

姬周鼎，诸葛鼓，古物与江山同寿
东坡带，徵明画，名流共岁月长春

——《李宗海先生诗词楹联选》

泽 心 轩

徐嵩峻

一塔耸江天，乘兴登临，且依然月上南徐、云藏北固
六朝留佛地，静心印证，当不忘前贤玉带、胜境金山

——实地采录

［简 注］ 此为旧联，原悬于至游堂。

江天一览寺

入云钟磬随风落　如画亭台压浪平

——《中国名胜楹联大辞典》

［简 注］ 此联现见于镜天园(金山公园大门西侧)。

芙 蓉 楼

楼外烟云连北固　槛前景物见南朝

—实地采录

［简 注］ 楼在金山公园景区内，为近年易地重建。

又

高楼题诗，尚留楚云秋海，上古人何在
寒江送客，如见玉壶冰心，东流水不归

——实地采录

黄后庵

又

蓉楼话雨，雨连吴江楚山，见诗人心志
中泠间泉，泉通龙窝蛟室，涌茶仙情怀

——实地采录

中泠泉大门外

状元才调万株柳　太守风流第一泉

——实地采录

［简 注］ 据《京口区志》，此联作者为颜锈。

中 泠 泉

李宗海

清茗一杯，洗人尘俗　高潭万古，豁尔心胸

——《李宗海先生诗词楹联选》

中 泠 阁

茗外风清移月影　壶边夜静听江涛

——实地采录

中泠泉掬月亭

爱新觉罗·玄烨诗句

天光起水色　云影共波流

中泠泉南棂廊柱

石碣湖东郭璞墓　廊亭水底中泠泉

鉴 亭

栏干斜照未满　江山特地愁余

——《中国名胜楹联大辞典》

周瘦鹃　　又

予初无心皆可乐　人非有品不能闲

——《中国名胜楹联大辞典》

李　髯　　又

肯把须眉傲霜雪　可知寰宇待澄清

——实地采录

王芝兰　　又

水木湛清华，金焦而外，又益名区，却忆曩岁经营，江左风流贤太守
春秋多佳日，簿书余闲，偶来游眺，犹记故乡仿佛，济南潇洒大明湖

——《金山志》

中泠泉茶社

天开云雾东南碧　日射波涛上下红

——实地采录

又

客到座中宜数碗　水是人间第一泉

——实地采录

百　花　洲

爱新觉罗·弘历

三春丽俯云峦上　太古青留水镜中

——实地采录

［简 注］ 横楣为“东君卷幔”。又,此为金山旧联。

百花洲清风轩

陈从周

山抹微云无墨画　竹敲秋雨有声诗

——实地采录

［简 注］ 书写者为钱君匋。

百花洲茶社

苏　轼

云涌楼台出天上　风摇钟磬落人间

［校 勘］ 宋杨璠有《题多景楼》诗:“云捧楼台出天上,风飘钟磬落人间。”《中国对联宝典》亦将此联置于苏轼名下,联名为“题甘露寺飘楼”。

云根岛石排

柳诒徵集句

天地有正气　园林无俗情

——实地采录

［简 注］ 据《镇江文史资料》第29辑，此联原在伯先公园。

郭 璞 墓

［日］中心叟

水底有天行日月　墓前无地拜儿孙

行 宫

爱新觉罗·弘历

泉冷石为瘦　峰高树与遥

——《清光绪丹徒县志》

又

爱新觉罗·玄烨

能使无风浪　常存得静安

——《清乾隆镇江府志》

又

爱新觉罗·弘历

日涌轮高海门近　云来气接巫峡长

——《清光绪丹徒县志》

又

江澄万顷净如练　峰峙一拳高入云

——吴恭亨《对联话》

［简 注］ 此联现见于镜天园（金山公园大门西侧）。

又

到海春潮涨新碧　渡江烟树织遥青

又

烟霞表里因心静　天水空澄触目新

又

瓷碗竹炉皆恰当　新题旧什各分明

又

喜有清音相问答　绝无尘意与周旋

——以上均选自《清光绪丹徒县志》

江 神 庙

爱新觉罗·弘历

灵源派汇襟三远　澄练功符得一宁

——《清光绪丹徒县志》

[简 注] 此景点现已湮没。

昭 忠 祠

赵曾望

山水有英灵，骂贼捐生，试看故里枌榆，犹仗青磷森甲盾
旂常无姓字，褒忠优礼，莫道微臣草莽，长留丹气作波涛

——《江南赵氏楹联丛话》

[简 注] 昭忠祠现已不存。

赵曾望　　又

敢云巾帼不英雄，一死却腥膻，请问尺六锦裙，尺五皂纱，到此应如何位置

自是江山多节烈，孤芳扬俎豆，却忆三生白石，三年碧血，当前谁计及馨香

——《江南赵氏楹联丛话》

忠 烈 祠

当时谁识孤军苦　此日犹闻杀贼呼

[简 注] 忠烈祠现已不存。

长白栋鄂氏福通　　又

正气凛乾坤，报国捐躯，在昔威名留铁瓮
忠心昭日月，酬庸有典，于今庙貌壮金山

——《中国名胜楹联大辞典》

陈钦铭　　又

门外看大江东去，逝者如斯，徒令抔土长封，千古几能绵血食
山头对明月二分，魂兮不昧，从此金瓯永奠，九原当亦慰忠魂

——《金山志》

节　烈　祠

长白栋鄂氏福通

一般取义成仁，奇气不独钟男子
百世报功崇德，殊恩亦宠畀闺媛

——《金山志》

［简　注］节烈祠现已不存。

陈钦铭　　又

节烈萃何时，往事堪悲，芳冢模糊渍血地
馨香酬此日，清名不朽，隔江辉映露筋祠

——《金山志》

吉　公　祠

英　楪

意气如云，旧雨忆金兰，水部十年叨教益
精忠贯日，将星沉铁瓮，江流千尺写英声

——《金山志》

［简　注］吉公祠现已不存。

乔松年　　又

一生心迹我能知，惟有报国忠诚、待人血性
千古声施公不朽，共仰京江大节、沪渎奇功

——《金山志》

焦山公园

焦　山

廖　纶

长江此天堑　中国有圣人

[简 注]　此联原(2002 年前)悬于焦山公园大门。

又

琴伴庭前月　衣无世外尘

又

境静人自远　林深鸟声悦

李宗海

又

是焦光栖隐处　为山川作主人

——《李宗海先生诗词楹联选》

又

三乘教法绵千古　一枕清风值万钱

又

千寻凤阁攀云上　五色龙江抱日流

刘　墉

又

万叠江山工绝唱　三秋水月证参禅

——《中国名胜楹联大辞典》

徐砚农

又

云影波光天上下　瀛洲蓬岛水中央

又

巧把尘劳作佛事　善知方便度群生

又

回看佛国青螺髻　误入仙人碧玉壶

——吴恭亨《对联话》

又

若教便逐蒲轮起　安得清风镇海山

——《焦山志》

赵贺云　　又

细雨斜风来旧雨　高山流水访焦山

——《中国对联宝典》

孙鹉洲　　又

春水绿连瓜步树　夕阳红映蒜山楼

——《焦山志》

郑　燮　　又

秋老吴霜苍树色　春融巴雪洗山根

——实地采录

[简 注]　《中国对联宝典》载:此联名为“题赠焦山啸江大师”。

王文治　　又

胜地千秋崇大隐　名山万古仰高贤

——《中国名胜楹联大辞典》

[简注]　《中国对联宝典》谓联名为“漱石山房”。

高禾生　　又

山径幽深，老柏森森定慧寺
浪花澎湃，波涛滚滚吸江楼

又

琳宇重光，字换笼鹅传八法
碑林永室，铭留瘗鹤炳三山

又

昔曾瘗鹤，一碑尚存，书自古人纷辩论
试比卧龙，三诏不起，山因高士并流传

——《中国名胜楹联大辞典》

［简 注］《中国对联宝典》谓联名为“枯木堂”。

又

庵兴北宋，地处别峰，云水江山观风景
室内读书，殿中礼佛，高低远近听钟声

潘家麟　　又

偃武修文，墨海腾波，瘗鹤奇碑垂万古
经天纬地，长江卷雪，隐贤焦洞颂千秋

丁绍周　　又

适从云水窟中来，山色可人，两袖犹沾巫峡雨
欲向海天深处住，邮程催我，扁舟又趁浙江潮

——《楹联剩话》

［简 注］原文：“吾乡丁濂甫光禄（绍周）癸酉年由四川主试，接放浙江学政，过焦山留联。”

彭玉麟　　又

天堑演楼船，忆瓜洲星火，京口烽烟，曾向丛林听鼓角
海门资锁钥，幸鲽伏鹈驯，蛟潜虬隐，如携杯酒对江山

——《楹联剩话》

［简 注］《楹联剩话》未注明作者，今据《中国名胜楹联大辞典》改。

赵曾望　　又

得瘗鹤铭而拓之，见八法中第一真书，始知翰墨菁华，任鬼忌神谋，不及山灵呵护
问瓜牛庐谁继者，数两汉后无双国士，若论烟霞痼癖，惟公宾我主，庶几水乳交融

——《江南赵氏楹联丛话》

文　殊　阁

林绍年

江山如画　鱼鸟亲人

——《中国名胜楹联大辞典》

林绍年　又

人间岁月如流水　镜里云山似画屏

——《实用对联三千副》

东　来　阁

陈寅谷

留江山不朽　得华石相与

——《中国名胜楹联大辞典》

陈寅谷集曹全碑字　又

为爱凉风开北户　因芟残叶见南山

——《中国名胜楹联大辞典》

任　伊　又

槛外一带沧江，不古不今图画
帘中数声啼鸟，非丝非竹笙歌

——《中国名胜楹联大辞典》

彭玉麟　又

鹰岛白浮空，月涌江流闲鹤梦
象山青入座，潮来窗外有龙吟

——《中国名胜楹联大辞典》

华　严　阁

一片浮玉　十分江景

——《焦山志》

又

大江东去　群山西来

——《焦山志》

松寥阁

陈鹏年

月色如昼　江流有声

——《楹联丛话全编》

［校勘］《京口区志》作“月明如昼”。

又

三山锁京口　此地镇长江

——《中国名胜楹联大辞典》

寥园主人集句

又

楼观沧海日　江入大荒流

——《中国名胜楹联大辞典》

阮　元

又

凌万顷以茫然　障百川而东之

——《焦山志》

［简注］此联现见于“观澜艺术馆”门前。

陈鹏年

又

千年鹤钵依然立　万丈龙宫夺得来

——《焦山志》

又

山云漾起袈裟阔　江月初升殿宇清

——《中国名胜楹联大辞典》

陆凤石

又

欲除后悔先修己　各有来因莫羡人

——《中国名胜对联大典》

许乃钊

又

眼底江山皆净域　毫端兰竹见灵源

——《中国名胜楹联大辞典》

铁 良

又

新渚忽生波岛外　旧题多在薜萝中

——《中国名胜楹联大辞典》

枕 江 阁

吴 云

云连鹰岛白　水抱象山青

——吴恭亨《对联话》

[简 注]《焦山志》上作“山门”联。

彭玉麟

又

商舶夜飞江月白　天门日射海涛红

——《楹联剩话》

许乃钊

又

拍板征歌，唱大江东去　举杯邀友，待明月西来

——《楹联剩话》

爱新觉罗·弘历

又

领要得江山，鼎伏恰依仙隐处
观空参水月，锡飞还傍鹤铭边

——实地采录

彭 来 阁

陈寅谷

水天一色　梅竹双清

——《中国对联大辞典》

又

彭郎之来自澎浪　焦先而后有椒山

——吴恭亨《对联话》

陈任旸 又

不要钱，不要命，经济皆从学问中出
能杀人，能用人，彰瘅悉符好恶之仁

——《焦山志》

观 澜 阁

铁 良

虚阁半寒江树影　小堂长护海云深

——《中国对联大辞典》

汲 江 楼

徐铁孙

众山遥对酒　孤屿共题诗

——《中国名胜楹联大辞典》

夕 阳 楼

端陶斋集句

夕阳无限好　高处不胜寒

——吴恭亨《对联话》

［简 注］《清光绪丹徒县志》载集句作者为严保庸。

周学澄集句 又

江流石不转　云在意俱迟

——《中国名胜楹联大辞典》

高 峋 又

去无所逐来无恋　月自当空水自流

——《中国名胜楹联大辞典》

夕 阳 楼

吴让之

以诸花香而散其处　令一孔毛生无限云

——吴恭亨《对联话》

［校 勘］原文上下联倒置，今依《中国名胜楹联大辞典》改。

东 升 楼

吴家旁

红透云霞看日上　青连天地觉潮来

——《中国名胜楹联大辞典》

彭玉麟　　又

风露满江秋，万顷晴波濯星斗
云霞出海曙，九霄瑞霭曜乾坤

——《中国名胜楹联大辞典》

御 书 楼

彭玉麟

珍弆天章，照耀江山万古
光昭云汉，仰瞻日月双悬

——《焦山志》

［简 注］ 弆，音 jǔ，意为收藏、保藏。

壮 观 亭

李庭玉集句

江天共一览　心迹喜双清

——《焦山志》

又

金山共此一江水　王母来寻五色龙

——《焦山志》

李庭玉　　又

砥柱镇中流，此地好穷千里目
海门吞水月，何人领取大江秋

——《焦山志》

碍 月 亭

杨继盛

杨子怀人渡扬子　椒山无意合焦山

——《明代对联选》

[简 注] 原注称此联见《师竹庐联话》卷二:“杨椒山渡江访唐荆川,不值,因登焦山碍月亭,题联。”此联实为作者另一首七绝《访唐子荆川到此,因名山与己号音相同,喜而赋之》中开头两句。

焦 公 亭

茗 山

焦公隐居,三诏不起 静老追远,千里而来

——实地采录

茗 公 亭

茗 山

真平等待人如己 大丈夫以国为家

——实地采录

自 然 庵

王文治

洞门高士迹 山院古禅心

[简 注] 此联原为作者一首五律《焦山自然庵老梅》中的颈联。

韩国钧 又

静观得众妙 展席俯长流

——《中国名胜楹联大辞典》

阮 元 又

从古桑田沧海 自然仙鹤梅花

——《京口区志》

郑 燮 又

山光扑面经新雨 江水回头为晚潮

——《楹联丛话全编》

又

此地从来有修竹 如师真可主梅花

——吴恭亨《对联话》

郑 燮

又

汲来江水烹新茗 买尽青山当画屏

——《楹联丛话全编》

[校勘] 《中国对联宝典》下句为“买尽吴山作画屏”。

杨 慎

又

萍自在因根解脱 莲清净为藕空虚

——吴恭亨《对联话》

[简注] 作者名从《焦山志》。

又

山静日长，时于此中得佳趣
天宽水急，更从何处问真源

——《对联选》

薛时雨

又

鹤去难回，留片石孤云，共参因果
我来何幸，有英雄儿女，同看江山

——吴恭亨《对联话》

水 晶 庵

入室果同水晶域 开门正对石公山

——《楹联丛话全编》

[简注] 石公山即象山，在焦山南岸。《焦山志》记作者为陈鹏年。

玉 峰 庵

陈寅谷

白云既开，远山出如涌 清风所至，流水织为文

——《中国名胜楹联大辞典》

海西庵

王仁堪

委质江山如许国　寄怀鱼鸟欲忘形

——《中国名胜楹联大辞典》

朱应镐　又

秋壑春岩，百变云烟苍莽外
渔帆雁阵，四围风景画图中

——《焦山志》

海若庵

沈德潜

境以沧江旷　山因真隐高

——《焦山志》

郑　燮　又

楚尾吴头，一片青山入座
淮南江北，半潭秋水烹茶

——《焦山志》

［简 注］《中国对联宝典》载:联名为“海神庙”。

别峰庵

郑　燮

室雅何须大　花香不在多

——《中国名胜楹联大辞典》

陈士钅广　又

沧海云开腾日月　晴江潮落舞蛟龙

——《焦山志》

［简 注］此联现见于游客服务中心。

郑　燮　又

烹茶活火还温酒　洗砚余波好灌花

漱石山房

董其昌

画帘高卷迎新月　湘帙闲翻对古人

——《明代对联选》

［简 注］湘帙,"湘"指湘芸,湘地所产的香草,有强烈气味,可驱除书中蠹虫。"帙"为古代竹帛书籍的套子,后亦用指卷册、函册。

陈任旸

又

伊谁鼓棹来游，云移帆影
试起开窗凭眺，月卧浮图

——吴恭亨《对联话》

［简 注］《焦山志》记联名作"还石山房"。

海　云　堂

茗　山

海涌莲花花涌佛　云笼宝树树笼山

——《现代华僧楹联》

石　肯　堂

姚元之

海日初晃白　秋烟断岸青

——《中国名胜楹联大辞典》

曾燠集句

又

水清石白，焦公之宅　纸张山蔬，弥勒同龛

——《中国名胜楹联大辞典》

枯　木　堂

曾国藩

似闻陶令开三径　来与弥陀共一龛

——吴恭亨《对联话》

御书楼下法堂

曾宾谷

古洞常容开士坐　法堂还放善财参

——《焦山志》

焦山僧堂

伊秉绶

龛收江海气　碑出鱼龙渊

——《楹联丛话全编》

[简 注] 下联指《瘞鹤铭》碑。

念 佛 堂

念佛念心心念佛　参禅参性性参禅

——《焦山志》

祖 堂

茗 山

梵刹峙中流，禅净双修，道风永振
祖灯悬千古，圣贤辈出，慧炬常明

——实地采录

焦山饭堂

某 僧

说现成话，须知当局者迷
吃无钱饭，宜思来处不易

——《楹联剩话》

焦公纪念堂

焦静秋

焦隐名山，赢得千秋佳话
大江浮玉，喜看万里长流

——实地采录

焦公像侧

郑 燮

临流口汲西江水　隔岸拳擎北固山

——吴恭亨《对联话》

焦 公 祠

郑 燮

苍茫海水连江水　罗列他山助我山

——吴恭亨《对联话》

[校 勘] 《素月楼联语》作焦生祠。

三 诏 坊

襟江带海回天地　青壁丹崖照古今

——《焦山志》

又

茗 山

一心用功，高卧山中修道业
三诏不起，隐居洞里学无为

——实地采录

人 胜 坊

鲍 皋

天辟海门容大隐　人从石室得长生

——《焦山志》

[简 注] 此联原为作者七律《焦山谒汉处士祠》中的颔联。

又

水与寺并佳，三山独聚　地因人擅胜，千古称雄

——吴恭亨《对联话》

又

活水有源头，万顷雨盈旸不涸
崇冈多好处，片云朝去暮还来

——吴恭亨《对联话》

［简 注］ 联名依《焦山志》。

仰 止 轩

杨继盛

人莫心高，自有生成造化
事由天定，何须苦用机关

——吴恭亨《对联话》

［简 注］ 仰止轩为纪念杨继盛而建。配其自题联。

杨 忠 愍 祠

杨继盛

扬子江头渡杨子　焦山洞里住椒山

——《中国名胜楹联大辞典》

［简 注］ 杨忠愍即杨继盛。祠联采用杨继盛生前所作。

行 宫

爱新觉罗·弘历

净业江澄镜　圆光月印珠

［简 注］ 净业：佛家称清净之善业。圆光：佛教称菩萨头部放出的轮光。

爱新觉罗·弘历　又

一泓水镜呈当面　满魄冰轮映举头

爱新觉罗·弘历　又

山色江声参一合　花香月影证三摩

爱新觉罗·弘历　又

云容水态不相厌　画意诗情分与投

爱新觉罗·弘历　又

波含静渚心同沏　云住高峰态自灵

爱新觉罗·弘历　又

到来俯视原无地　攀陟遥吟恰有楼

爱新觉罗·弘历　　　　　又

屏山镜水皆真谛　萝月松风合静观

爱新觉罗·弘历　　　　　又

春秋风月因心会　上下水天与目谋

爱新觉罗·弘历　　　　　又

山水足清音，赏寻物表　云烟供静寄，妙契天倪

——以上均选自《清光绪丹徒县志》

爱新觉罗·弘历　　　　　又

四面波光动襟袖　三山烟霭护壶洲

——《焦山志》

焦山听涛书屋

沈茂才集句

潮平两岸阔　江上数峰青

——《清光绪丹徒县志》

[简 注]《焦山志》载：联名为"山门"。

焦　山　壁

霍镇方

口开悬磴蔓　竹隐断岩花

——《焦山志》

焦　山　壁

陈仁锡

鹤归幽窦云烟冷　龙卷空江树石腥

——《焦山志》

瘗　鹤　铭

陈辉棣

抚瘗鹤残碑，逝水千年文物古
际腾龙盛世，中华一统国威扬

怡 绿 园

犹叶犹竹情怀幽畅　乐山乐水天朗气清

——实地采录

滴 水 潭

巧得近邻一潭水　妙在隔岸三分香

——实地采录

桂 苑

桂花满地连云扫　仙鹤无声带月归

——实地采录

北固山公园

北 固 山

陈从周

控楚负吴　襟山带江

[简 注]　此联原在北固山公园门外两侧墙上,2003 年拆除。

王文治　　又

沉戈难得孙刘迹　载笔犹传颜谢才

沈德潜　　又

峰巅片石留三国　槛外长江咽六朝

——实地采录

[简 注]　此联原为作者一首律诗《甘露寺》的颔联。

陈辉棣　　又

北固凭栏，天下江山第一
南徐入画，此间风景无双

潘家麟　　又

天堑视安流，依旧巍峨称北固
地灵钟秀气，而今俊杰聚南徐

徐砚农　　又

左右拥金焦，东去大江流日夜
乾坤容俯仰，我来多景倚栏杆

又

十五峰片石当帘，问何处招寻酒友
三百株梅花绕屋，想此中定有诗狂

杜文澜　　又

雄镇冠南徐，浪涌潮来，江海无边天外阔
名山环北固，吴头楚尾，金焦两点望中收

——实地采录

[简注]　此联在北固山公园进口处门厅内。

李宗海　　又

对广陵烟树，望淮海平原，向往京华瞻万里
听扬子江涛，指金焦胜境，登临北固话三山

——《李宗海先生诗词楹联选》

曾文弢　　又

形势拓南徐，对秣陵树色、瓜步江光，何处平分吴楚
画图开北固，有米老庵存、卫公塔在，依然映带金焦

[简注]　此联现见于北固山公园大门门厅，据《楹联丛话》载，原为“江东胜概楼”联。

又

刘皇叔白帝城托孤，思悠悠，鼎足三分，未成一统
孙夫人凌云亭祭江，赴滔滔，心怀两地，遗恨千秋

赵曾望　　又

为孙刘三分遗迹，轻将北府招来，人事几回，红亭白塔皆称古
受萧梁六字嘉名，仍把南朝送去，我闻一笑，绿水青山不好诙

——《江南赵氏楹联丛话》

多 景 楼

孙龙父

江山如画　风月无边

——实地采录

李宗海　又

金焦二点　北固一尊

——《中国名胜楹联大辞典》

又

得青云路　与造物游

张　福　又

山从平地起　水向远天飞

——《京口区志》

余　京　又

百年戎马三分国　千古江山一倚楼

——实地采录

[简 注]　此联为作者一首七律《北固山怀古》中的颔联。

康有为　又

江淘日夜东流水　地耸英雄北固楼

——吴恭亨《对联话》

黄祖络　又

江潮澎湃欲吞海　山势蜿蜒直跨城

——《中国名胜楹联大辞典》

黄祖络　又

到此已穷千里目　谁知才上一层楼

——《中国名胜楹联大辞典》

黄祖络　又

登楼便欲凌云去　临水应知得月先

——吴恭亨《对联话》

阮　元　　　　　　　　又

巴蜀西来，潮头几许　金焦北固，鼎足三分

——《楹联剩话》

蔡瑜卿　　　　　　　　又

闲话六朝，看大江东去　高歌一曲，正薰风南来

——《中国名胜楹联大辞典》

高禾生　　　　　　　　又

岚影波光，吴楚涛声流日月
铜琶铁板，孙刘霸业唱江山

李宗海　　　　　　　　又

宜雨宜晴，山光水色何多景
如诗如画，儿女英雄共此楼

——《李宗海先生诗词楹联选》

又

秋色自西来，红树青山都入画
大江环北固，抚今追昔一登楼

——《楹联剩话》

黄祖络　　　　　　　　又

俯仰有余情，三面云山供啸傲
簿书时得暇，一楼风月此登临

——《中国名胜楹联大辞典》

李彦章　　　　　　　　又

天与雄区，欲游目骋怀，一层更上
地因多景，喜山光水色，四望皆通

——《楹联丛话全编》

赵　楫　　　　　　　　又

揽胜一登楼，岸阔潮平，金焦两点
携樽凭吊古，论诗读画，苏米千秋

——《楹联剩话》

赵思伯

又

蹈腾第一江山，寂寞鱼龙同起舞
俯仰大千世界，风流人物共讴歌

孔祥霖

又

北固暂停槎，纵我双眸，看无边风月
东瀛方用武，问谁只手，扶第一江山

——吴恭亨《对联话》

［简 注］ 下联首句指1894年中日甲午战争。

张绍华

又

杯酒吊南朝，空余半壁残山，长向江流作砥柱
梯云登北固，愿借一盂甘露，化为霖雨洒苍生

——吴恭亨《对联话》

王元春

又

未忘陈迹在京江，浮湘汉而来，到此登楼，岂但胸中小云梦
却喜善缘结甘露，叹孙吴已往，自我鉴古，何曾眼底有金焦

——吴恭亨《对联话》

朱庚成

又

天堑安澜，听铜琶铁板，唱折戟沉沙，往事云烟，任史册三分天下
此楼多景，看雪浪红旗，忆雄师飞渡，今朝景物，是人民一统河山

——《中国对联宝典》

北 固 亭

顾盼纵横，四面江山浮眼底
感怀忧乐，万家灯火现心头

——《中国名胜楹联大辞典》

凌 云 亭

马公愚

江山第一 风景四时

——《中国名胜楹联大辞典》

杨棨集句　　又

客心洗流水　荡胸生层云

——实地采录

又

此身不觉出飞鸟　垂手还堪钓巨鳌

——实地采录

［简 注］《楹联剩话》称作者为赵楫(子舟)。

又

江海拥三山，揽全吴胜　乾坤擎一柱，障百川东

——实地采录

临　江　亭

储光羲

落霞明楚岸　夕露湿吴台

——实地采录

［简 注］此联原为《临江亭五咏》其五中的诗句。

储光羲　　又

潮生建业水　风散广陵烟

——实地采录

［简 注］此联原为《临江亭五咏》其二中的诗句。

祭　江　亭

锦绣江山半壁，雄心敌吴魏
风云儿女千秋，佳话掩甘糜

溜 马 涧 亭

千里江潮，不及弦歌声浩荡
满园花木，郁为梁栋气芜葱

——实地采录

枕江楼

赵增

塔影又邀江月上　钟声遥接海潮来

——《中国名胜楹联大辞典》

[简注] 原注:枕江楼在后峰东南面,原名木末楼。

石帆楼

赵佑宸集句

槛前碑版留三国　天下江山第一楼

——《中国名胜楹联大辞典》

茅谦　又

后海岳为主人，有山水癖
指石帆作侍者，参去来禅

——《中国名胜楹联大辞典》

陈金波　又

石作帆樯，千古长风吹不去
楼临淮海，二分明月送将来

——《楹联剩话》

罗志让　又

楼亦临江，终古与此中兀立
石如解语，片帆从何处飞来

——《楹联剩话》

连沧观

巨崖作帆樯，千古长风吹不去
大江环北固，万里明月送将来

北固山房

黄祖络

好景无边，有许多雉堞参差，螺峰绵亘
层楼更上，直看到芜城月色，瓜步烟痕

——《中国名胜楹联大辞典》

北固山寺(临江厅事)

黄祖络

六朝山色收杯底　千里江声到枕边

——吴恭亨《对联话》

[简 注]　《对联话》未注明作者，今依《中国名胜楹联大辞典》。该辞典还将“江”字易为“潮”字，“到”字易为“入”字。

凤　凰　池

王　臣

山云欲到龙初起　池水空清凤未还

——《清乾隆镇江府志》

[简 注]　此联原为作者的诗句。

凤凰池东侧门楼

萨都剌

云藏古寺山如画　潮卷东风水倒流

——实地采录

[简 注]　此联为作者七律诗《多景楼》中的颈联。

凤　凰　池

苗小轩

剑劈石开，壮丽江山历今古
池存凤去，英雄事业藐孙刘

三　贤　祠

李彦章

昼了公事，夜接诗人，得句皆堪作图画
修禊红桥，访碑禅智，此才真不负江山

——《中国对联宝典》

[简 注]　《中国对联大辞典》谓“红”为“虹”。

李彦章　　　　又

溯后先三百载游踪，异代同堂，能结有情香火
冠古今第一流人物，文章事业，也如无尽江山

——《对联丛话全编》

［简注］ 三贤指唐李德裕，宋苏轼、米芾。

陶骏保祠

于右任

一代英雄同归浩劫　千秋俎豆独配名山

——《辛亥镇江将军录》

［简注］ 陶骏保，镇江人，辛亥革命时任镇江军政府参谋长，兼任江浙联军参谋总长，后为沪军都督陈其美杀害。祠在北固山麓，后毁于日军侵华战火。

冯国璋　　　　又

江山人物消残劫　风雨英灵起怒潮

——《辛亥镇江将军录》

魁果肃公祠

赵曾望集句

到此诗情应更远　动人春色不须多

——《江南赵氏楹联丛话》

赵曾望　　　　又

气壮江山，人地咸称第一
名垂宇宙，彭杨鼎峙而三

——《江南赵氏楹联丛话》

张之洞　　　　又

中兴人杰挺西荆，为官文恭，先驱讨贼
百战兵威雄北府，成吉勇烈，未竟遗勋

海岳庵

米　芾

神护卫公塔　天留米老庵

——《中国名胜楹联大辞典》

［简 注］ 此为米芾的诗句，系指在一次大火中，甘露寺被焚，唯卫公塔和海岳庵幸存。但在又一次大火中，海岳庵终为火毁。

烈士陵园

陈辉棣

拍岸惊涛，江水呜咽怀先烈
陟冈揽胜，鼓声激烈勖长征

［简 注］ 陵园在北固山前峰。

李宗海　　又

此冈有义士忠魂，是两间正气所钟，三山灵秀所毓
斯地亦名人古迹，乃西汉荆王之府，南宋辛公之堂

——《李宗海先生诗词楹联选》

［简 注］ 两间即天地之间。

南郊景点（南山公园）

南山入口处石坊

日照河岳云俱色　春入江城树自花

——实地采录

笪重光　　又

南村烟树重重出　北郊春潮渺渺流

——实地采录

［简 注］ 此联原为《过八公洞招隐寺》中的颈联。

招 隐 坊

烟雨鹤林开画本　春咏鹂唱忆高踪

——实地采录

[简 注] 招隐坊在招隐寺景区入口处。

李调庵　　又

读书人去留萧寺　招隐山空忆戴公

——实地采录

招 隐 山

潘家麟

千丝碧柳听鹂唱　一勺清泉饮虎跑

李调庵　　又

花雨悄飞三径湿　松风时送六朝秋

——《楹联剩话》

茅恒(北山)　　又

招隐尚留精舍在　读书无复古台存

——《招隐山志》

又

此地留人，小山丛桂　登高以望，荒林远江

——《楹联剩话》

胡为和　　又

黄鹄谱新声，斗酒携来诗意远
金狮鸣古洞，玄经读罢法轮清

——《招隐山志》

[简 注] 原注：仲若精音律，维摩嗜诗书，情怀旷逸，异代同声。刘宋萧梁之际南北纷争，二公独钟情山水，琴书自乐，千古遗踪，于今尚在，高山景行，殊堪仰止。用缀斯联，以留爪迹。

增　华　阁

李锡纯

景仰古贤风，此地得江山之助
熟精文选理，斯人与翰墨为缘

——实地采录

许　沅　　　　又

储位旧栖迟，员峤方壶自今古
名山新结构，秋水伊人遥溯洄

——《招隐山志》

［简 注］ 员峤、方壶,海中仙山名。

胡　容　　　　又

胜地有传人，风景流连，绵渺深情扬子水
大文能寿世，词华俊逸，嶙峋峻望戴公山

——《招隐山志》

［简 注］ 戴公山,即招隐山。

袁　皋　　　　又

高台继建，杰阁先成，愿将帝子鸿文，挽回世运
石案犹存，斯人已往，敢比坡公玉带，永寿名山

——《招隐山志》

［简 注］ 帝子鸿文,指萧统编选的《文选》。

苏涧宽　　　　又

柑酒寄闲情，几人结队清游，共仰储君能好学
沧桑经浩劫，有客登高凭眺，犹思隐士独尊贤

——《招隐山志》

李丙荣　　　　又

我辈复登临，地老天荒，喜此山增华阁，同时重建
元储饶著作，风微人往，与隔江文选楼，并寿千秋

——《招隐山志》

李丙荣　又

好学慕青宫，登阁攻书，当怜心苦分明，想见前贤此行坐
忧时搔白发，凭栏觅句，顿觉目穷苍莽，感怀故国几沧桑

——《招隐山志》

[简 注] 青宫，即东宫，太子居东宫，故太子亦称东宫、青宫。此处指萧统。

读书台

陶绍莱

处士何存，到此犹携听鹂酒
高台依旧，登临不见读书人

——《招隐山志》

[简 注] 读书台在招隐寺景区内。处士指没有做过官的读书人，此指隐士戴颙。

李正学　又

嗜学仰元储，著作等身，罗列琅函书饱读
登高思往事，烟云过眼，摩挲石案迹空存

——《招隐山志》

又

为寻招隐山来，看一片岚光，草长莺飞三月暮
不见读书人至，剩千秋石案，梁空燕去六朝非

——《中国对联宝典》

赵玉森　又

妙境快登临，抵许多福地洞天，相对自知招隐乐
伊人不可见，有无数松风竹籁，我来恍听读书声

——《招隐寺志》

杨邦彦　又

萧梁逝水，往迹犹新，问谁大雅扶轮，再继元储不朽业
沧海横流，人间何世，趁我余光炳烛，补读平生未见书

——《招隐山志》

玉 蕊 亭

李丙荣

杰构幸重兴，久仰宗风食先德
仙葩渺何许，长留佳话在名山

——实地采录

[简 注] 玉蕊亭在招隐寺侧。

李寿卿

又

绝顶共攀跻，此地来骚人墨客
三山相揖让，何处访玉树琼枝

——实地采录

张长庆

又

华雨忆缤纷，问几时玉蕊重开，频来避世
海天当指顾，任终古石帆高挂，懒去乘风

——《中国名胜楹联大辞典》

虎 泉 亭

李丙荣

一勺励清心，酌水谁含出世想
半生盟素志，听泉我爱在山声

——实地采录

[简 注] 虎泉亭在招隐山坡，横额为“万古常青”。

选 亭

《文选》句

志与秋天竞高　理与春泉争溢

——实地采录

[简 注] 选亭在招隐山景区内，为近年新建。

听鹂山房

庄祖武

泉韵每清心，自有山林招隐逸
莺声犹在耳，好携柑酒话兴亡

——《中国名胜楹联大辞典》

济 祖 殿

严良翰

金粉拓南朝，凭石尚留书案古
烟云开北顾，隔江不见选楼高

——《中国名胜楹联大辞典》

[简 注] 济祖殿原在读书台边。

辉山僧退居

李丙荣

挂锡仰高僧，佛国修成无量寿
听鹂招隐士，灵山证取未来因

——《招隐山志》

竹 林 寺

高禾生

来听钟呗几声定　为遣浮生半日闲

又

振锡冈前猿献果　挈瓶泉畔鹭翘沙

——吴恭亨《对联话》

又

修竹万竿，夜月影从篁外落
斜阳一抹，秋山人在画中行

——《中国对联宝典》

竹林寺挹江亭

黄以霖

来时觉幽奥　到此豁心胸

——实地采录

[简 注] 挹江亭在寺后半山上。

又

江流山色晴空外　笠影钟声夕照中

——实地采录

鹤　林　寺

金鹤望集句

江山飞云来北固　帝前动笏移南山

——《中国名胜楹联大辞典》

又

高添雅兴松千尺　暗养清音竹数科

高禾生

又

神鹤已飞，寺外犹存米芾墓
仙葩常在，阶前来赏杜鹃台

鹤林寺大门

范　然

胜地画图开，是仲若丹青，米家山水
灵山诗文曜，有东坡绝唱，周子爱莲

[简 注] 横额为“鹤林胜迹”。

文 苑 竹 韵

虚心直节　激浊扬清

——实地采录

文苑学林轩

独步当时　流声后代

[简 注] 学林轩在竹林寺前文苑内,此联摘自《文心雕龙》。

文苑文心阁

刘 勰

丹青初炳而后渝　文章岁久而弥光

文苑文心阁

抱景咸叩，词章矩范　怀向毕弹，文理菁华

狮 子 窟

赵少亭

一尊坐揽林泉胜　三洞游探石屋奇

市区其他景点

梦 溪 园

萧 娴

一代司天监　千秋说梦溪

——实地采录

黄后庵　又

是科坛巨擘　开海国先河

许图南　又

梦境迷茫缘卜宅　溪流堙郁忆高谈

陈辉棣　又

梦里溪山，八年小憩　胸中宇宙，百代重光

朱庚成　　又

老退深居，一笔岂期惊后世
高风亮节，小园何幸得先生

——《中国对联宝典》

汪　玢　　又

数卷奇文，物态天心匀翠墨
一钩初月，南航北驾为苍生

——实地采录

徐砚农　　又

兴废本无常，喜梦里名园重建
沧桑曾几度，愿眼前胜迹长新

高禾生　　又

脂水泽蒸民，赤县揭开化石史
笔谈传奕世，朱方争谒梦溪园

李宗海　　又

沈酣于东海、西湖、南州、北国之游，梦里溪山尤壮丽
括囊乎天象、地质、人文、物理之学，笔端谈论自纵横

——《李宗海先生诗词楹联选》

伯先公园

柳诒徵

朝晖夕阴，江山第一　云车风马，国士无双

——《镇江文史资料》

伯先祠

郭礼征

为无数权利，掷无数头颅，功不必自我成，甘心粉骨糜体，以诏来者
揽第一江山，念第一豪杰，国庶乎有与立，从此蟠天际地，胥拜公灵

——《中国名胜楹联大辞典》

［简 注］ 伯先祠已毁。

柏文蔚　　　　　　　又

忆玄黄未判，与君相遇，共策中原，卅载溯前尘，人往风微，忍泪频看吴季剑

念苍赤何依，顾我犹存，莫酬初志，四方况多难，马喑戈钝，强颜来拜武乡侯

——《中国名胜楹联大辞典》

伯先公园翠绿茶社

刘嘉和

翠色满园，七碗茶香留上客
绿阴遍地，四时华放吊英雄

——实地采录

西　津　渡

大江横万里　古渡渺千秋

郭维庚　　　　　　　又

十丈狂涛奔北固　一江残月渡西津

又

门前一水常来绕　屋后三山不断青

柳曾符　　　　　　　又

云开云合山头月　潮起潮落渡中风

——实地采录

金鹤望集句　　　　　又

江山飞云来北固　帝前动笏移南山

西津渡碑林

范　然

大江流墨韵　古渡涌诗情

——实地采录

昭关石塔

同登觉路　共渡慈航

——实地采录

又

层峦耸翠　飞阁流舟

——实地采录

昭关石塔

赵曾望集句

路出寒云外　江流宿雾中

——《江南赵氏楹联丛话》

［简 注］ 此联原为京口救生会而题。

寄奴居

杨积庆

寿丘山下，漕水似争西津渡
刘裕宅边，松涛疑演北府军

［简 注］ 20世纪90年代初建于市区古运河边，今已作他用。

杨积庆

又

躬耕垄亩，伤药久传寄奴草
亲执耒耜，遗教曾贮丹徒宫

文昌宫魁星阁

赵曾望

高处碧霄寒，独挹三台，绝顶占南州冠冕
中兴文教盛，全包万象，等身储东壁图书

——《江南赵氏楹联丛话》

［简 注］ 魁星阁今已不存。

宝塔山公园桂花亭

李 峤

枝生无限月　花满自然秋

——实地采录

［简 注］ 此联为作者一首五律《桂》中的颔联。

宝塔山公园红梅阁

沙村白雪仍含冻　江上红梅已放春

又

疏影横斜水清浅　暗香浮动月黄昏

［简 注］ 此联原为宋代诗人林逋《山园小梅》中的颔联。

古 城 公 园

钱永波

东晋城垣，长使花山添壮色
北府军威，更为京口振雄风

回 光 精 舍

金象宜

百尺岩松生琥珀　九秋海树长珊瑚

——《中国名胜楹联大辞典》

陈壮度

又

寻碑寺外云生履　看日江头光满衫

——《中国名胜楹联大辞典》

［简 注］ 《中国对联宝典》载：下联开头为“看月”。

梁悦声

又

身来姑射高无极　心有菩提香益清

——《中国名胜楹联大辞典》

周师溥 又

举杯依旧邀明月　拂纸临江绘古诗

——《中国名胜楹联大辞典》

贤 哲 祠

赵绍曾

情怀旷逸同千古　香火因缘共一龛

——《招隐寺志》

吴越两山亭

海国帆樯横岛屿　江城楼阁涌波涛

丹 徒 景 点

大　港

王梦仙

碧水有情环岸曲　青山无恙耸天空

——《丹徒文史资料》

大港表忠亭

赵绥卿

廿一人同化虫沙，为国捐躯，应有丰碑题姓字
四百载仰追忠烈，征文考献，再求遗冢妥英灵

——《丹徒文史资料》

[简 注] 表忠亭原在大港小学校园“艺圃”内，为旌表明代抗倭名将齐思一家 21 人在大港附近安港村壮烈殉国而建。作者为清朝廪生。

五 洲 山 亭

翁同龢

一亭尽揽山中趣　幽室能观世外天

丹徒上党槐荫村槐荫庙

傅锁根

仙姑实属纺织女　董郎乃是耕耘汉

[简 注] 傅锁根,原为槐荫村生产队长。

龙 潭 行 宫

爱新觉罗·弘历

三茅天际青莲耸　二水云边白鹭分

又

冈峦萦绕桑麻富　洲渚参差帆桨通

扬 中 景 点

扬中烈士纪念馆

李名方

争民族独立,争工农解放,奋战沙场,抒英雄壮志
为世界和平,为祖国富强,缅怀先烈,谱华夏新篇

扬中市国防园

国防园育国防园,国防固金汤,九州强盛
扬中市办扬中事,扬中兴科技,百业腾飞

[简 注] 首句两“园”字,疑有误。

扬中油坊长沙村万年桥

万年常见一龙眼　千载同流双璧合

又

桥跨东西成砥柱　潮迎南北庆安澜

扬中国土公园牌楼

李名方

国土唯珍，不论东南西北
公园胜境，无分春夏秋冬

扬中国土公园碑亭

戴　曙

大风歌壮二南美　辟地人珍寸土金

扬中国土公园临波厅

戴　曙

擎雨留珠炫异彩　临波泼墨溢清香

扬中国土公园乐水亭

田向珊

桨摇云水经天曲　笔写风雷动地诗

扬中国土公园揽江楼

田向珊

大江浮白日　明镜动芳洲

孙春华　又

千年岛积三生幸　万古江流一洗愁

张家春　又

万里长江呼日出　千年绿岛应潮生

孙　甫　又

乘长风破万里浪　迎晓日唱千支歌

戴　曙　又

轻捉峰烟抛大海　闲携日月驻长江

潘圣仪　　又

对水吟诗，心随浪涌　凭栏论古，意逐云飞

孙春华　　又

海阔天高，江流万古　地灵人杰，岛积千秋

张仁里　　又

水阔千寻，万顷烟波收眼底
楼高百尺，八方胜景纳心田

潘圣仪　　又

源远流长，奔泻千秋多少水
峰回路转，蜿蜒万里几重山

戴　曙　　又

揽江楼外，浩渺烟波，水天一色低吴楚
国土园中，琳琅翰墨，雅歌同工比宋唐

国土公园逸兴阁

田向珊

浅斟低酌香生口　曼舞轻歌音绕梁

国土公园观鱼台

孙　甫

临清流以垂钓　觉羽化而登仙

孙春华　　又

花阴纳凉花影乱　柳池垂钓柳丝摇

国土公园怡然亭

田向珊

风薰人欲醉　园静客常留

国土公园荷香居

孙　甫

阵阵荷香飘客座　幽幽草色入莲池

张仁里

又

水引瑶池，琼波玉液　莲移南海，绝色天姿

孙　甫

又

荷仙姑，住荷香居，荷香十里
铁拐李，仗铁手杖，铁手千钧

国土公园雁来塔

潘圣仪

秋月何须怜落雁　春光未必效沉鱼

题国土公园舞厅

张家春

花影轻摇人影伴　歌声激越乐声悠

国土公园盘古雕像

陆济舟

力劈鸿蒙，开天地山河锦绣
轻撕云幕，展星辰日月光华

句容景点

磬栽亭

善为至宝，一生用之不尽
心作良田，百世耕而有余

又

古今来许多世家，无非积德
天地间第一人品，还是读书

又

善恶本殊途，看得分明，吉凶知所趋避
邪正在一念，严为辨认，是非有以从违

[简注] 磬栽亭在茅山抱朴峰西北下与珍珠山相连接处的盘山公路右侧，为民国年间商人陈磬栽捐款而建。

华阳洞苍石斋

康有为

山中宰相陶弘景　海外逃臣康有为

——《茅山民间文学集成》

丹阳景点

丹阳万善公园万善堂

施毓霖

碧树斜阳，十里青山迎客座
朱帘疏雨，一弯绿水绕名园

——《丹阳古今·艺文集萃》

[简注] 万善堂位于丹阳市区东南古运河畔,20 世纪 90 年代初与附近诸多景点组建万善公园。

常春圆　　　　　　又

江水东流，浪淘尽千古英雄人物
茅峰西屹，孕育出万幢烟雨楼台

——《丹阳古今·艺文集萃》

万善公园步云轩

余沛森

静爱赏花清赏月　闲常听鸟雅听泉

——《丹阳古今·艺文集萃》

万善公园品香楼

常春圆　余康宁

为爱清香欣入座　邀同知己笑登楼

——《丹阳古今·艺文集萃》

万善公园寻踪舫

施毓霖

问乾隆今在何处　看御舫仍留码头

——《丹阳古今·艺文集萃》

常春圆　余康宁

又

隔岸莺啼垂柳绿　临池鱼唼落花红

——《丹阳古今·艺文集萃》

万善公园茗香苑

施毓霖

啜新茗、览山色、听水声，悠然自得
聚亲朋、叙友情、谈古今，乐在其中

——《丹阳古今·艺文集萃》

施毓霖

又

水陆俱陈，飞觞醉月　杯盘交错，谈笑风生

——《丹阳古今·艺文集萃》

丹阳文化城

常春圆

季子封疆，物华天宝　齐梁故里，人杰地灵

——《丹阳古今·艺文集萃》

丹阳公园爱山寺

佚　名

山以人传，遗爱独留千载迹
亭堪眺远，放怀喜见万家春

［简注］　丹阳公园位于市区乔家巷。清光绪三十四年（1908）始建，至1915年正式对外开放。抗战爆发后渐废。

佚　名　　　　　　　　　　又

平湖漾月，古刹停云，佳景本无边，更乐山亭添胜迹　（下联阙）

丹阳春风阁

陈智勇

故国翠烟千里路　娇莺红雨一帘春

——《中国对联年鉴2000卷》

［简注］　春风阁位于丹阳市区新民东路，建于20世纪80年代末。

丹阳万善塔

陈智勇

七层驰玉海，登临穷千里，一水涛影卷青罗，三峰烟痕凝碧阁
八角落金飙，弹指奏九霄，五弦风音传窈渺，六曲麟韵颂清平

——《中国对联年鉴2000卷》

［简注］　万善塔始建于明末，位于今万善公园内。1987年5月重修。

第三章 古 建 类

祠 宇

司徒余巷丁氏祠堂

千岁鹤归来，觉世高吟垂不朽
三公松发育，薰天伟绩荫无疆

——《司徒乡志》

[简 注] 丁氏宗祠位于丹阳司徒村，堂匾“松鹤”。久废。

于氏宗祠

蔡蓬年

老屋付东流，只剩两三星火
新祠依北固，平分左右金焦

——吴恭亨《对联话》

[简 注] 于氏宗祠原在瓜洲，以水啮迁镇江。

延陵杨庄方氏宗祠

淮安家声远　河南世泽长

[简 注] 方氏宗祠位于丹阳延陵杨庄竹巷村，堂曰“孝思”。今废。

云阳方氏宗祠

教子成名，凝香留稿　览诗择婿，怀蓼知音

——《丹阳古今 · 姓氏溯源》

胡桥夏墅村尹氏宗祠

辞禄养亲，清风犹在　拒刘扶宋，大义尚存

王氏宗祠

槐堂世相　珠树家珍

——《丹徒诸氏述略》

王氏宗祠三槐堂

三槐世泽　两晋家声

又

爱鹅世泽　求鲤家声

——《丹徒诸氏述略》

王氏宗祠族规

忠厚持家久　孝廉布四方

又

节全是吾本　义家万世传

——《丹徒诸氏述略》

王 氏 宗 祠

王文治

教子孙两行正务，秀者勤读，朴者勤耕
衍祖宗一脉心传，进而尽忠，退而尽孝

——《丹徒诸氏述略》

[简 注] 王氏宗祠在辛丰东石村。

延陵柳茹王公祠

王志通

赫赫明明地　堂堂正正门

[简 注] 王公祠位于丹阳延陵镇柳茹村，明天启年间当地为颂扬丹阳知县王志道而建。清咸丰年间被毁。1997 年重建。

佚 名　　　　又

桂花碧翠承甘露　天竺扶疏引惠风

佚　名　　　　　　又

万历年灭蝗灾，丹阳县令惠泽民众
天启岁造祠堂，里社百姓永敬恩公

佚　名　　　　　　又

除暴安良，王公志道怀里有公道
惩邪扬善，左都御史腹中无私心

佚　名　　　　　　又

万里江山，欲乘万里东风，破万里浪
千秋历史，当创千秋大业，立千秋功

后巷王氏宗祠

佚　名

东周遗脉　西塔分支

——《丹阳古今·姓氏溯源》

[简 注]　王氏宗祠位于后巷嘴头村附近,堂曰“三槐”。此王氏与司徒镇大吴塘及东王村王氏同气连枝,更与金坛塔山同宗,祠久废。

司徒王氏祠堂

怜亲鸡骨支床，磅礴解衣，卧上冻冰求赤鲤
酬世鼠须作笔，淋漓满纸，写成道德换黄鹅

——《司徒乡志》

[简 注]　王氏祠堂位于丹阳司徒镇,堂匾“植成”。祠久废。

丹阳吉氏祠堂大厅

八代两乡贤，馨香俎豆
一门三太史，黼黻文章

[简 注]　吉氏祠堂位于城区三板桥西侧。

丹阳匡家埭匡氏宗祠乐安堂

兰州固美，孟渎尤佳，百世迁居名胜地
凿壁引光，借书佣力，一朝封拜乐昌侯

又

祠址已三迁，水秀山明，人杰地灵名永著
乐安传一脉，瓜绵椒衍，祖功宗德泽长流

云阳东褚许氏宗祠

忠孝世泽　节义家声

——《丹阳古今·姓氏溯源》

［简 注］ 许氏宗祠位于丹阳里庄镇北东褚村，堂号“敦叙”。今废。

丹阳访仙镇戎氏宗祠树德堂

驸马家声远　江陵世泽长

丹徒儒里朱氏宗祠

寝成孔安　历代明经

又

乾坤三阙里　古今两大成

又

支蕃古润，人传白鹿遗规
派衍新安，世宗紫阳家法

又

一本生枝，莫以荣枯分彼此
五伦达道，先顺忠孝报君亲

又

瑞协尼山，过五百年之期，同生庚戌
典隆泮水，跻七十子而上，配享春秋

——《丹徒风物》

朱氏宗祠怀德堂

父进士，子进士，父子同进士
婆夫人，媳夫人，婆媳皆夫人

——《丹徒诸氏述略》

［简 注］ 朱氏宗祠怀德堂在儒里爵家村。

丹阳后巷后朱巷朱氏宗祠

忠孝家声起　诗书世泽昌

丹阳访仙朱氏宗祠

虹井呈祥，派衍嘉峰，犹溯紫阳阀阁
婺源发脉，支分曲水，须知白鹿条规

——《丹阳古今·艺文集萃》

［简 注］ 朱氏宗祠位于访仙镇东北三年村，堂号“紫阳”。今无。

司徒西车村朱氏祠堂

折槛霁天颜，义胆忠肝，为汉廷直臣第一
注书阐圣道，金声玉振，集宋儒理学大成

——《司徒乡志》

［简 注］ 堂匾名“昌学”，久废。

司徒朱氏祠堂

膺周室茅封，郲上兴邦，半假国名为姓氏
系晦庵苗裔，云阳卜宅，遥承祖德启宗祊

——《司徒乡志》

［简 注］ 朱氏祠堂位于丹阳司徒镇西南张圩村，堂匾“德声”。久废。

丹阳访仙镇刘氏宗祠藜照堂

秘阁校书，藜焰照十行之脊
玄都种柳，桃花赋千植之诗

——《丹阳古今·姓氏溯源》

丹阳荆林束氏宗祠

补经世泽　知足家声

司徒至德冈吴氏祠堂

让国慰亲心，采药荆蛮，万乘荣华同敝屣
聘邻著友谊，返旌徐土，千秋宝剑挂空林

——《司徒乡志》

[简 注] 吴氏祠堂位于司徒镇西北支子冈。为追念泰伯及季札，吴氏后人改名至德岗。堂匾“至德堂”。

司徒步甲步氏祠堂

圣道力扶持，博昌侯学养兼优，不愧孔门高弟
民生殷保义，大丞相勋猷卓著，何惭吴国名臣

——《司徒乡志》

[简 注] 步氏祠堂位于司徒镇西步甲村，堂匾“希圣”。久废。

埤城六都村陈氏宗祠

祖陶正而系出颍川，溯瓜瓞之渊源，神灵如在
宗宜都而派分练水，对几筵之赫濯，笑语时闻

[简 注] 陈氏宗祠位于丹阳埤城六都村北，为清时建筑。今存。

丹阳桐村陈氏宗祠

太丘德望　义门渊源

又

派分花渡源流远　支衍桐村庆泽长

丹徒辛丰西石城村陈氏宗祠

陈庆年

天下第一等好事，还是读书
世上几百年旧家，无非积德

丹徒陈氏宗祠忠恕堂

宗帛史中，历历勋功难屈指
千秋业绩，赫赫威名永不朽

司徒小南岗张氏祠堂

四世拜中书，掌职丝纶，父子祖孙均显贵
千秋贺圣诞，录呈金鉴，兴衰治乱寓规箴

——《司徒乡志》

[简注] 张氏祠堂位于丹阳司徒镇西小南岗村，堂匾名“燕翼”。祠久废。

司徒车村张氏祠堂

二铭皆阐理名言，道合圣人，堪作六经羽翼
百忍实传家宝训，书呈天子，非徒九世楷模

——《司徒乡志》

[简注] 张氏祠堂位于丹阳司徒镇西车村，堂匾名“二铭堂”。久废。

丹阳麦溪张氏宗祠

绳其祖武　贻厥孙谋

[简注] 张氏宗祠位于麦溪村东北，始建于明万历年间，堂号“报本”。今存部分祠舍。

又

蒸尝百世　俎豆千秋

又

寝庙尊严萃祖考，精神不爽
祖英清洁衍春秋，煙祀无疆

佚　名　又

传祖宗一脉真经，曰忠曰孝
教子孙两项正事，唯读唯耕

又

春种秋藏，遵万古圣贤礼乐
左昭右穆，序一家世代源流

又

上耸下垂，木发千枝无二本
东流西注，水分万派总同源

又

族分祠合赍思成，可见木根唯一
世远丁繁式负版，应知谱牒无双

——以上均选自《古镇麦溪风情录·宗祠》

丹阳云阳沈氏宗谱

[清嘉庆丁丑(1817)版]

地转锦江成渭水　天起玉垒作长安

丹阳云阳沈氏宗谱

[清道光癸卯(1843)版]

云里帝城双凤阙　雨中春树万人家

丹阳云阳沈氏宗谱

[清同治壬申(1872)版]

一水护田将绿绕　两山排闼送青来

丹阳云阳沈氏宗谱

[1921 年版]

守祖宗清白二字　教子孙耕读两行

丹阳柳茹贡氏宗祠

祖学孔门　祥开汉代

[简 注] 贡氏宗祠位于丹阳延陵镇柳茹村，堂号“萃涣”，为丹阳市文物保护单位。

佚 名 又

束锦家声远 弹冠世泽长

又

蒸尝隆百代 俎豆若千秋

又

文章移造化 忠孝作良图

陈智勇 又

湖山万古颂匿孤盛德
史策千秋传儒将遗风

[简 注] 该联作于2001年，镌刻于贡氏宗祠正门。

佚 名 又

任大成千载干城，筑室深谋遗玉牒
留少保百年骨肉，藏孤密划笃金兰

佚 名 又

明经洁行，乐同道以弹冠
协志恢图，潜匿孤于别墅

——《丹阳古今·姓氏溯源》

佚 名 又

三吴崇俎豆，武德忠义匡国，烁古炳今
百代集冠裳，黎阳诗礼传家，维风励俗

——《丹阳古今·姓氏溯源》

又

孝友克齐家，兄弟痛痒相关，凡外侮何由得入
诗书能易礼，子孙见闻之比，虽中材不致为非

——《丹阳古今·姓氏溯源》

又

沫土发长垣，远祖黎阳，近宗御史，文华国、武靖王，代产伟人，簪缨永续，历千百余年，彬彬然说礼敦诗，道学渊源根泗水

宋朝昌令绪，始居赤岸，继卜柳塘，山钟英、水毓秀，地多旺气，兰桂常馨，垂三十数世，郁郁乎振麟起凤，子孙繁衍冠江南

——《丹阳古今·姓氏溯源》

[校 勘] 此联有“泗水”、“水毓秀”两“水”字待考。

丹阳行宫镇杭甲村杭氏宗祠

泊水旧家声，相土卜居崇埭里

东山兴汉室，易舟为氏重余航

丹阳行宫镇杭甲村杭氏宗祠清明堂

孝悌忠信　礼义廉耻

又

功称泰岱　政著星沙

——《丹阳古今·姓氏溯源》

又

新埭家声远　徐航世泽长

又

泰岱建殊勋，溯东乡侯木本水源，烝尝隆百代

云阳开伟业，念中郎将分支别派，礼乐著千秋

丹阳大泊洪氏宗祠

赵　构（宋高宗）

圣经羽翼　理学名家

又

敷文世泽　理学家声

司徒楼下钟氏祠堂

万古仰人师，非徒洞厥琴音，流水高山传万古
千秋推师表，岂但神乎书法，飞鸿舞鹤著千秋

——《司徒乡志》

［简 注］ 钟氏祠堂位于丹阳司徒镇北楼下村，堂匾“善书”。久废。

司徒黄庄村钟氏东祠堂

寓志在琴音，惟先公神悟非常，显判高山流水
治谋称燕翼，愿后嗣孝思不匮，上酬祖德宗功

——《司徒乡志》

［简 注］ 钟氏东祠堂位于丹阳司徒镇西北黄庄村，堂匾“知音”。祠久废。

丹阳皇塘荆祖祠

江南望族　汉后名家

——《荆氏家族》

［简 注］ 荆祖祠位于丹阳皇塘镇珥塘村，为纪念西汉皇帝刘邦堂兄刘贾所筑。清同治年间重建。1938 年毁于战火。

赵氏宗祠

赵佑宸

维有周亲，不如我同姓
谁谓宋远，率乃祖攸行

——《镇江文史资料》

大港赵氏宗祠

赵佑宸

八百年聚族于今，宋室同传宗室表
二千石分符到此，明州来拜润州祠

——《镇江文史资料》

［校 勘］ 原文宋室为宗室，今据《中华名胜对联大典》改；另据《古今联语

汇选初集》"符"为"封","拜"为"谒"。

赵氏宗祠

赵曾望(集句)

秩秩斯干,鸟鼠攸去,风雨攸除,于豆于登,修其享祀(诗)
明明我祖,既勤垣墉,既勤朴斲,有典有则,贻厥子孙(书)

——《江南赵氏楹联丛话》

[简 注] 赵氏宗祠"向在洪溪,后迁城卜筑于渌水桥河浒。聚族而居,爰就近拓地建立分祠"。

大港赵氏宗祠燕私厅

赵曾望

俟尔笾,柔尔颜,敬慎威仪,云胡不喜
齐乃位,度乃口,聪听彝训,其永无愆

趋氏宗祠文会轩

赵曾望

同人于宗,盖取诸萃
约我以礼,是谓之文

——《江南赵氏楹联丛话》

席氏祠堂

周为杜,晋为籍,楚为席,由此繁衍盛天下
唐迁许,宋迁徽,元迁润,允矣欣荣卜上林

——《丹徒诸氏述略》

[简 注] 席氏祠堂在圌山西南席家村(上林村)。

殷氏宗祠东分祠

勋记凌烟,唐朝盛典
职居右武,宋室中兴

又

教以人伦，直来劳匡，开万古纲常之纪
谋怡谏议，忠直明哲，耿千秋俎豆之光

——《丹徒诸氏述略》

[简 注] 前联上联指唐代开国大将殷开山，下联赞南宋右武大夫殷秉常，后联指东汉谏议大夫殷建之。

丹阳青阳钱氏宗祠

赵光义（宋太宗）

彭城帝胄　国戚人家

[简 注] 钱氏宗祠位于横塘镇大钱村，堂曰“述古”。久废。

赵　佶（宋徽宗）　又

天祚忠孝　世有爵邑

——《丹阳古今·姓氏溯源》

赵　昀（宋理宗）　又

七朝忠孝　三代勋名

——《丹阳古今·姓氏溯源》

丹阳后巷章氏东分祠

忠孝家声起　诗书世泽昌

——《丹阳古今·姓氏溯源》

萧 氏 宗 祠

汉则相，唐则元，试问三代下孰出乎右
齐之高，梁之武，且看六朝中世济其昌

[校 勘] 据《镇江文史资料四县专辑》，无“试问”、“且看”两词。

[简 注] 该宗祠在丹阳市访仙镇萧家巷。“汉则相”指汉朝丞相萧何；“唐则元”指唐朝状元萧颖士；“齐之高”指齐高帝萧道成；“梁之武”指梁武帝萧衍。

司徒荻塘曾氏祠堂

泗水乐从游，亲炙既深，道统源流传一贯
明堂呈贺表，新奇无匹，文名炳耀列八家

——《司徒乡志》

[简 注] 曾氏祠堂位于司徒镇西荻塘曾甲村,有大小宗祠堂之分,此为大宗祠堂联,其堂匾“养志”。祠堂久废。

司徒殷塘曾氏宗祠

传大学十章，明德新民，治人当先治己
衍孝经一册，敬亲里长，事父可通事君

——《司徒乡志》

[简 注] 曾氏宗祠位于丹阳司徒镇殷塘村,堂匾为“宗圣”。祠久废。

又

为孔氏高徒，志可与、道可传，桥梓联辉，不愧是父是子
作宋朝硕辅，治有声、政有绩，棣华竞秀，堪称难兄难弟

又(万年联)

衍一贯薪传，圣道渊源昭万古
相三朝谊辟，官勋赫奕振千秋

又(门 联)

东鲁家声远　南丰世泽长

——以上均选自《云阳曾氏宗谱》

驸马庄谢氏宗祠

乌衣望族　宝树家声

又

庭生玉树　世济凤毛

——《丹徒诸氏述略》

又

东山白云酿时雨　西塘青草漾春风

又

东山系望于苍生　西堂自夸夫奇梦

又

相业古今三太傅　家声吴越一东山

又

绝粒元都，忠义两尽
悬旌唐县，节孝双奇

又

施障解围，曾传才女
托佣诛盗，群仰勇娥

又

诔拟芙蓉，藻思挹凤毛之彩
赋成鹦鹉，风华袅蓝玉之烟

丹阳裴氏宗祠

百代启文明于领袖纵横，自古风流推北郡
千秋绵甲第于午桥绿野，如今嗣续冠东都

［简 注］ 裴氏宗祠位于后巷裴家村，堂号“绿野”。祠废。

司徒臧巷臧氏祠堂

史册记嘉谋，昭德塞违，哀伯忠贞承僖伯
庙堂传懿训，去华从简，先人节俭启后人

——《司徒乡志》

［简 注］ 臧氏祠堂位于丹阳司徒镇东，有堂匾“昭德”。祠久废。

司徒欧阳氏祠堂

绍韩柳二公，推一代艺林之祖
溯高曾列考，膺累朝华浩之荣

——《司徒乡志》

[简 注] 欧阳氏祠堂位于丹阳司徒镇西南欧甲村,堂匾“获书”。久废。

陵 墓

吴季札祠墓

徐君墓挂千金剑　孔子鞭书十字碑

[简 注] 吴季札祠墓在丹阳延陵。

又

采药待行权，父心慰，弟亦心慰
文身示无国，伯吹埙，仲又吹篪

又

让国即于三，至德之褒，麟经特笔
世家列第一，太王而后，马迁定评

又

让国有三，大圣人信口赞扬，推见至德
世家第一，太史公平心论定，勒石成书

——《中国楹联大辞典》

又

让德著一门，至矣无加，百姓难名吴泰伯
丰碑题十字，呜呼有叹，千秋定论宣仲尼

——《中国楹联大辞典》

又

偕隐入句吴，文化开基，端欲追三让至德
观光游上国，名贤胜迹，且教仰十字遗风

又

端委开基，化裸俗为衣冠，梁公不毁三吴庙
延陵避乱，存世家之祭祀，尼父曾书十字碑

又

以传国先及胞兄，有托而逃，携手荆蛮采药饵
为世家远绵血食，见机之哲，追踪玉马遁延陵

——《中华名胜对联大典》

鞠万和

三让王位，两使中原，爵封昭德，宏览博物耀春秋，自来高风亮节，久刊史册

十字孔碑，千年胜地，庙号嘉贤，殿摧宇股历花甲，今庆飞阁重檐，又耸云霄

鞠万和　又

观乐鲁庭，脱难齐宴，见微知音凭睿智
挂剑徐墓，逊耕延郡，高德清节刊穹碑

鞠万和　又

让德千秋传颂　嘉贤万世流芳

鞠万和　又

吴地有胜迹，千秋不泯
宣圣书丰碑，十字永辉

——以上均选自《季札与季子庙》

陈智勇　又

逃耕梅里，世家第一，句吴史册传至德
避乱延陵，让国有三，尼父鞭书赞遗风

——《季札与季子庙》

陈智勇　又

三让两家社稷　一悬万世春秋

——《季札与季子庙》

余　忠　又

泽沛千秋，名垂万代，褒义碑中，浩气吹开朵朵花，馨弥世际时时泰
风遗九里，节冠三清，嘉贤庙内，香烟化作丝丝雨，润遍人间处处春

余 忠 又

九重宝座，七彩珠旒，銮舆华殿，歌舞声中魂欲醉。何如蔬食节衣，洁身修行，高隐延陵，典仁义之范，甘贫乐俭崇三让，恪守清平之道，岂非稀世真君子

万众生灵，千秋至德，野舍茅庐，湖光色里意尤闲。终必轻财践诺，抱节辨机，逊耕简渎，怀睿知之才，纡贵屈尊廉一生，弘开诚信之风，实乃合朝美丈夫

余 忠 又

道承至德，义郁清芬，挂剑铭心，遁世躬耕南亩里，让国英风垂万古
誉博嘉贤，芳凝雅韵，居贫售志，修身韬隐僻尘间，守贞亮节矗千秋

余 忠 又

松墩点翠，季河凝碧，涌泉争鼎沸，宝殿巍峨掩岁月
廊庙笼烟，神像招贤，碑石纪嘉年，古街斑剥志春秋

余 忠 又

殿阁峥嵘，庙庭璀璨，井沸千秋，河山依旧，红砖碧瓦涵灵气
雕梁挺拔，廊柱轩昂，钟鸣百代，日月翻新，神像古碑毓吉光

余 忠 又

植桂枝，衍华胄，延陵王别庙辞乡，辟土肇基，古邑传龙脉
沁芳泽，育瑞麟，至德祖观风卜吉，昭贤彰义，云阳结鹤胎

余 忠 又

古邑六千年，锦城一望中，秉烛骚人掏赤胆，吴越文坛撷粹辑新韵
雄风三万里，浩气九霄外，挥毫壮士献丹心，春秋史海钩沉溯旧踪

余 忠 又

九里清风昭古邑，高贤代代，英姿勃发凌太虚，浩气盈华岳
千秋圣泽萃新城，胜迹斑斑，伟业竞辉耀青史，雄才贯紫微

余 忠 又

九里清风习习，十字穹碑凛凛，看七星塘畔，八卦潭边，古邑芳菲遗雅韵
千秋圣泽绵绵，万家暖阁巍巍，喜四德座前，三圈桥堍，新城玉藻续宏篇

丹阳访仙河东季子庙

论礼论诗，列齐鲁名乡之左
让兄让侄，介伯叔君子之间

——以上均选自《季札与季子庙》

［简 注］ 河东季子庙在丹阳访仙镇吴家巷，始建于明崇祯年间。1938年春被日军所毁。

米 芾 墓

叶震东

坯土足千秋，襄阳文史宣和笔
从林才数武，宋朝郎署米家山

［简 注］ 米芾墓在镇江南郊鹤林寺附近。

宗 泽 墓

忠忱枕日月 浩气薄云天

——《镇江文史资料》

［简 注］ 宗泽墓在京岘山。

佚 名 又

大宋濒危撑一柱 英雄垂死尚三呼

——实地采录

佚 名 又

颁表八百年前，勋绩永昭明于日月
锡垂万千载后，珠玑长炳耀乎乾坤

——实地采录

丹阳陈东墓

郑 普

丹陛披肝，千古纲常可托
荒庭屈膝，两人富贵何为

——《楹联丛话》

[简 注] 下联指墓前铁铸汪伯彦、黄潜善二佞臣像。

又

留贤相，斥奸邪，凭耿耿丹心，上扶宋室
赐祀田，饬修撰，看重重紫诰，下报忠魂

——《镇江文史资料》

[简 注] 陈东墓在丹阳胡桥镇大贡村。

伯 先 墓

巨手劈成新世界　雄心恢复旧山河

——实地采录

[简 注] 赵声(字伯先)墓地在南郊竹林寺附近。

又

绿竹径回环，劲节雅似君子德
黄花岗飘渺，忠魂是有故人游

——实地采录

马 家 坟

沈百先

玉洁冰清，贤贞克守　山环水抱，灵秀所钟

[简 注] 马家坟在南郊。

许 沅　又

画荻丸熊，颇征苦志　贞松劲柏，长护幽灵

张清源　又

春露秋霜，孝思不匮　云蒸霞蔚，明德维馨

冷 遹　又

风景重南郊，荫复松楸，胜境傍竹林禅院
云軿返西竺，秀贻兰桂，丰碑建葱郁高阡

[简 注] 云軿：为古代一种有帷幕的车，后专指妇女乘坐的车。西竺：印

度古译名，此处为"西天"之意。

丹阳柳茹贡祖文墓

陈智勇

扶宋室勒轩南渡，全心正国，秣陵偃月横刀，移孝作忠，大节留青史
慰岳公投传东迁，一诺披肝，柳茹救孤匿幼，周仁行义，清风励后人

——《中华当代楹联家大辞典》

［简 注］ 贡祖文墓位于丹阳延陵柳茹村南。贡祖文与岳飞友笃，协志恢复中原。后岳飞为秦桧所害，贡匿岳三子霖于柳茹达20余年。死后宋孝宗赐匾"旌表忠义"。

书　院

北固山宝晋书院

彭文勤

两点金焦，到山者不如望
一庵海岳，怀古犹见其人

——《楹联剩话》

赵佑宸　又

六载守京江，所期寒士欢颜，安得万间广厦
一庵怀海岳，差幸昔贤遗迹，犹存千古名山

——《中国名胜楹联大辞典》

［简 注］ 宝晋书院在北固山麓，以米芾书斋宝晋斋为名，今已毁。

丹阳练湖书院

文章浩瀚湖波涌　事业空明练水浮

——《古邑史踪——丹阳历史文化专辑》

［校 勘］ 此联又为"文章好似湖波漾，书案犹如练水明"，待考。

［简 注］ 练湖书院建于明永乐八年(1410)，明景泰年间重建。

戏 台

戏 台 联

张玉书

假戏真情，其中有孝子忠臣，当局莫轻看过
新腔旧调，即此是晨钟暮鼓，大家只管听来

——《中国古今巧对妙联大观》

题 剧 园

顾鹤庆

把旧事今朝重提起　破工夫明日早些来

——《清光绪丹徒县志》

自题梦楼（演家乐之所）

王文治集句

人世难逢开口笑　老夫聊发少年狂

——《楹联丛话全编》

庆乐园戏台

赵曾望

歌吹继南朝，试听响遏行云，问玉树当年，盈耳何如新乐府
江山凌北固，莫羡神游明月，看银花不夜，置身已在广寒宫

——《江南赵氏楹联丛话》

龚聚五为母祝寿代署戏台联

李承衔

奉老母八旬，喜烟燧初清，虎帐龙韬，博得萱帏开笑口
后中秋三日，趁霓裳未阕，鸾笙凤琯，引将莱彩祝期颐

——《楹联剩话》

[简 注] 龚聚五，名得魁，以从军积功至总戎，凯旋，值其母于八月十八日寿辰，演剧娱亲。

二月二日土地圣诞演戏联

李承衔

青枝绿叶，向日方荣，趁二月春光，把酒纵观前代事
白叟黄童，闻风毕至，愿四郊秋赛，吹箫再谱太平歌

——《楹联剩话》

丹徒宝堰关帝庙万年台

天下事无非是戏　世上人何必认真

——《镇江戏曲志》

丹阳埤城万年台

佚　名

白面书生，问腹中空空如也
红唇娘子，望足下悠悠大者

——《古今戏曲楹联荟萃》

丁建鹏　　又

面目总非真，借己形人，由他做作
事情都不假，居今鉴古，要你思量

——《镇江戏曲志》

［简 注］ 万年台位于埤城真神庙（现中心小学对面）。清光绪年间遇火灾，后当地人集资重建，1973 年拆除。

丹阳延陵柳茹村演戏联

柳塘秀接茅峰，流水高山，莫非雅韵
星火光腾月穹，人间天上，共此良宵

——《镇江戏曲志》

司徒都观庙大帝开光戏联

歌台筑颓败垣中，迭奏元音，都观四境升平象
神位安昌福院内，重开慧眼，大帝千秋德泽深

［简 注］ 此联作于 1940 年，时都观庙已大部被毁，将大帝神像绘于昌福院内开光才得以演戏。

司徒都观庙戏楼

往事重提，逝者如斯未尝往
今朝试看，后之视昔亦犹今

司徒朱画寺会戏

至诚感神，焚一炷心香，法驾遥临朱画寺
逢场作戏，奏九成雅乐，余音永绕紫阳堂

司徒欧甲大仙庙戏台

大仙本有灵，谁教术士徐君，入海去寻不死药
神州正蒙难，可恨冥顽商女，隔江犹唱后庭花

——以上均选自《司徒乡志》

[简 注] 大仙庙位于司徒镇西南欧甲村,始建年代不详。解放后渐废。此联作于1940年。

扬中三茅宫遏云楼戏台

请看忠臣孝子，童叟眉扬，方信人心不泯
堪嗟巧计奸谋，贤愚发指，乃知古道犹然

——《镇江戏曲志》

茅 山 戏 台

陈载南

芳草有情，好鸟飞来花笑
瑶台无锁，美人归去云封

——《中华名胜对联大典》

句容三茅会戏联

万室告成，乃积乃仓，咸赖茅君锡庆
一阳初动，式歌式舞，聊抒偏氓悃忱

——《镇江戏曲志》

谭栋材

又

兄弟协力同心，奉道教为宗，至净至清遗圣迹
乡民竭诚致敬，倩优人演剧，有声有色谢神恩

——《镇江戏曲志》

句容庙会

清音歌德泽　雅韵颂神庥

又

一日幽歌闻洞府　百年逸韵绕天宫

又

峰列为三，难兄难弟
道云贞一，可颂可歌

又

烛影辉煌，凭兹而酬圣德
歌声嘹亮，借此以谢神恩

又

入洞自烧丹，藉谢红尘，万古英灵笑句曲
逢场姑作戏，山传白石，八音嘹亮奏钧天

又

教以清净为宗，仰三部英灵，虽白叟黄童犹致敬
乐由平和而发，听一声歌咏，即红梅绿柳亦怀新

——《古今戏曲楹联荟萃》

句容宗禁戏联

谭栋材

借梨园以申禁，劝者劝，惩者惩，好样子都来看看
假俳优而严律，赏之赏，罚之罚，丑名儿齐去传传

——《镇江戏曲志》

又

曲声高，曲音畅，曲谱梅花，一曲升平无限乐
宗条立，宗法严，宗歌白雪，六宗联合又何忧

又

春日虽残，春光不老，趁此晓钟未到，唱几曲春歌，一刻千金休计值
宗盟已旧，宗法维新，值兹和局初成，订数条宗约，九州万国总称平

纪甲庙演戏联

陈宪之

生九谷，镇九宫，九数相推，九九预见丰岁兆
值元年，继元月，元音迭奏，元元共乐太平春

［简 注］（1）纪甲庙位于句容东昌乡背甸村东南，抗战期间已毁。（2）作者为晚清贡生，句容白兔乡上兰村人。（3）元年元月，指民国元年(1912)农历正月。

［校 勘］《镇江戏曲志》中“九谷”作“九壳”，“丰岁”作“千岁”。

青山庙演戏联

高依五

舞态暨柳腰竞美，共庆二春景色
歌声与蛙鼓齐鸣，同祝七社太平

［简 注］（1）青山庙在句容东昌乡青山村西南。（2）作者为塾师，东昌乡张家甸人。（3）七社，指作为青山庙施主的青山、董家、达巷等村庄。

句容南宫庙戏台

扬冠整带，俨然君臣父子
停锣住鼓，全是儿女夫妻

——《古今戏曲楹联荟萃》

句容行香乡行村定名演戏联

棚子非雅号，借三日笙歌，声明更改
行村初定名，仰八方观众，着意宣扬

——《镇江戏曲志》

［简 注］该村原名棚子村。

句容郭庄庙戏台

吴自谦录

宇宙事孰假孰真，且待彼铺张些恶霸善良，如何结果
古今人谁好谁歹，但看他排出那奸邪忠正，怎样收场

——《镇江戏曲志》

句容仪姑庄戏台

杨沛元

歌舞起郊原，来不拒，去不留，只消得渔翁牧童纷纷闹去
敌氛窜海上，战之胜，攻之克，可敬兮猛士骁将赳赳无前

——《镇江戏曲志》

［简 注］ 下联指 1932 年“一·二八淞沪抗战”。

句容农村社戏联

桃花园里观人物　杨柳堤前听笙歌

谭栋材

又

白叟黄童，欣然顾曲
红男绿女，宛若知音

又

柳绿桃红，万家春色
莺歌燕语，一片新声

又

燕语莺啼，四处歌声皆合奏
桃红柳绿，十分春色亦成妆

又

歌舞近黄昏，月魄星稀，今晚颇难迟点去
游观当白昼，天寒晷短，明朝须请早些来

又

此非社会教育乎，若者文明，若者野蛮，在在足资镜考
今则世界战争矣，或为优胜，或为劣败，纷纷何异舞台

谭栋材　　　　又

将近年新历史，传来毕肖毕真，时而效忠，时而独立，始知民国行为无非是戏

举列强大纷争，演得有声有色，或焉宣战，或焉构和，且看协约方面怎么下台

戏曲楹联

鹿蕉　麟楦

[简 注] 此联及以下32副联，均来自一手抄本。抄录者身份及抄录年代不详。1912年民国成立后，句容县茅西乡王庄村百庵庙在一次翻建时，庙中居士刘松高在墙壁中一竹筒内发现。抄本为32开纸，共75页，毛笔抄写。封面题名“春联”，下书“重光主人识”。内容涉及社会生活许多方面。

又

优觞即是迎神曲　乐岁何妨举国狂

又

传奇写出千般是　乐事还同万家心

又

弄假成真，到底真归何处
将无作有，必然有在随边

又

雨后讴歌，金井初飘一叶
风前箫管，银河欲渡双星

又

闻弦歌之声，贤者亦乐此
见羽毛之美，乡人皆好之

又

几日西风，檀板敲残梧叶碧
一天风露，玉箫吹破稻花香

又

子孝孙贤，金榜题名虚富贵
郎才女貌，洞房花烛假姻缘

又

节届阳春谢宗功，而鸣管籥
时逢亥月酬祖德，以尽弦歌

又

丝竹比东山，敢拟谢安太傅
秫粳获西野，无烦刘猛将军

又

便无穷富贵功名，幻如春梦
看许多悲欢离合，曲尽人情

又

笛倚楼头，春半梅花秋半月
琴挥台内，今人面目古人心

又

道千百年之故事，虽真亦假
演前后代之遗型，似是而非

又

箫鼓颂神灵，红叶黄花时节
笙歌酬圣德，白沙翠竹江村

又

摩写奸忠着实时，并非假意
形容美恶嬉戏处，总是真情

又

凡事莫当前，看戏无如听戏好
为人须顾后，上台方见下台难

又

风雨送三春，尚有莺花留过客
乡村才四月，还将歌舞乐闲人

又

男无假，女无真，怎么无人嫌假
你不来，我不怪，因何不请自来

又

演古处，衣冠千载，犹同观蜡意
闹太平，箫鼓一对，抵画辟蝗符

又

吹来一片商音，寒露节中歌白雪
谱出千秋雅调，清风响处遏行云

又

近者悦，远者来，庶以哉何足算也
行其礼，奏其乐，戏之耳不易乐乎

又

近者悦，远者来，谓其台曰斯为美
行其礼，奏其乐，乐是班乎可以观

又

事则实，情则虚，恰是虚情传实事
人好今，戏好古，还将古戏劝今人

又

发于声，高也，明也，悠也，久也，斯为美
奏其乐，手之，舞之，足之，蹈之，可以观

又

杂果陈时问方朔，盘中可有千年银杏
百花谱后听桓伊，笛衷又落三月红李

又

一曲迓神銮，听玉振金声，宛转迸七星旗外
两河舒地脉，看凤舞龙飞，翩跹绕八字桥头

又

习习条风，吹上柳绿桃红，借梨园细描春色
隆隆社鼓，敲遍青畦碧亩，问歌台共乐升平

又

尧舜生汤武末，桓父净丑，古今来许多脚色
日月冠山河带，风雷旗鼓，天地间一大戏场

又

秋稼慰农情，幸蝗不为灾，箫鼓同传丰岁乐
先畴怀祖德，喜螽能繁衍，馨香犹作彩衣欢

又

借此傀儡俳优，打破痴情，愿看看时须看看
听他声歌鼓乐，揭开大梦，得顾顾处且顾顾

又

一曲歌音，惊起八方父老，听住诗酒琴棋，祖领孙贪欢处金乌西坠
千秋乐业，引动四境儿童，暂歇渔樵耕读，兄携弟只看到玉兔东升

丹阳司徒甸头寺烟火台

夜月未升，借千万朵银花，代乾坤生色
冬林已槁，凭数十株火树，为草木增荣

——《司徒乡志》

[简 注] 烟火台位于司徒镇西北狮子墩。

古 桥

通 泰 桥

津吏从东方来指旧碣上题通泰
水程沿北郭至越新河近傍朝阳

又

从万历年修造至今，卜吉仍逢己未岁
有九曲水经行其下，横空永镇丑寅方

[简 注] 上两联见于桥北和桥南拱门石刻。该桥属丹阳市级文物保护单

位，始建于明万历四十七年（1619），重建于1919年，干支都是己未年。“朝阳”指朝阳门，即麻巷门；“九曲水”指九曲河。

开 泰 桥

横波激石，峙并雄关，遥挹凤凰山秀
偃水长虹，跨当孔道，旁通香草河流

又

東京口潮流，百尺虹腰，高踞迎春以上
枕曲阿塔影，千层雁齿，迤趋萃秀而东

［简 注］上两联见于桥西和桥东拱门石刻。该桥属丹阳市级文物保护单位。据《丹阳县志》：“康熙间（1662—1722），邑人徐兆福等捐修”，此后乾隆、道光年间重修。“凤凰山”在丹阳南门外，是古文化遗址；“迎春”、“萃秀”均为丹阳古桥名。

萃 秀 桥

常春圆

塔影钟声，寺前银杏，重叙昭明话梓情
桥头朗月，湖上清风，曾传李白歌佳酿

施毓霖

又

茅峰横郭，练水近垣，千载古城钟秀色
绿树迎风，浮居耀日，万家楼阁沐朝阳

牌 坊

京江道氏两世孝妇坊

李承衔

两世性情真碧血宵飞风雨惊回一室
九天恩泽厚丹毫春洒江山同有千秋

——《楹联剩话》

[简 注] 京江道氏以姑侄为姑媳，两世皆刲臂，一疗母疾，一疗夫疾，同治某年得旌建两世孝女坊于大江滨。

吴氏贞节牌坊

茹蘖饮冰奉两代五姑，事葬祭都能尽礼
丸熊画荻历六旬四世，子孙曾均作奇男

——《镇江市志》

[简 注] 吴氏贞节牌坊在梳儿巷 65 号，为市级文物保护单位。

束氏节孝坊

树之风声，千载青篇垂女朝
表厥宅里，九重丹诏前龙光

——《丹阳古今·文物古迹》

[简 注] 束氏节孝坊位于丹阳市访仙镇戎氏宗祠前，清乾隆年间为旌表戎正麟妻束氏而建。此坊联尚存。

柳茹节孝坊

玉度可堪霜并净　冰心应与月同辉

——《丹阳古今·艺文集萃》

[简 注] 柳茹节孝坊位于丹阳市延陵镇柳茹村，建于清乾隆九年(1744)。坊横额镌刻有“旌表处士贡荫三妻眭氏之坊”。今存。

访仙吴氏节孝坊

反哺奉高堂，妇带子戏
和九课午夜，师以田兼

楼 阁

三 义 阁

佚 名

三人三姓三结义 一君一臣一圣人

——《实用楹联大全》

[简 注] 三义阁位于丹阳老县城东门古运河南,建于明天启二年(1622),三义指刘备、关羽和张飞。咸丰十年(1860)毁于兵燹。

佚 名 又

汉室赖三人,留得住百年社稷
桃园尊一义,解不开万世肝肠

——《实用楹联大全》

佚 名 又

若敷粉,若涂朱,若点漆,谁谓心之不同如其面
忽朋友,忽兄弟,忽君臣,信乎圣不可知则谓神

——《实用楹联大全》

第四章 宗 教 类

庙 宇

丹阳城隍庙

林福源

义利两刺心，须知天道无私，何处可寻蕉覆鹿
轮回千古事，欲把玄关脱过，几生修到李犹龙

——《中国名胜对联大典》

丹阳司徒都观庙

烈烈南宫，辅周王伐暴救民，勋业辉煌十乱
巍巍大帝，奉天道祸淫福善，声灵赫耀千秋

——《司徒乡志》

[简 注] 都观庙位于司徒镇潭甲村北，清咸丰年间毁，光绪二十八年(1902)重建，计庙舍70余间36廊，分别有“财神”、“雷震”、“观音楼”等36司。抗战时被毁。

司徒都观庙财神司

尔欲富乎？强为善而已矣
我无私也！必因材而笃焉

司徒都观庙雷震司

霹雳一声，为世俗振聋发聩
震惊百里，代天公宣势布威

司徒庙佛殿

天竺有圣人，开觉路、渡迷津，悲悯存心，似儒教先师孔子
释迦为佛祖，辟玄机、传妙谛，清虚立极，犹道家太上老君

司徒驸马庙

天道无私，福善祸淫，果报毫厘不爽
神灵有赫，耳雷目电，聪明正直难欺

[简 注] 驸马庙坐落在司徒阮甲村北，又名崇福院。清初建，有庙舍21间。解放后为庙会活动中心。

司徒驸马庙观音殿

孽海茫茫，问凡夫胡不回头，趋登彼岸
慈航渺渺，仗大士援之以手，渡出迷津

司徒瑞相寺

开化在西方，由东汉以来盛行中国
竭忱济大众，愿普天之下共出迷途

[简 注] 瑞相寺坐落在司徒东庵墩附近，故又名“东庵”。始建年代不详。抗战初，庙舍部分被毁。日军一小队欲驻残宇内，群众自发将其全部拆毁。

司徒瑞相寺观音殿

大士多情，悯众生孽海沉沦，忙泛慈航普渡
诸公著意，学前代善人举动，常留好样同看

司徒朱画寺香堂

活佛在家中，汝莫烧香，但在家中参活佛
神仙游物外，人能修善，可从物外见神仙

司徒西麻村香堂

仙境乐无央，缅想洞中瑶草琪花千古艳
凡人忙甚的，试看台上功名富贵一场空

——以上均选自《司徒乡志》

[简 注] 香堂位于司徒镇西麻村。相传宋时，名医谢国兴云游至此定居。后人筑香堂为祭祖进香之处。

丹阳司徒观门

忌酒戒烟卫生要术　吃亏忍耐处世良方

[简 注] 观门位于司徒驸马庙。1946 年创办。解放后逐渐停止活动。

又

五字真经，何足为外人道也
一心在理，不亦见吾辈诚乎

——《司徒乡志·宗教信仰》

丹阳访仙金刚殿

奸人女、淫人妻，贪风流烟花，你当日原真惬意
粉尔身、碎尔骨，上刀山剑树，我今朝定不饶情

[简 注] 此联为访仙东茆村刘泉明提供。

丹阳访仙财神庙

惠我无私，广布人间福泽
权衡有道，主持天下财源

[简 注] 此联为访仙东茆村刘泉明提供，财神庙址不详。

丹阳访仙观音堂

神道极明，明人间未明之事
士心至正，正世上不正之徒

——以上均选自《丹阳古今·艺文集萃》

［简 注］ 此联为访仙东茆村刘泉明提供，观音堂久废。

风 神 庙

赵曾望集诗

九月寒砧催木叶　暮天新雁起汀洲

——《江南赵氏楹联丛话》

丹徒横闸金龙大王庙

林则徐

南宋溯忠门，香火传来，犹似钱塘江上
东吴恬德水，帆樯驶过，免经铁瓮城头

——《楹联丛话全编》

财 神 庙

德者本也，财者末也
大而化之，神而明之

——《楹联剩话》

［简 注］ 原书未交代地点。

茅山财神神龛

生财有道和为贵　心义为邻德不孤

丹徒辛丰镇东石村三郎庙

周志坤

三郎重建，梵宇宏开，诸方礼赞
圣容再现，道光普照，万福来朝

横山凹三郎庙

手执宝剑巡世界　身披黄袍显威灵

句容大茅峰半山土地庙

日昍晶㽙　　（音：日晒晶华）
月朋朤𣊫　　（音：月明朗照）

［简 注］ 联意为土地神像天上的日月普照着大地，护佑着百姓。

又：丹徒辛丰镇徐东村福德神祠也有同样的对联，书写者为江德泉；丹阳陵口陈兴国老师（已故）也曾反映丹阳某土地庙有此对联。

丹徒高桥土地庙

敬公公田苗茂盛　谢娘娘五谷丰登

又

有庙无僧风扫地　多香少烟月点灯

高桥乾字圩土地庙

野盛桑麻思圣泽　境无水旱感灵庥

——《丹徒文史资料》

土　地　庙

吾土地也　人恒敬之

又

厚德载物　安土敦仁

又

人人敬我一方二老　个个赐他五福三多

——以上均选自《楹联剩话》

［简 注］ 原书未交代土地庙地点，唯第二联为“江南人家”。

焦 山 关 庙

江声犹带蜀　山色欲吞吴

——《对联选》

[简 注] 关庙已圮。

爱新觉罗·弘历　　又

岷水溯雄图，神依西蜀
焦峰冠灵宇，目俯东吴

——《清光绪丹徒县志》

贾　镛　　又

此吴山第一峰也，问曹家横槊英雄，而今安在
去汉代两千年矣，数当日大江人物，不朽者谁

——《中国名胜楹联大辞典》

丹徒区辛丰镇关庙

兄玄德弟翼德德兄德弟　师卧龙友子龙龙师龙友

又

义存汉室三分鼎　志在春秋一部书

茅山关帝神龛

志在春秋功在汉　心同日月义同天

关　庙

东望尽吴山，观试剑峰前，留得旧居片石
西来皆蜀水，喜磨刀江上，依然故国洪涛

——《中国名胜楹联大辞典》

又

史官评议曰矜，误矣！视吴魏诸人，犹如无物
后世尊称为帝，敢乎！伦春秋大义，还是汉臣

——《中国名胜楹联大辞典》

[简 注] 以上两庙，原址不详。

镇江广东会馆祀关帝联

乃武乃文，至德与尼山合撰
以享以祀，湛恩被粤海同人

——《楹联剩话》

［简 注］ 原文："镇江西门外有广东会馆，中祀关帝，联云……"

关　　庙

某屠户

一片心大哥三弟　两件事曹操孙权

——《楹联剩话》

关　　庙

赵曾望集句

博厚所以载，高明所以覆，悠久所以成，可以与天地参矣
富贵不能淫，贫贱不能移，威武不能屈，岂不诚大丈夫哉

——《江南赵氏楹联丛话》

［简 注］ 此为作者拟悬之作。

刹　　寺

江 天 禅 寺

魏光焘

社修莲品静　性定菜根香

［简 注］ 江天禅寺在金山，俗称金山寺。

又

七尺棒头开正眼　一声喝下歇狂心

［简 注］ 此联现见于金山禅堂。

又

戒定慧勤，修光乃现
贪嗔痴息，无道而生

又

说法期师追觉老　参禅笑我愧坡公

冯　煦　　又

绵绵若存，尽空四相
如如不动，能断三心

李宗海　　又

金佛尊严，法相重光，江月圆明禅院静
山灵赫奕，神威显示，天花纷坠寺门新

——《中国名胜楹联大辞典》

慈　舟　　又

江水滔滔，洗尽千秋人物，阅沧桑，因缘聚散悟空性
天风浩浩，吹开大地尘氛，倚圣教，禅静止观觉有情

——实地采录

江天禅寺大殿

爱新觉罗·玄烨

僧归夜船月　龙出晓堂云

——《清乾隆镇江府志》

爱新觉罗·弘历　　又

潮涌西津，不断天风传塔语
山蟠北固，遥分晴籁散炉烟

——《清光绪丹徒县志》

黄后庵　　又

菩萨现金身，宝相庄严观自在
梵王说妙法，诸天激荡海潮音

——实地采录

[简 注] 此联现见于江天禅寺大殿后“海岛”两侧。

赵朴初集句并增句　　　　又

大江浪应梵钟，诸天听法苍茫际
千里云开宝殿，万佛垂光紫翠间

——实地采录

许图南　　　　又

宝殿此重修，梵宇宏开，诸方礼赞
金容今再现，佛光普照，万福来朝

——实地采录

高禾生　　　　又

骇浪惊涛，送尽了解带诗人、过江名士
梵宫杰阁，常思到开山佛子、桴鼓蛾眉

杨　棨　　　　又

水上立鳌峰，地少天多，一片光明开觉路
门前对龙窟，安禅听法，万花飞舞渡迷津

——《金山志》

赵曾望　　　　又

珍楼宝阁莽飞回，一片清秋，依然桴鼓声雄、梵钟响逸，却笑塔铃无语，让我辈乘兴问天来

山月江风闲销尽，万重劫火，除是丰碑泽大、傀鼎光坚，不知带玉长留，许何人齐名传世久

——《江南赵氏楹联丛话》

沈秉成　　　　又

一峰浮玉，十地布金，忆裴头陀江岸披缁，苏内翰山门留带，光阴瞻逝水，谁续胜缘，愿宏开宝宇琳宫，永镇苍崖翠壁

万顷烟涛，千林风籁，想焦仙人幽岩瘗鹤，陆处士中泠品泉，卜筑有芳邻，堪寻陈迹，漫辜负莲花贝叶，同听暮鼓晨钟

——《金山志》

天 王 殿

慈 舟

须弥山间，宏开宫殿，风调雨顺护法界
堪忍国中，镇守山门，辅正摧邪定乾坤

——实地采录

慈 舟

又

诸恶莫作，众善奉行，三藏圣言演真谛
四大本空，五蕴非有，翰林玉带镇山门

——实地采录

［简 注］ 横楣为“照澈江天”四字。上款为“北宋三藏法师佛印与翰林学士东坡酬对，印祖依圣言四大本空五蕴非有翰林何处坐之句赢得坡公玉带作镇山之宝传为千古绝唱耳”。

天王殿弥勒龛

爱新觉罗·玄烨

大肚能容，容天下难容之事
开口便笑，笑世间可笑之人

［校 勘］ 《中国镇江风景名胜》也刊此联，唯下联首三字为“佛面常”。

吴氏伯子蔼如春熙

又

大肚能容，了却人间多少事
满腔欢喜，笑开天下古今愁

——《金山志》

又

日日携空布袋，少米无钱，却剩得大肚宽肠，不知众檀越信心时，用何物供养
年年冷坐山门，接张待李，总见他欢天喜地，请问这头陀得意处，是什么来由

——郭维庚提供

观 音 殿

爱新觉罗·弘历

甘露常流功德海　香云遥映普陀山

——《金山志》

郭用恒

又

浮玉现瞿昙，宝络庄严，法界三千宏觉路
留云空色相，镜台明朗，因缘十二结慈心

——《金山志》

观 音 阁

琳宫梵宇照江天，看劫余金碧交辉，重睹光明世界
紫竹白莲传色相，求厥后芝兰竞秀，常先积善人家

——《金山志》

无 量 殿

爱新觉罗·弘历

海屿云涛天共远　梵宫香霭日长新

——《清光绪丹徒县志》

文 殊 殿

爱新觉罗·弘历

岫涌白云飘晦霭　林开翠柏绕清烟

[简 注] 此联现见于修艺堂。

大 悲 楼

爱新觉罗·胤禛(清雍正帝)

慈布身云，荫大千世界
言流性海，开不二法门

——《金山志》

楞 伽 台

王文治

窗前沧海凭开眼　台上楞伽可印心

——《金山志》

朱廷琛　又

天欲将画本常翻，凭只些沙鸟、风帆、烟云、竹树
我到此诗怀益壮，写不尽钟声、塔影、楼观、江山

藏 经 楼

许图南

藏万卷书，琼楼再现
经百千劫，佛日重光

彭玉麟　又

六百余部藏经，无非发明圣教，镇大江突兀奇峰，好凭佛力金轮普销劫运
五十三参奥义，何能赞叹菩提，愧老夫颓唐秃笔，敢与坡公玉带并寿名山

——《金山志》

镜治斋西佛堂

爱新觉罗 · 弘历

真如不动超观察　念力常圆普吉祥

爱新觉罗 · 弘历　又

法界静参清净相　香台普现妙明心

爱新觉罗 · 弘历　又

潮音普遍华严海　慈竹常霏妙鬘云

——以上均选自《清光绪丹徒县志》

金山慈寿塔

七层天欲尽　八面景皆空

——《金山龙游禅寺志略》

李　渔　　　　　　　　　　　又

仰啸仅离天尺五　俯视恰在水中央

——《精彩对联》

陈　彝　　　　　　　　　　　又

但令此心无所往　虽有绝顶谁能穷

——实地采录

又

塔影波光，祥云缭绕江天寺　经声佛号，梵音激荡海门潮

——实地采录

［简　注］　上款著毗陵孙江天书。横楣为“上出重霄”。

金山首座室

释宗仰

说法宗三论　印心属二伽

——《镇江宗教》

［简　注］　三论指《中论》、《百论》、《十二门论》；二伽指《楞伽》、《瑜伽》。

金山方丈室

王仁堪

千古英雄浪淘尽　天下名山僧占多

——《金山志》

［简　注］　此联为作者赠金山僧秋岩。

膳　堂

住持僧开

一瓦一椽，一粥一饭，檀那脂膏，行人血汗，诸戒不持，尔事不办，可惧可忧，可嗟可叹

一时一日，一月一年，流光易度，幻形非坚，凡心未了，圣果未圆，可惊可怖，可悲可怜

——吴恭亨《对联话》

［简 注］《长联雅藏》记作者为毛奇龄，“一瓦”为“一屋”，“未了”作“未尽”，“可怖”作“可怕”。

定慧寺大殿

钟声传三千界内　佛法扬万亿国中

［简 注］定慧寺在焦山。

又

瓶中甘露常遍洒　手内梧枝不计秋

又

擂鼓促生戒定慧　鸣磬息灭贪嗔痴

茗　山　　又

从东汉开山，经一千八百载，利生宏法
自初唐建殿，历五代十朝人，不变随缘

——实地采录

赵朴初　　又

面面涌风涛，悉皆黄檗婆心，棒喝声高尘不动
亭亭亘今古，常住普贤愿海，虚空界尽鹤归来

——《焦山志》

茗　山　　又

过去一千八百年，几经兴废，方知历代祖师创业守成皆不易
未来无量僧祇劫，难测盛衰，惟愿堂头和尚承先启后永维持

——实地采录

定慧寺天王殿

护法心殷，不改本来面目
降魔力大，犹存旧日威风

又

辅正摧邪，百万人家福地
振威显德，三千世界丛林

吴撝谦　又

坐到无言，心事忽随流水去
来非有约，闲情尝与白云还

——《焦山志》

茗　山　又

遇难不离山，为护法降魔，不改本来心愿
立功在守刹，虽化身换貌，仍存旧日容颜

——实地采录

周道谦　又

眼前都是有缘人，相近相亲，怎不满腔欢喜
世间尽多难耐事，自作自受，何妨大度包容

——实地采录

[简 注] 原联未署作者名,此乃根据明光先生听胡鲁璠先生所说。

定慧寺伽蓝殿

茗　山

随缘饮食起居，座客莫嫌斋饭淡
疏略应酬交际，山僧未识世情浓

——实地采录

定慧寺山门殿

茗　山

为人莫作假凶空　善知方便度群生

——实地采录

茗　山　又

莫道人间无净土　当知此处有莲邦

——实地采录

茗　山　又

言行当选有关公益　作事安能尽满人心

——实地采录

茗　山　　　又

戒定如山，智慧如海　慈悲为室，方便为门

——实地采录

定慧寺山门牌楼

茗　山

天上人间皆净土　溪声山色总禅机

——实地采录

茗　山　　　又

云影山光天接地　风平浪静月沉江

——实地采录

茗　山　　　又

泉声鸟声钟鼓声，声声是幻
山色云色草木色，色色皆空

——实地采录

茗　山　　　又

妙音观世音，梵音海潮音，江音尽是广长舌
天色月光色，塔色云树色，山色无非清净身

——实地采录

定慧寺钟楼

刀述仁

百八钟声返闻自性　五千经藏直指人心

定慧寺钟楼走廊

积德虽无人见　存心自有天知

——实地采录

又

当行清净菩提道　愿得端严相好身

——实地采录

定慧寺鼓楼

刀述仁

一道天鼓，可断妄想
万遍佛号，能渡迷津

——实地采录

定慧寺鼓楼侧走廊

茗　山

当学柔和忍辱法　常修喜舍慈悲心

——实地采录

又

茗　山

香气普熏于一切　大悲广济诸群生

——实地采录

焦山四面佛

方地山

面面相窥，佛也须有靠背
高高在上，人到此即回头

——吴恭亨《对联话》

藏经楼下禅堂

但明伦

此间有贝叶书，为诸佛宗镜
其上即莲华会，是大乘法轮

——《焦山志》

又

普渡迷津，楼上藏经翻见业
弘扬圣教，堂中说法散天花

焦山万佛塔

一塔摩霄邻北斗　双峰如柱砥中流

茗山、黄鹏飞　　又

海涌莲花花涌佛　山擎宝塔塔擎天

北固山甘露寺

柳诒徵

大千世界　第一江山

——《中国名胜楹联大辞典》

康有为　　又

天入长江生远浪　风吹落木下清秋

——《精彩对联》

爱新觉罗·弘历　　又

地窄天宽，江山雄楚越
沤浮浪卷，栋宇自孙吴

——《清光绪丹徒县志》

［简 注］此联现见于“南徐净域”山门之侧，未署作者名，书写者为范承衔。《镇江要览》则注明作者为苏涧宽。

萨　载　　又

露降何年，萝径石门开法界
寺临无地，海云江月拥祥轮

［简 注］《中国对联宝典》中，上联为“梦径”，非“萝径”。

高　晋　　又

紫极焕璇玑，瑞露凝甘留净域
丹轮开宝相，香岩拥翠俯晴江

——《楹联丛话全编》

招隐寺大殿

蔡蔚霞

佛地本无边，看古刹几许沧桑，从此金轮销劫运
清泉不能浊，愿出山依然莹洁，好凭宝筏渡迷津

——《招隐山志》

宝华山隆昌寺戒坛

爱新觉罗·弘历

地控秣陵，金殿香浮华鬘动
山蟠句曲，石坛月朗戒珠圆

——《镇江宗教》

绍隆寺法华楼

慈　舟

法轮常转，是盛世昌明景象
华藏庄严，乃佛日永亘古今

——《现代华僧楹联》

大港绍隆寺

爱新觉罗·玄烨

上有真象龙脉　下显奇异山峰

镇江戒幢寺放生池

圣教名言，独乐何如同乐
佛家宗旨，杀生不若放生

——《古今对联大观》

润州某寺僧壁

要除烦恼须成佛　各有来因莫羡人

——《楹联丛话全编》

［简 注］　此联系梁氏转引自《随园诗话补遗》。

寿丘山普照寺

亿千万劫山长在　一百八声天未明

扬中太平禅寺

万派朝宗，梵宇新题增过客
黄金布施，禅林后起有传人

又

证三乘贝叶真经，身心圆妙
参九品莲花法座，功德庄严

又

十才聚会，菩萨摩诃萨，百福自庄严
万德圆融，今际未来际，大愿悉成满

丹徒上党西林寺

耕乎西方成佛果　崖哉中国有真人

[简 注] 本联首字藏“耕崖”二字。耕崖系西林寺住持，清嘉庆时人，湖北籍，翰林出身，曾任两江总督，后到焦山自然庵出家。

丹徒上党古洞岗村圣泉寺

南海圣泉飞古洞　西天甘露洒仙山

辛丰镇大圣寺食堂

三餐常念农夫苦　一饭难忘佛祖恩

丹徒辛丰镇东石村太平院大殿猛将菩萨

卧虎保岩疆，狂寇不教匹马返
驱蝗成稔岁，将军合号百虫来

太平院观音阁

紫竹林中观世音　白莲台上弥陀佛

又

救苦救难观世音　大慈大悲弥陀佛

又

无我无人观自在　非空非色见如来

宫　观

茅山顶宫

康有为

龙虎排云出　玉清炼丹来

又

但见花开落　不闻人是非

——《茅山民间文学集成》

又

一心修道弃汉职　三茅成果受香烟

又

百忍居家为第一　三思处世是良谟

茅山九霄万福宫

视之不见求之应　听则无声叩则灵

又

集神州脉气，风光无限
容天地精华，气象万千

又

众姓投诚，共殿太平之醮
名家蒙小，咸沾雨露之恩

又

秉烛焚香，颂真经而请福
献花酌水，礼法忏以长生

又

天地水府，掌人间善恶之权
上中下元，有赐福赦罪解厄

又

不孝父母，空向名山朝祖师
无愧身心，可来福地见真仙

又

东极慈尊，普放祥光而接引
南丹真老，指现云路以超开

又

择日启华坛，敬礼受而赐福
良辰修法忏，度血湖以延生

又

访仙迹而去官，兄弟三人隐句曲
职九天以司命，德感万古照华阳

又

心正格天，天必收灾，众姓俱无疹气
意诚求圣，圣能降福，诸人愿有祥凤

又

就地建瑶坛，凭一点至诚，即达华阳圣境
斋忱通句曲，愿众人赐福，惟希惠遍凡区

又

报双亲而悟道，恒山养性，承天仙教，源流通圣教
接二弟以飞升，句曲修真，得地华阳，风景法嵩阳

九霄万福宫门

道炁长存　万寿无疆

又

山高红日近　峰古白云深

九霄宫太元宝殿

句曲称福地无双，伯埙仲篪，千古神仙根存友
华阳列洞天第八，云车风马，九霄阊阖接扶摇

又

斋戒肃衣冠，请看十万朝山陬筮，梯航趋地肺
真灵崇业位，须识五千演道阴阳，橐龠寓天心

又

三子订同心，华阳修道，句曲登仙，正是亲兄亲弟
九重凭司命，逢凶化吉，作善降祥，恰能利国利民

九霄万福宫灵官殿

灵则无私扶合境　官能正直佑斯民

又

纠察人间善恶，三眼能识天下事
检举三界功行，一鞭惊醒世间人

又

十万朝山非是别，忤逆子孙休见我
一半进香也有功，孝顺儿女皆为你

九霄万福宫二圣殿

一方共沐平安福　四序均沾雨露恩

又

镜内珠玑贯八方　眼中精神道长存

又

法阁上界，心存万类群生
道统诸天，功居三皇五帝

九霄宫道乐演示厅

天香三炷招五鹤　仙乐一曲彻九霄

又

福地洞天赏道乐　名山古观留清音

又

静坐凭倚聆雅韵　登高临风揿清芬

怡云楼茶室

一壶天地开仙境　百里风烟入画屏

三天门石坊

修真句曲三峰顶　得道华阳八洞天

[简 注] 此联为中国道教协会原会长黎遇航之手书。

朱易经道长的客厅

修道君易得　成真尔经传

[简 注] 上、下联第四字藏道长之名“易经”。

九霄万福宫花厅下祖宗坛

曾子遗言莫不慎终追远
太乙说法无非度亡生方

九霄万福宫法事道场

钱财凭火化　马座彩云飞

九霄万福宫花厅寿堂

东海寿添新甲子　南山星转旧春秋

又

南斗六司增福寿　紫垣三台注长年

又

福海波中，龙吐生长之水
寿山顶上，鹤栖不老之松

九霄万福宫斋堂

坐观西山石　卧看南华经

又

美味遍招云外客　清香能引洞中仙

元符万宁宫

秦汉神仙府　梁唐宰相家

又

最乐入山求道　大好有酒学仙

又

仙缘到此多无路　福地原来别有天

又

黄鹤楼头留胜迹　玉清殿内炼丹砂

又

拨转迷心，始觉天堂有路
挽回真性，方始地狱无门

又

萍水相逢，终是他乡之客
关山难越，谁悲失路之人

又

道院清幽，雄踞千寻茅峰，清净无为，逍遥自在
云楼高峻，萦绕万顷烟波，茹素皈戒，心性常明

元符宫慈航殿

随处现身，芙蓉花面春风暖
寻声救苦，杨柳枝头甘露来

道祖广场老君殿

九峰苍翠隐太极　一篇道德藏玄机

道祖神台

道祖端坐三茅地　紫气直透九霄天

道祖广场东山门(西)

任法融

道教渊源，犹如云挂山头，行至山头云更远
玄门奥义，恰似月映水面，拨开水面月还深

道祖广场东山门(东)

闵智亭

星应斗牛，山接昆仑，襟太湖带长江，自然钟秀结地肺
秦汉神仙，梁唐相师，垂科教广玄化，上清经箓出句曲

元符万宁宫灵官殿

命秉九天，福善祸淫无爽报
权司三界，赏功罚过不差讹

又

持身正大，见我不拜又何妨
存心邪诳，任尔烧香无点益

三　天　门

翠岳捧仙台，华阳真气
丹崖飞绀殿，河上玄风

又

仙乐彻九霄，祝一人之有庆
天香招五鹤，祈四海之同春

道教文化长廊

山花落尽山常在　山水流空山自闲

又

山静峰秀凝神气　林幽泉清知道源

又

青松幽映峰峦翠　红日高悬涧水烟

又

道通天地有形外　山在虚无飘渺间

乾　元　观

道院乾坤大　白云仙子宅
仙都日月长　黄鹤道人家

坤道院灵官殿

一心学道道无穷，穷中有乐
万事随缘缘有份，份外无求

三 清 殿

无上三尊乃乾坤之主宰　混元一气为造化之根源

又

宝范披陈，三界十方咸稽首
玉章流演，千真万圣总归心

坤道院会客室

信乃深研玄妙　慧能辨别伪真

[简 注] 上、下联首字藏道长尹信慧之道号。

德 佑 观

建筑神仙府　复兴古道场

又

天下名山僧占多，也该留一二奇峰栖吾道友
世上好话佛说尽，谁识得五千妙论出我祖师

句容葛仙观山门牌坊

江南古邑物华天宝　葛仙故闾人杰地灵

又

临湖依观华阳圣境　左释右儒三教通融

葛 仙 殿

感应昭昭在方寸　威震赫赫显华阳

又

做个好人，身正心安魂梦稳
行些善事，天知地晓鬼神钦

又

有求信众蒙恩以庇佑　必应善士集福而平安

三清殿

一生二二生三三生万物　地法天天法道道法自然

又

宝殿巍峨金相庄严祥云接驾三清界
天香飘渺仙容恬淡法磬遥传九府宫

又

事在人为，休言万般都是命
境由心造，退后一步自然宽

葛仙观东配殿

修世间最上乘道　做天下第一等人

葛仙观西配殿

生财有道道生财　赐恩维德德赐恩

葛仙观钟楼

撞福撞时撞好运　保安保吉保康宁

葛仙观鼓楼

一通正气连广宇　三击运来保太平

葛仙观一湾亭

一亭和气临风笑　半湖春色印月圆

大港华阳观

八宝华阳天下闻　三清大教世界尊

——《镇江文史资料四县专辑》

[简 注] 八宝指观内八项物品与建筑。

丹徒区辛丰镇石城村三茅宫大殿

宝殿巍峨，上接三清世界
天香缥缈，如游九府神宫

大雄宝殿后门

德载五行作玄门之圣祖
慈悲三界为释民之梯航

嘉 善 亭

十里松林围古院　百重泉水绕青山

大 雄 宝 殿

三茅留思，踏尽群山寻仙草
祖师垂慈，走遍天下治凡民

庵 舍

药师庵佛龛

上药养命，中药养性
未觉为如，今觉为来

——《江南赵氏楹联丛话》

药师庵华王殿

赵曾望

颅岂能开，只缘奸贼当诛，欲代雷霆除大憝
臂何须刮，自是圣人无病，幸从日月附余光

佚　名　　　　　　　　又

未劈曹颅千古恨　曾医关臂一时闻

——《江南赵氏楹联丛话》

药王神像抱柱

默向人间施药饵　不教世人患膏肓

丹徒石桥风水庵

智是消心火　仁风扫世尘

露　筋　祠

赵小楼(克宜)

欲把此心证湖水　忍将清恨诉莲花

——《楹联剩话》

[简　注]　赵小楼,何方人士,《楹联剩话》未作交代,唯说他天才俊逸,著有《角山楼诗赋钞》行世。

洞　　岩

小码头观音洞

慈舟书

二水江流，慈航普渡，江宽当有岸
一洞钟灵，悲心慧眼，法行自无边

——实地采录

茗　山　　　　　　　　又

具无缘慈随类化身，紫竹林中观自在
运同体悲寻声救苦，普陀岩上见如来

——实地采录

赵曾望 又

心在塔铃中，直须洞水西流，那日再来谈佛意
手持杯珓掷，试问大江东去，甚风吹得到仙才

——《江南赵氏楹联丛话》

小码头街普陀岩

京江远连南海水　蒜岭高接普山云

——实地采录

清　真　寺

城西清真寺

化天化地能化化　生人生物更生生

又

铭盆净室沐身进德　虚堂悬镜涤虑洗心

——以上均选自《镇江宗教》

[简 注] 此联为水房客座而作。

教　　堂

丹阳天主教堂

看万象森罗，奇奇妙妙
唯一元默运，浩浩渊渊

——《丹阳古今·文物古迹》

[简 注] 丹阳天主教堂原址位于旧城东河路段。初名圣母无玷始胎堂，始建于明万历二十八年(1600)。时意大利传教士利玛窦曾一度居此。清咸丰十年(1860)、光绪十七年(1891)两次烧毁。1991 年迁北环路附近重建。

第五章 居室类

家宅

自署宅门

王仁堪

西园翰墨 北府旌旗

——《江南赵氏楹联丛话》

题王仁堪宅园

和 卿

众香国中自来去 百花头上早安排

——《江南赵氏楹联丛话》

叶大庄 王仁堪

又

郡斋读书，借官地二亩（叶）
江城如画，看烟树万家（王）

——《江南赵氏楹联丛话》

[简 注] 此联原请叶大庄撰，下联为“太守爱士，得广厦万间”。赵曾望建议，改“得”为“抵”字，王意犹未惬，数日后，易下联如上。此宅园在润州郡东。

自署家门

王文治

槐为王氏传家树 杏是唐人及第花

——《楹联丛话全编》

仿某隐士题山中寓庐

徐筠田

寄迹此山中，数亩荒田，日看犁云耕雨
忘机斯世外，三间古屋，时欣弄月吟风

——梁羽生《名联谈趣》

[简 注] 《名联谈趣》中称作者为镇江名士。

新 屋

须知创业难，念我身耒耜起家，克勤克俭，方得撑持慰祖考
莫谓守成易，愿尔辈耕读为本，毋荒毋怠，好留榜样与儿孙

[简 注] 此为抗战前句容陈武乡一农户三代同堂，造一新屋，落成之日，请塾师撰。

自 题 室

马相伯

生有自来戚继光 死无遗憾范希文

——《爱国老人马相伯》

梦中见故家别墅旁舍

赵曾望

松鳞竹角岁为比 稻海麦丘年屡丰

——《江南赵氏楹联丛话》

题 曲 楼

赵曾望

世人解听不解赏 此时无声胜有声

——《江南赵氏楹联丛话》

[简 注] 曲楼在镇郡城西，某曲师居之。

题百尺梧桐阁

李恩绶集句

大江流日夜 疏雨滴梧桐

——《江南赵氏楹联丛话》

赵曾望　又

遗墨守曾门，践迹三层，自怜心苦分明，想见先人行坐处
空青招远岫，推窗四顾，顿觉目穷苍莽，感怀故国战争场

[简 注] 百尺梧桐阁在赵氏故庐吟翠阁下。

拟悬居所项脊轩

赵曾望

忧患始于识字　穷愁然后著书

题老友朱荠樵精舍

赵曾望

蓬心夫子列御寇　菜肚老人黄庭坚

[简 注] 朱荠樵,字雉皋,东里(镇江东乡)隐君子也。

题里人刘氏楼门

赵曾望

忽见陌头杨柳色　更堪江上鼓鼙声

——以上均选自《江南赵氏楹联丛话》

[简 注] 据《江南赵氏楹联丛话》载:刘氏子从军,一去不返,其妇长斋绣佛,坐卧一小楼,所谓欲祭疑君在,天涯哭此时也。其从子乞赵书春联,乃以此联应之。

自 题 宅 门

柳诒徵

镜湖元自属闲人，柳外寻春，花边得句
青笈不妨娱老眼，池香洗砚，山秀藏书

会 馆

镇江广东会馆

此地结鸥盟，萍水遭逢，航海偕来珠海客
故乡传鹊报，梅花消息，江南不隔岭南春

又

山色挹南徐，尽销磨客子光阴，且倒清樽浮竹叶
乡心寄东粤，倘问讯故园消息，好寻驿使探梅花

——《楹联剩话》

镇江江西会馆

座中多是故乡人，喜一榻茶烟，好同话南浦朝云，西山暮雨
江畔别开名胜地，近二分明月，试凭眺东流雪浪，北固晴霞

——《对联欣赏》

[简 注] 江西会馆原址在西津渡街。

豁 庵　　又

五大洲文轨交通，漫将赣水源流溯
廿世纪人才寥落，当为庐山面目羞

堂 斋

丹徒明伦堂

赵 增

莫恃才高，此身既列宫墙，当循矩矱
敢言官冷，凡事有关名教，便要维持

——《楹联剩话》

[简 注] 原文："吾邑广文王芑泉先生悬联明伦堂……乃赵云涛作。"

育婴堂

严保庸

非要誉，非内交，此谓民父母
无代善，无施劳，以保我子孙

——《中国对联大辞典》

老妇堂

赵曾望

矜有自功，老妇必唾其面（集 策）
因以为利，下堂而伤其足（集 礼）

——《江南赵氏楹联丛话》

[简 注] 老妇堂在惠安寺巷仓圣祠之东。

自题堂联

王汝金

大人文章炳蔚虎豹　君子福禄毕罗鸳鸯

——《江南赵氏楹联丛话》

堂斋联

王文治

寄托清幽弦自古　情怀畅朗室生春

——《丹徒诸氏述略》

[简 注] 据《丹徒诸氏述略》载，此联系一木框，保存人为王钟绛。

私斋联

赵曾望

马郑以还多粉饰　龙干已往尽脂韦

——《江南赵氏楹联丛话》

冯萃亭公保生像龛

李木杨（蔗塘）

保一城克复全功吾父吾身恩经早祀
阅卅载驻绥奋地民歌民颂报益难名

——《招隐山志》

冯萃亭公保生像龛

丹徒阖郡士绅

艰难时局，我公聿展经猷，前平逆寇，后靖戎氛，声威震中外之间，允矣中兴名将

矍铄是翁，吾郡常叨荫庇，昔保危疆，今资重镇，蔽遮合江淮以上，伟哉万里长城

——《招隐山志》

［简 注］ 冯萃亭，即冯子材，广东钦州人。太平军占领江南时，冯率三千人守镇江，“寇屡来扑，辄开城出战，寇终不得逞”。其弟贵廷从军镇江，卒营中，葬招隐山。

衙 署

代陈国瑞总兵拟堂联

赵曾望

大江东去，浪淘尽千古英雄，问楼外青山，山外白云，何处是秦宫汉寝

小苑南荣，花涌出万丛锦绣，趁樽中绿酒，酒中明月，及时为楚舞吴歌

——《江南赵氏楹联丛话》

预制衙门大堂联

赵曾望

民莫敢不敬，民莫敢不服，民莫敢不情，如得其情，哀矜而勿喜

天下之广居，天下之正位，天下之大道，独行其道，富贵不能淫

——《江南赵氏楹联丛话》

故 居

丹阳延陵柳茹民宅

鸿图肇业　燕翼贻谋

［简 注］ 由陈智勇于 2001 年采访发现，此联为砖雕，约为清时作品。

第六章　行 业 类

工业(手工业)

江苏飞达集团广告语

雄飞世界　惠达民生

——实地采录

木　匠

李德柱搜集

曲尺能成方圆器　直线调就栋梁材

铁　匠

李德柱搜集

三间东倒西歪屋　一个千锤百炼人

豆 腐 坊

李德柱搜集

父在外肩挑日月　母居家手转乾坤

李德柱搜集　　又

石磨飞转，涌起滔滔玉液
铁锅沸腾，凝成闪闪银砖

弹 棉 花

玉锤敲动，涌起千堆白雪
瑶琴弹起，唱就万曲新歌

建 筑 业

以夜继日，笑洒热汗千滴
淋雨栉风，喜建广厦万间

搬 运 工

李德柱搜集

搬山扛海，热汗飞洒豪情涌
多装快卸，搭肩抖擞干劲来

商 业

丹阳黄酒

味轻花上露　色似洞中春

[简 注] 原载新华日报《丹阳酒》(殷野森撰)一文。

谭木匠店

千年木梳　万丝情缘

[简 注] 此为木梳店门联，地处镇江市区斜桥街南端面西。

金山公园宜兴紫砂厂专卖店

融传统之精华　塑泥壶于茶艺

——实地采录

招隐寺森林氧吧

安全刺激融为一体　游乐锻炼好在两全

——实地采录

镇江某店铺

问生意如何，撑得开收得拢
看世人到此，醒的少醉的多

——《中国古今奇联鉴赏》

[简 注] 某店铺一边卖伞,一边卖酒。

服 务 业

大西路西津池浴室

一池春水 万姓舒心

——实地采录

浴 堂 联

李承衔收集

与其洁也 不亦乐乎

又

秋水伊人歌宛在 春风狂士咏而归

又

刮垢磨光文士业 澡身浴德学人心

又

到此皆洁己之士 相对乃忘形之交

——以上均选自《楹联剩话》

又

涤陈浴新暖心扉，胸怀更广
碧池玉泉洗风尘，精神倍来

裁 缝

李德柱搜集

剪锦裁绸，激情荡漾三江水
飞针走线，巧艺温暖万人心

李德柱搜集

又

十指生辉，打扮千男万女英姿美
一心裁剪，装饰四面八方艳阳春

一枝春菜馆

郭维庚

一席琼枝宜劝酒　四时嘉客恰逢春

潘家麟

又

几处亭林双井路　三层楼阁一枝春

陈辉棣

又

玉骨庭梅一枝秀　郊蔬园笋四时春

高禾生

又

兴腾一醉琼枝宴　春望同登花萼楼

李宗海

又

爱山爱水爱名园，常喜闲游双井路
有色有香有真味，每思大嚼一枝春

又

是曰名园，纯素胜多荤，有色有香有味
如同花圃，一枝开万朵，宜春宜夏宜秋

——《李宗海先生诗词楹联选》

题京口江干某宾馆

赵曾望

胜友如云高朋满座　楼台得月花木逢春

江口酒楼

杨棨集句

不觉春风吹酒醒　笑看江水拍天流

——《楹联剩话》

同 兴 楼

李宗海

同在于斯愿百饮　兴之所至咏三山

——《李宗海先生诗词楹联选》

陈辉棣　　　　　　　　又

同德同心迎四化　兴邦兴业庆千杯

同润酒楼

赵铭辛

同志不妨楼上坐　润州吾颠酒中居

——《江南赵氏楹联丛话》

[简 注]　同润酒楼原在城外。

寿丘街品味鱼头火锅

诚信铸品味　特色跃龙门

——实地采录

解放路和盛食府

民食为天天天需食　众人之处处处宜人

又

和人美味常招四方客　盛宴雅聚能引云中仙

——实地采录

怪　味　楼

雅客如云，怪味江锅誉楚越
豪情胜火，名楼邀月醉金焦

——《京江晚报》

京江百花酒店

酿成春夏秋冬酒　醉倒东西南北人

京江饭店

李宗海

京国豪华在望　江山壮丽常游

——《李宗海先生诗词楹联选》

陈辉棣　　又

京口三珍肴醋面　江天一览秀雄宽

京侨饭店

高禾生

京江环水鱼虾美　侨侣登楼酒菜香

李宗海　　又

望月常倾京口酒　临风共吐侨胞情

——《李宗海先生诗词楹联选》

健康路庐园酒楼

山不在高，有仙则名
店不在大，野鳖显灵

——实地采录

长江路君临食府

天不管地不管菜馆
得也罢失也罢酒吧

——实地采录

川福火锅润州路店广告

店无大小，质量为本
客无贵贱，相识是缘

——实地采录

大西路川福楼大酒店

蜀地名师，妙手佳篇添韵味
江城胜处，琼楼雅阁醉湖山

——实地采录

［简 注］ 丹阳市区中山路有川福火锅店，门前也悬此联，唯“江城”改为“苏城”，并注明作者为四川某大学教授张昌余。

中山路河滨火锅城

宏扬火锅文化　感悟麻辣风情

——实地采录

火车站重庆秦妈火锅店

常吃方知锅中味　细品难得秦妈情

——实地采录

双井路六朝春大酒店

王同顺

接天地钟灵装点京口美　引八方宾朋称赏六朝春

——实地采录

梦溪路乡巴佬店

诚邀贵客客聚乡巴佬　店有美名名扬京江城

——实地采录

解放路福香园总店

小吃小点，小中见大
美味美肴，美不胜收

——实地采录

镇扬菜馆

闻香下马　知味停车

[简 注]　据传:此联原系洋河大曲的赞语。

梦溪路开心避风塘店

郁郁葱葱全因闲至　熙熙攘攘皆为食来

——实地采录

宴春酒楼

陈辉棣

名庖誉满群贤宴　美酒香飘四座春

徐砚农 又

宴开桃李芳菲日 春醉葡萄美酒时

李宗海 又

宴开玉宇人皆寿 春赏琼林花更香

又

醉月坐花开雅宴 吟诗作画赏阳春

——《李宗海先生诗词楹联选》

吴季衡 又

宴开桃李园中，亦觞亦咏
春在金焦山畔，宜雨宜晴

——《镇江文史资料》第10辑

高禾生 又

宴聚于觞，欢在吴头楚尾
春还一醉，怕甚李白嵇康

李宗海 又

迎五洲四海嘉宾，来兹乐宴
观一水三山美景，赏此阳春

又

畅所遨游，楚水吴山皆可宴
情之寄寓，江风海日喜同春

——《李宗海先生诗词楹联选》

京口缦蓉楼

戴子开

金尊进酒，檀板征歌，请看如此江山，莫虚佳日
画栋飞云，珠帘卷雨，呼出无边风月，补作中秋

——《江南赵氏楹联丛话》

［校勘］ “酒”字原书无，据意补。

赵曾望　　又

谁为翔渚灵妃，倒三尺金尊，杯底吸来焦岭月
我是倚楼旧主，仗一枝玉笛，袖边吹起大江涛

——《江南赵氏楹联丛话》

镇江杏花村酒店

风来隔壁千家醉　雨后开瓶十里香

——《中国老年报》

厨　联

赵曾望

虽无嘉肴我有旨酒　若作和羹尔惟盐梅

——《江南赵氏楹联丛话》

饭　菜　肆

赵曾望收集

你休夸是大肚罗汉　俺最喜得净盘将军

——《江南赵氏楹联丛话》

丹阳延陵饭店

延来大宾，飞觞东阁
陵居高士，剪烛西窗

——《中国楹联大辞典》

丹阳新丰饭店

新雨行人少　丰年醉客多

——《中国楹联大辞典》

丹徒石桥华山畿茶馆

松涛烹雪醒诗梦　竹院浮烟荡俗尘

京江第一楼

大江东去　淮海南来

——吴沃尧《糊涂世界》

又

酒后高歌，听一曲铁板铜琶，唱大江东去
茶边清话，看几许星轺露冕，从淮海南来

——《楹联剩话》

[简 注] 据《楹联剩话》记“吾乡京口有高楼卖茶酒,名第一楼”。

天 升 楼

天雨煮茶须雀盂　升堂约客品龙团

天 源 楼

天上琼浆，人间玉液
源头活水，山下清泉

龙江茶楼

龙争虎斗，共谈湖海无穷事
江静风恬，日尽人间有限杯

巧园茶馆

味擅易牙，能使人巧
动占食指，无逾我园

——《楹联剩话》

如意茶坊

如此深情邀入座　意中挚友共谈心

极 升 楼

极目皆空，坐片刻无分尔我
升迁有路，吃一盏各自东西

顺江茶楼

顺风坐望帆千片　江水烹来茶一壶

鸿翠茶坊

鸿雪萍踪，书茶迎客
翠鬟绿鬓，稗史动人

荣华茶园

赵曾望

有人击楫南来，才饱看江山，又快听白雪三终，紫云九变
彼美捧觞东道，既浓熏花月，况正对霓裳五采，凤翜双飞

——《江南赵氏楹联丛话》

[简 注] 翜,(cha)音插,飞貌。

朝 阳 楼

朝市登楼，喝杯茶去
阳光照座，沽壶酒来

翠绿茶室

翠竹迎轩，坐望三山如画
绿阴匝地，茗烹七碗生风

茶 馆

东头西头陆家廨　蟹眼鱼眼苏公诗

——《楹联剩话》

教 育 界

义 塾 联

黄辛桥(丙章)

莫谓孤寒，多是读书真种子
欲成事业，须从伏案下工夫

——《楹联剩话》

许凿生 又

虽非千万间，居然广厦
为语二三子，慎厥初基

——《楹联剩话》

赠镇江八中(职业学校)

李宗海

教有多方，德智体美应并重
学能致用，声光化电总成才

——《李宗海先生诗词楹联选》

江苏丹阳高级中学石坊

集 体

笔架虽小，聚九霄天润，秀成神州栋梁
砚池何浅，吐千秋地蕴，谱就时代华章

[简 注] 该校旧有"文庙"等古迹,"文革"中均遭破坏。2003 年校园大规模重修时,立校园石坊一座于文庙原址,坊额刻有"万里清澄"四字。

丹阳市中学图书馆

吕叔湘

立定脚跟处世 放开眼孔读书

[简 注] 吕叔湘,丹阳人,一度执教于丹阳市中学(今吕叔湘中学)。

文 化 界

小码头街三味画屋

袁象中

闲裁蕉叶题唐句 细嚼梅花读汉书

——实地采录

大西路圆梦斋古玩店

陈　述

富蕴巧艺　祥斋妙宝

——实地采录

丹阳正则画院

顾莲村

四序和平　八方清宴

[简 注] 正则画院位于丹阳市区画院路。

丹阳延陵民众教育馆壁报栏

知识须自己求去　消息从此处得来

[简 注] 录自刘文华著《延陵第二民众教育馆》。文载《丹阳文史资料》第6辑(内部发行)。1930年11月16日成立"丹阳县立第二农民教育馆",1935年7月改名为"丹阳县立延陵民众教育馆"。民众教育馆在延陵镇最热闹的寺桥脚下十字街口处开辟壁报栏,两边即写有此联。

丹阳博物馆

陈智勇

褒季札三吴祠,一代嘉贤,来自延州人物,让位逊耕,高德清风,穹碑载史册

列齐梁十二帝,六朝胜景,尽出故国山河,藏龙卧虎,英雄文采,宏制撼春秋

卫　生　界

大西路老存仁堂药店

修合虽无人见　存心自有天知

——实地采录

中 药 铺

请来冬虫夏草　送走病魔瘟神

唐老一正斋膏药店

萼蕊逢春早　楼台得月先

——实地采录

[简 注] 此联为嵌名联。唐萼楼,唐氏八世祖,1922 年向民国农工商部申请注册《万应灵膏》。

又

修合任凭我意　存心自有天知

又

我虽求利养身　犹贵存心济世

又

一心本一德，治病救人
正人先正己，一丝不苟

——实地采录

[简 注] 此联为嵌字联,嵌“一正”二字,膏药名。

大市口国泰大药店

汇天地精华作调理
集神农百草起沉疴

——实地采录

公共事业

舟　　联

李承衔搜集

九曲三湾随舵转　五湖四海任舟行

汽　车　站

李德柱搜集

车窗似镜屏，摄进千片诗情画意
公路如玉带，牵来万里绿水青山

上海轮船信局

赵佑宸

梅寄一枝来江南春早
月明千里共海上潮生

——《楹联剩话》

为交通银行作

李宗海

交流凭信义，金山高，银山耸
通汇有效益，事业富，行业多

——《李宗海先生诗词楹联选》

水龙局联

夫此水者取之不穷　其犹龙乎潜而勿用

——《楹联剩话》

丹阳救火会

事有备而无患　门虽设而常关

[简 注] 录自丹阳韩梦庆著《解放前的丹阳消防》。清末民初，丹阳西门首建消防组织“警钟楼”救火会。火当以防为主，而救火会门常关，以示吉兆。该联在“警钟楼”大门。

第七章 题赠类

自 题

自题联

丁绍德

理事若秋风扫捧 爱民如春雨养花

——《丹徒县志摭余》

书房联

马相伯

无虑在怀为极乐 有长可取不虚生

——《名人居室雅联》

诗窟(自勉)

马贡芳

拒曹艳说周公瑾 讨贼诗成陆放翁

自 题

王文治

人间岁月闲难得 天下知交老更亲

王文治 又

古迹虽陈犹在目 春风相遇不知年

又

修和群品生咸苦 管领春风日亦长

王文治 又

得好友来如对月 有奇书读胜看花

王文治

又

满地白银皆片石　一天红锦是残霞

——《中国对联宝典》

自　题

王文治

秋月春花当前佳句
法书名画宿世良朋

——《中国对联大辞典》

自况联

王竺波

名利总输人，止赢得襟上酒痕，袖中诗卷
光阴如过客，莫辜负春秋佳日，风月良宵

——《江南赵氏楹联丛话》

[简 注] 王竺波为赵曾望之老友,联为王自制,由赵书写。

题日历

王德友

光阴似箭，又是一天过去
日月如梭，只见片纸消磨

题自刊《却病汇编》

华筱崖

行功能却病　积德可延年

——《丹徒县志摭余》

自　勉

李名方

一

志存邦国春秋里　诗在山川日月间

二

读书始知读书少　做事方识做事难

三

有书万事足　无病一身轻

自为联

李承衔之先大夫

有才不用今老矣　无媒自荐谁识之

——《楹联剩话》

自题

李宗海

一泓秋水　数点春山

李宗海　又

江山作伴　天地为庐

李宗海　又

名山事业　经国文章

李宗海　又

行云流水　霁月光风

李宗海　又

优游书国　啸傲诗城

李宗海　又

洗心涤虑　养气凝神

李宗海　又

高文寿世　美意延年

李宗海　又

凌云揽月　蹑日追风

李宗海　又

雄心揽月　壮志凌云

李宗海　又

壮志凌云汉　雄心涌乳泉

李宗海　又

得观沧海日　欲览巫山云

李宗海　又

翰墨悦人为乐　金石寿世之居

李宗海　又

老树常存千叶绿　新花初放万枝红

李宗海　又

前揽古人，后接来者　左临巨壑，右陟高峰

李宗海　又

天地为怀，以游水游山是务
诗书取乐，置浮名浮利无闻

李宗海　又

山月江风，取之不尽，用之不竭
哲人硕士，所过者化，所存者神

——以上均选自《李宗海先生诗词楹联选》

自　题　联

李振新

与百姓有缘得来兹土
期寸心无愧可对苍穹

——《丹徒县志摭余》

自　题　联

李竟成

一轮明月　两袖清风

李竟成　又

早岁从戎，誓复润州铁瓮
近年养晦，每思梓里山河

——《辛亥镇江将军录》

自题

束云章

岂能尽如己意　还须体贴人情

——《实业家束云章先生事略》

自题

严保庸

偶缘我作逢场戏　竟累人为举国狂

——《楹联丛话全编》

[简注] 梁氏书中载：严问樵曰："道光癸未甲申间，余以会试留都，暇日辄制新曲，付梨园歌之，倾动一时，中人多有以师事者。余尝有句云……纪实也。"

又

严保庸

暗室中自有鬼神，倘鉴余少昧天良，甘为一钱誓死
公堂上谁非父母，最怜尔难宽国法，苦从三木求生

——《实用楹联大全》

自况联

张岱云

慷慨多大志　卓荦观群书

又

张岱云

平生志不在温饱　第一流当是圣贤

——《江南赵氏楹联丛话》

[简注] 作者为赵曾望之内弟。

自题

杨济川

酒非美酒终须醉　诗不成诗聊自娱

——《镇江文史资料》

题自办阅书报社

赵 声

纵环海奇观，开普通知识
借大江流水，涤腐败心肠

——《镇江文史资料》

[简 注] 1903年,赵声从日本回大港故里,为宣传民主革命思想,在镇上办了阅书报社。

避寇他乡有感

赵 增

归与归与将安往　已而已而今何时

赵 增

又

劫逢水火刀兵，亿万生灵无边罪孽
避到东西南北，大千世界一种凄凉

——《楹联剩话》

自署医室

曹汝金

上医医国，其次医人，自愧无成，空有虚名传里巷
臣门如市，臣心如水，敢云博济，好留余地与儿孙

——《丹徒县志摭余》

自 题 联

笪重光

拙因知事少　老悔读书迟

——《中国对联宝典》

赠 人

赠詹维高

丁传靖

外直中通是花君子　春耕秋获为农丈夫

赠黄菊如

丁传靖

此地幽深结三间屋　其人汪洋若千顷波

——《中国对联大辞典》

赠柳诒徵

马一浮

文从疑古参同始　道在黄花翠竹间

——《中国对联宝典》

赠于右任

马相伯

古之遗直也　中国有人焉

——《爱国老人马相伯》

赠萧振瀛

马相伯

孰敢侮予　明以告我

——《中国对联大辞典》

赠救国会诸委员

马相伯

耻莫大于亡国　战虽死亦犹生

——《爱国老人马伯相》

［简 注］ 救国会全称是“全国各界救国联合会”，该会第二次执委会是在马相伯寓所乐善堂召开的。

赠韩景琦

马相伯

持其志无暴其气　敏于事而慎于言

——《爱国老人马相伯》

赠镇(江)大(港)铁路指挥部

王　川

长长江，大大港，长长大大，黄金水道
平平路，坦坦轨，平平坦坦，钢铁巨龙

赠　友　人

王文治

读书世爱和平福　学佛人多欢喜缘

——《中国对联宝典》

赠蒋士铨

王文治

前辈典型，秀才风味　华嵩品格，河海文章

——《楹联丛话全编》

［简 注］ 蒋士铨为清代诗人。

赠李名才

王德文

名非虚有　方是真才

赠蔡成余

王德文

成事非容易　余闲快用功

赠王月英

王德文

日月催人容易老　英雄恨我不能为

赠李友之

王德文

受恩列桃李以内　感情在师友之间

赠赵菊英

王德文

菊傲寒霜争气节　英华流露惹风波

赠恽静梅

王德文

静寻真理闲寻趣　梅有松标鹤有姿

赠马相伯

冯玉祥

松柏长春，前年曾绣公像
乾坤一老，大笔特序拙文

——《中国对联大辞典》

赐　茅　深

朱厚照(明武宗)

春色早归宫苑树　恩光先到世臣家

——《清光绪丹徒县志》

［简　注］　原文：茅深，字潜庵，官布政司右参议。明正德年间，杨文襄罢边释归。武宗至京口，幸其第。时深方营室未成，武宗过而问之，文襄以参议臣茅深对。上即入幸，赐联。

赠徐宝山

吉亮工

从来名士惟耽酒　自古英雄不读书

——《中国近现代名家名联》

赠戴肇辰

刘中允(熙载)

名言可书之座右　善政群奉为指南

——《丹徒县志摭余》

[简 注] 戴肇辰，字友梅，丹徒人，任登州知府、广东廉州府知府、琼州府知府，复迁广州府知府，著《求治管见》一编。兴化刘中允熙载时督学岭南，韪其说，故赠上联。

赠赵曾望

李承衔

学不厌，教不倦，吾先子之所畏也
有若无，实若虚，今成人者何必然

——《江南赵氏楹联丛话》

赠茗山法师

李宗海

拜佛诵经，焚香煮茗　参禅护法，涉水登山

赠日本友人

李宗海

山随画活　云为诗留

李宗海

又

晴空万里　沧海千帆

李宗海

又

摩诘辋川作画　浩然沙岸行吟

赠李福翔

李宗海

诗咏三山声调古　书摹六代墨华新

赠梦初居士

李宗海

一觉浑如梦　三生却认初

赠石竹屏

李宗海

岩松岭梅溪竹　山钟水镜石屏

赠孙秉谦

李宗海

秉公守正　谦己让人

赠谢翼卿

李宗海

我欲腾飞生羽翼　君毋栖隐傲公卿

赠肖流、李琴

李宗海

颖士学丰，流水高山寄趣
易安大才，琴声韵语陶情

赠耿蔚然

李宗海

倚天绿树云蒸蔚　映水红花火欲然

赠高德正

李宗海

德化民安定　正风俗厚淳

赠陈忠廉

李宗海

忠贞报国　廉洁可风

赠盛晓钟

李宗海

晓色云开山草绿　钟声日出海波红

赠纪容建

李宗海

大丈夫有容人量　奇男子具建业才

赠朱再金

李宗海

风月赏心期可再　江山悦目会如金

赠朱称俊

李宗海

称人之长，掩人之短　俊士为雅，豪士为奇

赠贾玉书

李宗海

敬谨持身怀美玉　纵横信手作奇书

赠周宜一

李宗海

宜古宜今，弘扬文化　一心一德，培育人才

赠周广泽

李宗海

广纳名流，不愧醇醪雅量
泽沾巨壑，堪称丹碧长才

赠周斯音

李宗海

斯曰奇才，泼墨涂丹成妙手
音为大吕，低吟高唱出新诗

赠王永昌

李宗海

永和风日羲之迹　昌谷才华摩诘诗

赠王重迁

李宗海

许叔重精研文字学　司马迁富有史学才

赠王庭璧

李宗海

庭植三槐，家风敦厚　璧传千载，国运盛昌

赠杨逸塘

李宗海

真逸高人致　半塘居士情

赠林长生

李宗海

长庆集中多妙句　生公座上悟禅机

赠冯鸣仪

李宗海

鸣凤岐山双翼振　仪鸾薄海百声和

赠卢仞千

李宗海

峻比匡庐，崔嵬百仞　广如震泽，气象万千

赠丁观加

李宗海

高台观画凌云上　长岑加鞭策马来

赠欣士敬

李宗海

士也承文献　敬哉复庶康

赠殷侣樵

李宗海

侣虬龙而友鸥鹭　樵山岳以渔江湖

赠汪玢

李宗海

浩瀚汪洋叔度量　琳琅玢珏定庵才

赠张信澄

李宗海

信口有褒有贬　澄心能画能书

赠老友黄后庵

李宗海

专业唯精，研艺有如山谷
潜心少虑，养生得比石公

赠胡杏元

李宗海

杏花春雨湿　元酒太羹香

为乐非撰

李宗海

只从笔下寻娱乐　莫向人间管是非

为凌云、宗棠同学作

李宗海

凌汉轶唐，步青云而直上
宗周祖召，咏甘棠以流芳

赠刘二刚

李宗海

忠贞不二　坚毅为刚

赠狄盛昌

李宗海

克俭克勤，八方竞盛　戒骄戒躁，中国永昌

赠吴宗海

李宗海

百家荟萃，太白为宗，喜与君同名同字
川流灏瀚，东坡是海，当和我偕乐偕游

赠李植中

李宗海

植树逢春春烂漫　中行得士士英谊

——以上均选自《李宗海先生诗词楹联选》

赠金德辉

严保庸

我亦戏场人，世味直同鸡弃肋
卿将狎客老，名心还想豹留皮

——《楹联丛话全编》

［简 注］ 金德辉，工度曲，向曾供奉景山，以老病乞退。粗通翰墨，喜从文人游。

赠齐学裘

严保庸

知君意气自千古　与我交游近十年

——《丹徒县志摭余》

［简 注］ 原文为“咸丰九年己未六月，刊亡友严问樵保庸太史诗词告成……余题问樵遗稿四律，诗曰：意气自千古，交游近十年”（小字注：问樵赠余楹帖云）。

勉陆汝纯

严惠宇集句

过如新竹刈难尽　学似春冰涨不高

——《严惠宇纪念文集》

［简 注］ 原文上下联倒置，疑有误。又，“春冰”误为“春潮”。

赠张桂山

汤敦甫

经训传家，姑苏姑熟　文章华国，戊辰庚辰

——《楹联剩话》

［简 注］ 张桂山，名启图，丹徒人，嘉庆戊辰举人，庚辰进士，任长洲、常熟两邑广文。

赠纪振纲

陈　毅

一览众山小　豪唱大江东

——《镇江文史资料》

赠试半仙

陈　毅

江湖雄才，四海扬名　神仙奇术，五洲显灵

赠马相伯

陆征祥

乐乎天命　善于人同

——《爱国老人马相伯》

［简 注］ 此联悬于住所客厅“乐善堂”内。

赠郭礼征

张 謇

苟有良田何忧晚岁 譬诸宝剑世之干将

——《镇江文史资料》

赠某医生

张渭卿

得医者意也之意 用药则神乎其神

——《江南赵氏楹联丛话》

[简 注] 作者为赵曾望之友,曾病背创,经年不愈。后遇某疡医,贻以药膏,半月如初。

赠焦山夕阳楼六源

张福镄

真实不虚,大慈大悲度一切苦厄
意识无界,空色空相见五蕴光明

——《中国对联大辞典》

赠 陈 毅

巫兰溪

伯仲之间见伊吕 弘毅之士成英雄

——《镇江文史资料》

[校 勘] 上联最后一字原为"品",今依杜甫诗改。

[简 注] 抗日战争初期,陈毅率领新四军一支队挺进江南创立茅山根据地。巫兰溪当时在国民党第三战区工作,与陈毅多有接触。

赠方丈慈舟

许图南

慈云长护三千界 舟楫遥通一苇航

赠许图南

杨太晚

图书翰墨分今古　南北东西识道途

——《镇江文史资料》

赠(余)伯

宋雪帆

鳌山再到，正座升七宝，学侍三天，恩重难归，检匣恋深慈母线
鸾诰方新，叹陟屺云遥，树萱霜肃，痛膺靡恃，得书泪渍棘人衣

——《楹联剩话》

赠融通法师

宗　仰

尔兄回山，不作此想　吾弟主席，尽可放心

——《镇江宗教》

[简　注]　宗仰从上海哈同花园回到镇江金山,鉴于他的影响和学识,原方丈融通法师意欲让位于他,为此,宗仰写了一副对联给融老,一时传为佛门佳话。

赠颜柳桥

茅松门(森)

具菩萨心，有圣贤学，兼豪侠风，及身拥十万金钱，到今日仍然赤手
拯黎元命，靖妖孽氛，排国家难，却敌抵三千铁弩，笑凌烟少此丹忱

——《楹联剩话》

[简　注]　原文:清道光壬寅(1842),夷船入长江,破镇城,扬属汹惧,醵金十二万两,贿夷得免。吾乡颜柳桥(崇礼)实为使者,凡三往,乃得成。盖颜之为人,有胆有口才,非他人所及也。其寿也,茅松门赠以联。

赠邹锡纯

周恩绶

瓠子秋风劳使者　梅花明月属诗人

——《楹联剩话》

赠焦山长老

郑 燮

花开花落僧贫富 云去云来客往还

——《楹联丛话全编》

为友人书

赵声集句

汲古得修绠 交情脱宝刀

——柳亚子《丹徒赵君传》

赠金山寺六安上人

赵佑宸

福慧双修，瓶花欢喜 楼台七宝，璧月庄严

——《金山志》

赠 杨 棨

赵昼三

妙笔配江山，古润多才，屈指宜推名第一
诸郎尽麟凤，阳春舞采，介眉刚度月初三

赵子舟 又

著作等身，文章寿世 儿孙绕膝，科第承欢

——《楹联剩话》

[简 注] 杨蜨庵(棨)才名藉甚,著有《蜨庵赋钞》、《蜨庵诗钞》、《京口山水志》。

赠赵思伯

赵八雁

晓风残月 铁板铜琶

——《丹徒文史资料》

题张穀贻(栋)官署联

赵曾望

五刑之属三千罔或干予正
次国地方七十足以代其耕

[简 注] 张穀贻为作者之外舅,曾官河北滦阳。

为北固山僧性本留笔

赵曾望集句

返照入江翻石壁　东风吹雨过青山

赠某屠户

赵曾望

他日当立地成佛　此中有宰天下才

赠风神庙小道士

赵曾望集唐句

自是君身有仙骨　不知秋思在谁家

赠赵子枚

赵曾望

小园赋平生萧瑟　大荒经冬夏播琴

[简 注] 赵子枚为作者从兄,居药师庵旧宅,宅中故有留云阁,改为亭,故作者书联以赠。

颂和卿师

赵曾望集句

夫子之墙数仞　善人为邦百年

[简 注] 和卿,不详其姓,元和(今苏州)人,在镇江主持教育 30 多年。

赠赵子枚

赵曾望

泉文五铢半两　酒价一斗十千

[简 注] 原文:子枚兄既嗜古钱,尤好醇醨,老而弥笃。

赠性本上人

赵曾望

僧归山外残钟寺　家在江南黄叶村

赠顾冰岑

赵曾望

三分水，二分竹，一分屋
上等牛，中等马，下等奴

[简 注] 顾冰岑,玭山人,田于东海之滨,癖嗜书画,作者曾去拜访。

为王古香司马书

赵曾望集六朝文

玉沥金华，冀获难老　清风朗月，俱寄相思

又

赵曾望集句

菊落秋潭，桐疏寒井　萝生映宇，泉流远阶

赠隐士季涵香

赵曾望集六朝文

铲迹幽溪，销声穷谷　汲流旧巘，葺宇家林

赠老友王竺坡

赵曾望集句

天下世情真可叹　地方公事莫非糊

赠邹霞珊女士

赵曾望

佩纷纶其繁饰　步逍遥以自娱

［简 注］ 邹霞珊，闺房之秀者，爱好书法及文学。

赠象周、少尉

赵曾望

九曲老樵陆务观　四明狂客贺知章

［简 注］ 象周、少尉系作者老友朱荠樵之子。

赠重修旧屋的朱木匠

赵曾望

为君欲作梓人传　愧我不如柳子文

赠重修旧屋的冯瓦匠

赵曾望

为尔续成圬者传　愧余难及退之文

致族兄子燕孙

赵曾望

履险亦如夷，况当辽沈清平，何异凤凰栖禁树
陟遐原自迩，傥忆金焦契阔，应同鹦鹉话家山

［简 注］ 作者族兄子燕孙，名臣翼，清光绪丙子(1876)进士，后出官奉天，更卜筑于当地，有建家之志。作者乃函寄此联。

献童薇研师

赵曾望

威仪抑抑率由群匹　讲评孜孜以磨诸生

赠兴善禅院释芑南

赵曾望集诗经

佛时仔肩孝子不匮　职凉善背下民卒痒（读平声）

赵曾望　　　　　　又

无贰尔心维桑与梓　言树之背匪莪伊蒿

为友人书

赵曾望集句

鹤盘远势投孤屿　鸦带斜阳过别村

赵曾望　　　　　　又

寻碑野寺云生屦　罢钓松岩雪满蓑

为门下诸生书

赵曾望

女孰与回也愈　吾不如衰之文

应友人请为僧作联

赵曾望

一花一世界　三藐三菩提

赵曾望　　　　　　又

是乐阿兰那行　非般若波罗蜜

赠　友　人

赵曾望集句

沉朱李于寒水　翳青松之余阴

献姑父李季棠

赵曾望

夫子其儒服，宽裕有如此者，尊让有如此者

先生何许人，无怀氏之民欤，葛天氏之民欤

——以上均选自《江南赵氏楹联丛话》

赠李盘新

赵曾望

鸿儒白丁同陋室　狗屠朱垓共悲歌

赠庄心笔

赵曾望

寓言十九，重言十七
礼仪三百，威仪三千

——《中国对联大辞典》

通用赠联

赵曾望

锡公纯嘏　受王嘉师

赵曾望

又

吉羊宜用　飞鸿延年

赵曾望

又

富人大万　国士无双

赵曾望

又

绍衣闻德　祝履考祥

赵曾望

又

癸辛杂识　丙午高迁

——《江南赵氏楹联丛话》

赠沈迈士

柳诒徵

清光分石谷　高格继冬心

——《镇江文史资料》

[简 注] 沈迈士，浙江吴兴人，著名书画家。

赠严保庸

陶 澍

商彝周鼎汉印唐碑，上下三千年，公自有情天得度
酒胆诗肠文心画手，纵横一万里，我于无佛处称尊

——《中国对联宝典》

[校 勘] 《中国对联大辞典》载：此联为严保庸赠达受联。

赠严保庸

唐陶山

孺子亦知名下士　乐人争唱禁中诗

——《清光绪丹徒县志》

[简 注] 保庸晚年客袁浦，清咸丰年间卒。其著作未付梓。

复陈东后人

京口太守耿直之

如可赎兮百身　犹将宥之十世

——《巧对录》

赠王筱堂

顾印组

其人如敬亭才艺　此间有武二现身

[简 注] 顾印组：泰州一扬州评话听众。

赠王文治

钱名世

尚书天北斗　司寇鲁东家

赠李名才

凌云超

墨海书城育后秀　云山远水思故乡

凌云超 又

心慕周秦两汉字 手追魏晋六朝书

代陈省斋作

袁 枚

守郡继先人，看江水长流，剩几个当年父老
析薪绵世泽，愿黄堂少住，留一枝此日甘棠

——《楹联丛话全编》

[简 注] 首句指陈省斋继其父署守镇江。

赠柳诒徵

梁启超

所见者大 独为其难

——《镇江文史资料》

赠镇江太守赵光禄

梁章钜集句

醉中掷笔金銮殿 睡起鸣笳铁瓮城

——《楹联丛话全编》

赠焦山僧借庵

梁章钜

山中鹤寿不知纪 世上诗声早似雷

——《楹联丛话全编》

[校 勘] 《焦山志》记联名为“海西庵”。
[简 注] 借庵能诗,有诗僧之称。

赠焦山僧云帆

梁鼎芬

行人看尽东西水 我佛能谈南北宗

赠焦山僧鹤洲

梁鼎芬

能论佛法先无我　解说儒书尚有人

——《中国对联大辞典》

为茅山西旸镇徐阳谷题

康有为

仰看宇宙大　俯察物类多

——《茅山民间文学集成》

赠　紫　曜

笪重光

竹室依长槛　松云护草堂

——《中国对联宝典》

赠赵菽民

童薇研

年富好为经世学　时艰正待读书才

——《江南赵氏楹联丛话》

[简 注]　赵氏原文：童薇研师（华）视学江苏按临吾郡时，宗人菽民（莳禾）茂才以默写十三经受师目色。乃己巳科试考校优生，菽民以腹疾未能入院，师重惜之赠以联帖。

赠　某

佚　名

六品耀头衔，纸上谈兵，却趁围棋来报捷
五言夸手笔，腹中有笥，果然食肉也兼人

——《楹联剩话》

[简 注]　诸生某，工围棋，状貌肥，食量大，能为五言诗，欲觅馆而人不敢，畏其啖也。晚年列名于军功籍中得六品衔，或赠以联。

赠束云章

严 复

欲试良玉须猛火　且携修绠汲清泉

——《实业家束云章》

[简 注] 束云章于1911年毕业于北京京师大学堂,其学业名列前茅,深为校长严复器重,此联为毕业前所赠。

格　言

格　言

严惠宇

非求好名　但重惜名

严惠宇

又

处朋友救其急　处同事得其心

严惠宇

又

虚心而后气盛　志坚而后力强

严惠宇

又

事能济世心方乐　人到无求品自高

严惠宇

又

一分真实即一分事业
一分诈伪即一分败坏

严惠宇

又

浮华世界，应该看破，舜跖同归，不可看破
百年一掷，可以看破，寸阴是惜，不可看破

——《严惠宇纪念文集》

训子警句

茅铭远

贫莫贫于不问道　贱莫贱于不知耻

——《桥梁专家茅以升》

[简 注] 茅铭远为茅以升的曾祖父。

唐氏祖训

循法无过　修礼无邪

——《唐老一正斋广告单》

为从兄嵩甫作格言联

赵曾望撰集句

不下带而存道
无终食闲违仁

赵曾望　又

孝亭终日静坐
欧阳方夜读书

赵曾望　又

是集义所生者
就有道而正焉

赵曾望　又

读书不求甚解
鼓琴足以自娱

——《江南赵氏楹联丛话》

第八章 喜庆类

春联

春联

赵曾望

有通德 无杂宾

——《江南赵氏楹联丛话》

赵曾望

又

送往迎来，谁能出不由户
索隐行怪，奚为於某之门

——《江南赵氏楹联丛话》

春联

冷瑞麟

又是一年芳草绿 河山万里血花飘

《忠魂谱——镇江革命烈士专辑》

[简注] 冷瑞麟，扬中人。一度曾任民校教官、校长之职。抗日战争爆发后，坚持在家乡武装抗日。这副春联是1938年春节贴在自家大门上。

春节

周适

示我周行怀伟烈 余生适意味莼鲈

春联

赵曾望

人在紫薇天，车辙不劳三日访
家余红药地，丝纶常带五云归

——《江南赵氏楹联丛话》

春　联

皮　某

年难过，难过年，年年难过
回没得，没得回，回回没得

——《江南赵氏楹联丛话》

［简 注］ 此联为赵曾望从坊本小说《清风牐》中摘抄，该小说为一皮姓牙商所作。

寺庙大门春联

有僧皆佛印　无客不东坡

——《镇江宗教》

［简 注］ 此联来源于苏东坡玉带赠金山寺的故事。

春　联

李宗海

二水汇流　三山竞秀

李宗海

又

山花烂漫　江水奔腾

李宗海

又

千岩竞秀　万壑争流

李宗海

又

浩浩东风万里　彤彤赤日千秋

李宗海

又

壮丽江山永固　光华日月长新

李宗海

又

精研马列主义　巩固工农联盟

李宗海

又

扬子江头面貌换　铁瓮城中气象新

纪　念

纪念孙中山诞辰一百二十周年

李宗海

帝满推翻，共和建成，赫赫功勋，可比美洲华盛顿
小康境界，大同理想，渊渊学识，克承周代孔仲尼

纪念毛泽东九十诞辰

李宗海

翻天覆地　震古铄今

李宗海

又

硕范名言，为人民服务
雄才大略，是革命元勋

纪念抗日战争五十周年

李宗海

八年战火熊熊，最难忘卢沟桥边雨苦风凄夜
万众凯歌朗朗，却剧喜紫金山畔云消雾散时

——以上均选自《李宗海先生诗词楹联选》

纪念严惠宇诞辰一百周年

张中君

严教如师，恩深似海　惠人至厚，宇音永铭

——《严惠宇纪念文集》

[简 注]　作于1994年7月。

茅山抗日斗争纪念馆

李宗海

气壮山河，韦冈一役垂千古
心昭日月，句曲群峰驻万军

——《李宗海先生诗词楹联选》

新四军纪念馆陈毅铜像

陈智勇

弯弓射日，梅岭雄风，儒将传嘉名，戈横赣南惊鬼神，厉霜劲节当千秋典范
壮志凌云，茅峰毅魂，英才伴浩气，马跃江左动天地，砥柱中流正一代伟人

题茅山抗日根据地

乐　非

骏马征尘晓月　雄关险道平川

周文逊　　又

戴月披星驰八省　弯弓射日到江苏

陈伟远　　又

思往昔，茅山竖战戟，锄奸抗日惊敌胆
看今朝，老区换新颜，改革开放暖人心

云　容　　又

八年抗战，老八路八面威风，平型关中歼坂垣，惊鬼胆
四海挥戈，新四军四方震撼，镇江城下斩楼兰，显神威

民　俗

银山门盂兰会

佚　名

替鬼化缘，拈芝麻凑斗
请师作法，烬蜡烛念经

——《江南赵氏楹联丛话》

赵曾望　　　　　　　　又

饿鬼莫慌忙，吃饭须知防饭噎
高僧休懈怠，念经不怕少经钱

——《江南赵氏楹联丛话》

都天庙

杨　棨

帐前义激南雷，忠忱懋著
门外帆迎西日，利济攸资

——《楹联剩话》

[简注]　原文："吾乡都天庙，临漕河，屡著灵异。"

题镇江都天会

赵曾望

文至于破万卷书，而不共韩柳竞绝世之名，武至于吞万人敌，而不共郭李争绝世之功，其大丈夫不得志于时者乎！然手提岌岌危城，便遮阑狂寇凶锋，所用者南雷好男子耳，竟使安贼、尹贼、贺贼，毒威诡智，莫得而张，致稳接灵武中兴，是直与炼石补天，同符合节，故不独史评有不能赞，即巷议涂歌均难缕赞

力足以转千艘漕，斯可为金焦泄无端之郁，气足以回千丈澜，斯可为江海遏无端之怒，虽佛菩萨亦望尘而拜焉矣！幸首率泱泱盛会，乃鼓动愚氓诚悃，不然则杨晏敢前驱哉，试观痘神、麻神、痧神，宝盖华幢，居然如戏，忽遥瞻睢阳法像，都不禁焚香伏地，屏息收声，盖非惟士论之所同钦，更宸章睿藻并许长钦

[简注]　此长联达240字。

贺　　联

庆祝中华人民共和国成立三十五周年

李宗海

三十五年来，山峥嵘，水翻腾，真个民气昂扬，国运昌盛
百千万劫后，雾消散，云焕彩，难忘志士忠烈，元老功勋

［简 注］ 此联曾在北京中国美术馆展出。

纪念“八一”建军节六十周年

李宗海

拯救人民，出之水火　保卫疆土，固若金汤

教师节志庆

李宗海

乐育英才，承先启后　精研哲理，温故知新

祝民革镇江市第三次党代会召开

李宗海

继前人宏愿，协力同心，统一祖国
抒后起壮怀，殚精竭虑，振兴中华

——以上均选自《李宗海先生诗词楹联选》

欢庆港澳回归

王　坚

七子悲歌，山河破碎　九州觉醒，骨肉团圆

迎澳门回归

陆济舟

沧海回龙，香港欢呼龙吸水
碧梧归凤，澳门喜庆凤还巢

“四喜”庆典

王德山

架桥孚众望，设市激群情，应小康于今日，持生态于平衡，水上花园，沐春辉而葱郁，珠耀神州，润雨露而光华，业绩峥嵘，垂功百世

产品重尖优，扬名盈环宇，待顾客以热忱，寓洽谈以开拓，江中绿岛，迎赤子之精英，谊联天下，促工商之兴盛，交流广泛，互利五洲

祝扬中建市

戴　曙

新市建成，已放心花卅万朵
小康初现，再增大厦一千层

祝扬中长江大桥建成

戴　曙

彩练束长江，车绕地球八万里
明珠辉绿岛，光飞天阙九千重

陈秋平　　　　又

五峰山侧落长虹，横空跨水，威壮神州，任天堑狂飙，唤渡千秋成往事
扬子江中镶碧玉，沃土良乡，誉驰港澳，抓契机设市，小康万户耸高楼

孙春华　　　　又

扬中长江大桥，桥跨长江，心连天下
圌山峻岭高塔，塔居峻岭，目极神州

颂太平

孙春华

处太平盛世，即兴赋诗，每当酒暖茶香，佳句吟成登雅境
颂华夏新声，抒情达志，正值风和日丽，弦歌奏起遏行云

王　坚　　　　又

民穷哪得江山稳　国富方期社稷安

张家春　　　　又

宝岛歌大有　江洲乐太平

[简 注] 此联获扬中首届楹联大赛一等奖。

为多景诗社作

李宗海

对广陵烟树，望淮海平原，向往京华瞻万里
听扬子江涛，指金焦胜境，登临北固话三山

——《镇江政协四十年》

[简 注] 多景诗社系1956年由镇江市政协和文联发起成立，隶属于市政协。

贺中泠印社成立

李宗海

石隐一碑，章太炎篆书万古
涛声数语，邓完白刻印千秋

——《李宗海先生诗词楹联选》

[简 注] 中泠印社内有"石隐"一碑，为近代国学大师章太炎先生所书。又清代金石大师邓完白山人曾舟泊金山脚下，刻印时，有风声、雨声、涛声，与刻印奏刀声相应和之句，镌入边款，堪为千古佳话。

镇江图书馆新屋落成书此以赠

李宗海

镇日悠悠，图籍千秋阅览
江天昊昊，书城百仞遨游

——《李宗海先生诗词楹联选》

赠扬中县中学

凌云超

欣闻江岛重书法　喜见芳原多艺文

[简 注] 凌云超云：扬中县中学增设书法一课，开全国风气之先，不让东邻专美，则中华国粹振兴有望矣，特寄写志庆。

丹阳市楹联学会成立志庆

马萧萧

对翰翩跹舞凤美　联花烂漫朝丹阳

[简 注] 2001年1月,丹阳市民间文艺家协会报请丹阳市民政局批准,成立分支机构“楹联分会”。中国楹联学会会长马萧萧赠贺联一副。联中“凤美”为丹阳古地名。

贺门下士胡炬香以第一名入学

李承衔

莲炬研经，包罗三传　芹香撷秀，领袖群英

——《楹联剩话》

贺门下士毕月三入学

李承衔

毕万大名，久征于易　月三高捷，请贺以诗

——《楹联剩话》

贺人入泮

张渭卿

秀才能知天下事　宰相须用读书人

——《江南赵氏楹联丛话》

光绪元年大儿就职教谕有客来贺

李承衔

蛾术试虫雕，较乡会朝殿之班，亦云微矣
龙飞颁凤诏，超拔岁副优而上，何以堪诸

——《楹联剩话》

李承衔

又

十载负初心，桂苑秋风，敢说文词艰一第
六堂推巨擘，蓿盘朝日，且将章服傲诸生

——《楹联剩话》

贺同里蔡守愚新葺茅堂

赵曾望

门不须关，大盗何曾偷墨竹
室宜求暖，老妻正好聘红梅

——《江南赵氏楹联丛话》

[简 注] 下联指守愚翁断弦不续,筑室又当岭上花开之时。

代某拟献李植廷提戎

赵曾望

汉敦万年，用蕲眉寿　周雅六月，以奏肤功

——《江南赵氏楹联丛话》

贺慈舟方丈升座

东台佛协

登法王座　作狮子吼

杭州灵隐寺　又

花雨禅心寂　香云法座高

常熟兴福寺　又

慈云阴法界　舟行济众生

普陀山王德明　又

拥护四化建设　创造人间净土

金山服务部　又

一念观空亲自在　六根作贼背如来

南京市佛协　又

衣钵真传兴祖业　殿堂再造振家风

镇江市佛协　又

第一宗门为领袖　大中禅院绝中边

苏州市佛协　　　　　　　　　　又

智灯相传无穷尽　佛法弘济有根源

南京佛学分院　　　　　　　　　又

楞伽室演无生曲　浮玉山留有绩碑

圆　湛　　　　　　　　　　　　又

莫嫌老圃秋容淡　犹有黄花晚节梅

黄后庵　　　　　　　　　　　　又

墨翻衫里吾方醉　腹有诗书气自华

上海龙华寺明暘　　　　　　　　又

慧镜高悬于法令　智灯普照应群机

宁波七塔寺月西　　　　　　　　又

大阐宗风，人天聚会　广开觉路，龙象交参

宁波天童寺广修　　　　　　　　又

弘法流转，名山生色　住持得主，古塔常新

泰州佛协　　　　　　　　　　　又

江上头陀，慈心普渡　天生明主，舟载千灯

仪征隆觉寺养廉　　　　　　　　又

江山行者，慈光遍照　天雨名蓝，舟烛自明

上海玉佛寺真禅　　　　　　　　又

江海弥漫，如来慈广　天风浩荡，般若舟坚

普陀山佛协　　　　　　　　　　又

慈济四生，新旧并洽　舟渡十方，中外兼通

鸡鸣寺住持宗诚　　　　　　　　又

发愿住金山，度一切苦厄
现身说佛法，结众生因缘

栖霞寺　　　　　　　　　　　　又

法座高升，重修大雄宝殿
慈航普渡，救济无量众生

风 野　　　　　　　　　又

慈乃善根，万事不离因果
舟能普济，众生何论贤愚

苏州灵岩山寺　　　　　　又

菩提场中出广长舌，江天河海观无相
狮子座上说微妙法，宇宙金焦一禅床

——以上均选自《慈舟禅师传略》

贺 婚

贺丹青、锡芳小友结婚

李宗海

丹崖映青谷　锡祜播芳名

为端木礼义、赵玉英作

李宗海

有仁有礼有义　如金如玉如英

贺汤真洪、朱立菊伉俪永好

李宗海

真情温厚，山洪奔放　立志坚强，篱菊清幽

——以上均选自《李宗海先生诗词楹联选》

贺包桂生之长子于中秋完婚

茅邦彦

金屋香浓金粟绽　玉堂光满玉轮高

——《楹联剩话》

贺门下士胡铭恩完婚

李承衔

莲炬生辉为登科兆　兰香征梦在浴佛光

——《楹联剩话》

[简注]　胡铭恩,字炬香,完婚之日为4月6日。

为庄姓题婚联

李承衔

蝴蝶双飞，欢情栩栩　凤凰五世，和鸣锵锵

——《楹联剩话》

贺赵氏子与长孙女婚事

李承衔

村里结朱陈，忆十载同居，绿水红桥尝胜景
城中推赵李，喜百年好合，紫微黄道值良辰

——《楹联剩话》

[简注]　原文:余避寇寓如皋东乡施家桥……同乡赵氏寓季家园……长孙女生于施桥今归赵氏。甲申冬十月,赵氏子来赘于安东学署,因书一联于讲堂云。

喜　联

赵曾望集句

江夏诵鹦鹉赋　山阳摹麒麟图

赵曾望　　又

礼三十壮有室　蒙九二吉克家

赵曾望　　又

东楚三星在户　夭桃二月始华

赵曾望　　又

昏义二姓合好　震卦一索得男

赵曾望　　又

董论霜降送女　郑注日入为昏

赵曾望　　又

岁其有十千维耦　夜向晨三五在东

赵曾望　　又

鹭于飞式燕且喜　麟之定適骏有声

赵曾望　　又

之子于归，既多受祉　牧人乃梦，则百斯男

赵曾望　　又

凤凰于飞，福禄来下　凫鹭在渚，和乐且耽

又

凤凰于飞，介尔景福　琴瑟在御，貊其德音

赵曾望　　又

宜其家人，如圭如璧　乃生男子，维熊维罴

赵曾望　　又

昏姻孔云，陈馈八簋　福禄攸降，副笄六珈

赵曾望　　又

春日载阳，凫鹭在渚　明星有烂，鸳鸯于飞

赵曾望　　又

硕人其颀，福禄来反　君子偕老，威仪孔时

赵曾望　　又

集於泮林，思皇多士　倬彼云汉，遐不作人

赵曾望　　又

琴瑟友之，釐尔士女　凤凰鸣矣，宜其室家

赵曾望　　又

鼓瑟吹笙，宜其室家　肆筵设席，乐尔妻孥

赵曾望　　又

隰有苓万亿及秭　左执翿九十其仪

赵曾望　　又

觏尔新婚，我心则喜　宜其遐福，厥德不回

赵曾望　　又

薄采其芹，以燕翼子　有菀者柳，我龙受之

赵曾望　　又

螽斯羽大宗维翰　鹭于飞静女其姝

——以上均选自《江南赵氏楹联丛话》

贺友娶妻

赵曾望集句

绵绵瓜瓞（实发实秀），**如松柏之茂**
关关雎鸠（将翱将翔），**毋金玉尔音**

——《江南赵氏楹联丛话》

贺二月十二日成婚

赵曾望

三叠秋屏护琴枕　二分春色到花朝

——《江南赵氏楹联丛话》

婚　庆　联

李德柱搜集

他日定为天下士　今宵先会月中人

李德柱搜集　　又

有水有田方有米　添人添口便添丁

[简 注] 指潘、何二姓联姻。

李德柱搜集　　又

日月同盟，报十二时吉祥如意
天地合清，庆亿万年富贵寿康

贺　寿

贺马相伯

于右任

民族一元老　精神常少年

——《爱国老人马相伯》

贺马相伯八十岁

张　謇

扶风得徒，声闻之寿　伏波忘老，矍铄是翁

——《爱国老人马相伯》

叶景葵

又

言满天下，行满天下　八千为春，八千为秋

——吴恭亨《对联话》

贺马相伯九十岁

张元济

博学多闻，韪泽寄象　修道益寿，眉梨耄鲐

——《爱国老人马相伯》

吴稚晖

又

得天独厚，应寿一万八千龄，才经过二倍百分之一
其道大光，曾传三千七十子，皆能位两间壹是于三

——《爱国老人马相伯》

贺马相伯九五岁

章太炎

鲁连抗议是完赵　烛武老年犹退秦

——《爱国老人马相伯》

贺马相伯百岁

于右任

先生年百岁　世界一辰星

——《爱国老人马相伯》

于右任

又

大邦人瑞　民族导师

——《爱国老人马相伯》

于右任

又

当全民族抗战之时，遥祝百龄，与将士同呼万岁
自新教育发萌而后，宏开复旦，论精神独有千秋

——《爱国老人马相伯》

贺某太守之母九十寿辰

严保庸

开上寿初筵，九十曰耄
后重阳一日，八千为秋

——《生日寿诞联》

以七夕称祝蔡氏五十双寿

屈指三秋，天上又逢七夕
齐眉百岁，人间自有双星

北固山甘露寺住持性空八十生日

住持第一江山，问长老几生慧福
游遍大千世界，知寿星即是如来

——《楹联剩话》

贺茗山方丈八十寿

许图南

茗碗炉香诗供养　山林古刹佛春秋

贺家父五十寿

李名方

年临半百，方为事业开始
路达中途，可算成功起头

贺田向珊先生八十寿

李名方

田头翁八十生辰我来贺
牛背老期颐华宴君作陪

贺慈舟八十寿

东台泰山寺达禅

慈济万物　舟渡群生

黄选能　又

功德无量　鹤寿万年

镇江市宗教事务处　又

研经穷论心如来　发自神清品似仙

光孝寺松林　又

常向众人开口笑　自然百事放宽心

常州天宁寺松纯　又

卓锡谈禅，春秋不老　慈灯慧镜，日月长明

释达禅　又

慈纳百川寿高福大　舟游四海风静波平

香港秉鸿邝萍　又

慈寿塔，祝慈寿，天地同庚
舟山岛，愿舟山，与世共存

金山寺全体员工　又

慈悲广被，荣登仁能寿域
舟楫普济，颂作自在福田

李宗海　又

慈悲为怀，法相常存臻上寿
舟楫是务，众生得度仰高僧

李宗海　又

师德高深，庄与谐，悉如佛印
我才浅薄，诗及书，难及东坡

释茗山　又

兴无缘慈，乘般若舟，普渡群生登彼岸
建大雄殿，筑藏经楼，喜逢耄耋庆高龄

常达时　又

高擎金山，树一代宗风，佛门龙象松不老
重建梵宇，兴千秋家业，誉满乾坤水长流

金山寺全体僧众　又

佛殿巍巍，宝塔耸立，百废经营，稽首慈公兴胜境
僧像堂堂，诸方景仰，双凤并树，敬颂上人无量寿

释养廉　又

慈赖愿力弘深严净戒，精勤擎江天，金碧楼阁显宝殿
舟同共济有情谈般若，举禅行大彻，道风威德遍寰宇

——以上均选自《慈舟禅师传略》

祝某公七十寿

李宗海

人逢世泰心常泰　年到古稀今不稀

为陶天保、赵凤来祝龈

李宗海

苍天保佑人多寿　彩凤来仪国益昌

祝乐老图南八十寿

李宗海

抖擞精神，先我一年登八秩
优游翰墨，与君百岁醉千觞

——以上均选自《李宗海先生诗词楹联选》

寿汪宗泰

王 琛

太白须醉三万六千日
伯玉已知四十九年非

——《楹联剩话》

［简 注］ 汪瘦吟(宗泰)嗜酒,终日不离杯勺。

贺胡母六十寿

李承衔

云子衍青衿，萱茂北堂，鸠杖健扶大寿考
良辰辉彩服，梅开东阁，兕觥暖泛小阳春

——《楹联剩话》

［简 注］ 胡母六十寿时,其子新入学,时正十月。

刘某冬至节六十寿,其侄婿浼为作寿联

李承衔

高并丈人峰，藜杖风清，万卷功深才学识
欢迎长至节，莱衣日暖，六旬庆衍子孙曾

——《楹联剩话》

贺李承衔之先太淑人六十寿

陈莲史(继昌)

鼎甲宫袍花甲 阜华羽旆白华

陈鹿宾

春酒称觞，百花献寿　宫袍舞彩，四牡还朝

赠李承衔之先大夫六十寿辰

杨　棨

分雅良辰，近重九日（寿辰九月朔）
承欢有子，为第一人

——《楹联剩话》

贺赵昼三五十寿辰

常州某教官

蓿味寄兰陵，夫子停骖欣莞尔
莱衣娱桂月，嘉宾式燕醉陶然

——《楹联剩话》

寿汪某

茅三峰　赵昼三　赵问渔

潭水映桃花，爱我情深千尺
灵山采修术，祝君寿比三峰

寿　某

天禄富君家，愿携湖蟹江鲈，共图欢醉（其人开鱼行）
地仙推老辈，欣值岭梅篱菊，同赋遨游

又

亲谊记葭莩，自惭马齿徒加十年以长
贤劳笃桑梓，能使鸿嗷得所万户皆春

又

出塞著奇书，知己有当朝宰相
归田多乐事，养真称闲户神仙

又

印记鸿泥，把酒话扬州明月
筹添鹤算，嬉春寻琼岛梅花

又

养性乐仙居，有门外江光楼头月色
介眉斟腊酒，正梅边雪霁柳上春归

——以上均选自《楹联剩话》

[简 注] 《楹联剩话》:吾乡茅三峰、赵昼三先生及吾友赵问渔(克恭)皆工于楹联。每一落笔,人争传写。吾甥高廉甫(长生)抄之成帙,余索之来,则三人笔墨不可复辨,所赠何人亦不可知,但分寿、挽两门,乃依其例书之,以志吾乡掌故。

代某作寿王某

六十年具有宏才，饥寒可救，患难能扶，槐树绍家声，鸠杖相逢都戴德
重九日莫虚佳节，夫妇同偕，儿孙克肖，菊花添酒味，兕觥高举定延龄

——《楹联剩话》

[简 注] 王某者,一乡之善士,凡排难解纷,布德行惠,靡所不为,以重九日六十寿。

寿 邹 某

茅三峰

君原黍谷神仙，羡组解黄堂，来看扬州明月
我是华阳弟子，愿樽携红友，同寻琼岛梅花

——《楹联剩话》

[简 注] 原注:邹某,不知名,原为山西太守,致仕后居于扬州,茅三峰之友也(茅三峰为《楹联剩话》作者之同乡)。

贺赵玉山七十寿

赵云涛(增)

佛宇赖维持，寿同无量
官桥通利济，德并千秋

——《楹联剩话》

[简 注] 原文:吾乡赵玉山于兵燹后创修大佛殿、千秋桥,乡人称之,是年七十寿。

寿某夫妇六十

赵　增

桥对千秋，欣夫妇齐眉，都登甲纪
阁邻斗酒，羡儿孙绕膝，同进庚觥

——《楹联剩话》

[简 注] 原文:某夫妇住千秋桥斗酒阁之间。

代人贺支继卿母七十寿辰

赵曾望

圣母古名媛，鸿案齐眉，长依桂海归云，正笑同修无量寿
贤郎今太史，鸾书在手，高捧蓬山明月，当筵来照合家欢

寿姑父李季棠

赵曾望

天下有达尊三辅世长民年已七十矣
君子之所教五成德私淑壮者几千人

赠王芝笙(嗣晋)寿联

赵曾望

见善则迁，有过则改（王芝笙出）
功崇惟志，业广为勤

寿　联

赵曾望

银州谶富贵亦寿考　铜器铭吉祥宜子孙

——以上均选自《江南赵氏楹联丛话》

又

赵曾望集句

价人维藩，福禄攸降
君子偕老，威仪孔时

赵曾望　又

维岳降神，四方爰发
自公退食，百禄是遒

赵曾望　又

敬共明神，永锡难老　岂弟君子，不愆于仪

赵曾望　又

寿考维祺，民之父母　福禄攸降，保其家邦

赵曾望　又

视民不佻，百禄是何　执事有恪，万福攸同

赵曾望　又

蔽芾甘棠，子孙千亿　参差荇菜，寿考万年

赵曾望　又

黻衣绣裳，威仪是力　黄发儿齿，寿考维祺

赵曾望　又

贝胄朱绶，瞻言百里　路车乘马，寿考万年

赵曾望　又

维岳降神，有力如虎　思皇多祜，何天之龙

赵曾望　又

清酒百壶，陈馈八簋　素丝五绒，副笄六珈

赵曾望　又

相维辟公，择三有事　媚于天子，於万斯年

赵曾望　又

三星在隅，休其蚕织　七月流火，称彼兕觥

赵曾望　又

惟此哲人，柔嘉维则　乐只君子，寿考不忘

赵曾望　又

如鼓瑟琴，绥我眉寿　载橐弓矢，以奏肤公

赵曾望 又

屡丰年黍稷彧彧　于绎思松柏凡凡

赵曾望 又

洗爵奠斝岁其有　吹笙鼓簧夜未央

——以上均选自《江南赵氏楹联丛话》

自　寿

九十岁自寿

马相伯

有生可悟长生乐　今世当知后世因

——《爱国老人马相伯》

自　寿　联

赵昼三

今日始知非，每为笙歌荒笔墨
平时难附热，聊将桂醑代荷觞

——《楹联剩话》

戏为自寿联

严保庸

儒为戏，生旦净丑外副末，呼十门脚色，同拜一堂，重道尊师大排场，看破世情都是戏

学而优，五六工尺上四合，添两字凡乙，共成七调，唱余和汝小伎俩，即论文行已兼优

——《楹联丛话全编》

［简 注］ 严保庸曰："……一日逢余初度，群优皆集，同人戏以'桃李门墙'四字书匾为祝。余笑曰：'既有匾，可无对乎？'因大书一长联云……"

五十初度自为联

李承衔

不富不贵，不道学，不风流，衮衮诸公，今日知非亦何补
有儿有孙，有琴书，有诗酒，区区庸福，同人相聚且为欢

六十又为联

李承衔

两三番屡蹈危机，想当年寇兵入室，天火焚庐，海风飞艇
六十载幸叨庸福，喜今朝兄弟随肩，儿孙绕膝，夫妇齐眉

——《楹联剩话》

自遣自寿联

李宗海

东坡似海　太白为宗

李宗海

又

九十传经汉伏胜　四旬致仕清袁枚

李宗海

又

桃源以内风光丽　盘谷之中日影迟

李宗海

又

跃马奔腾九万里　乘龙飞向二千年

李宗海

又

塞北奔腾赵氏马　江南闲逸米家船

李宗海

又

千仞摩天，岱宗岳岳　万沙流地，瀚海茫茫

李宗海

又

退思进，进思退，进退从容自得
翁携孙，孙携翁，孙翁康乐相欢

李宗海

又

邈乎周汉，老聃哲学，元礼高范
卓尔李唐，太白诗豪，北海书宗

李宗海　又

八千岁为春，八千岁为秋，春秋不老
五百年种桃，五百年种李，桃李长新

李宗海　又
、

板桥同乡，复堂同宗，先辈有如此者
太白大才，东坡大量，吾曹当效法之

李宗海　又

宗唐宋，尊汉魏，攀周秦，高怀逸兴追前古
海涵容，山耸峙，江奔放，雅量雄才启后人

李宗海　又

冶汉魏六朝于一炉，集古茂、雄强、遒丽、超逸之妙
收金焦北固于两眼，揽波涛、潮汐、峰峦、岩壑之奇

——以上均选自《李宗海先生诗词楹联选》

第九章 哀 挽 类

挽 人

挽丁士青

李宗海

书画常纵谈，每念吴门访费，白下访林、朱方访夏
友朋痛凋谢，那堪甲寅哭杨，乙卯哭徐、丙辰哭丁

挽丁传靖

柳诒徵

以竹垞竹汀相期，晚岁恒思论旧学
继横山东山而逝，江乡共叹失通儒

［简 注］ 丁传靖(1870—1930)，镇江人，工诗文词曲，有《宋人轶事汇编》、《沧桑艳传奇》等传世。丁曾誉柳诒徵在学术上可与朱竹垞、钱竹汀相埒。故有上联首句。又，下联“横山”指镇江历史学家陈庆年(1929 年去世)。

挽丁叔衡

张 謇

寿以餍志，官以限年，是有数也，抑非关一人之故
退不遗世，病不怠学，凡知公者，相与赋三良而哀

——《镇江文史资料》

翁同龢

又

有大礼仪，有朝鲜编，忧国孤忠常耿耿
是好长官，是真名士，过江一别太匆匆

——《镇江文史资料》

[简 注] 丁叔衡(1854—1902),名立钧,镇江人,清光绪进士,官至山东沂州知府,能以左手作书画。

挽马相伯

于右任

生我者父母　育我者先生

——《爱国老人马相伯》

于右任

又

光荣归上帝　生死护中华

——《中国近现代名家名联》

[简 注] 马相伯(1840—1939),字良,丹阳人,天主教徒。辛亥革命后一度代理北京大学校长。"九一八"事变后,积极参加抗日救亡活动,被誉为爱国老人。

挽毛泽东

李宗海

为桓桓革命导师,四卷宏文光宇宙
是赫赫人民领袖,一双巨手转乾坤

挽王龙烈士

王仲川

天耶命耶,汝竟为国而牺牲耶!七八年艰苦备尝,一毫莫怨,满拟解放自由,光复河山偿素愿
痛矣休矣,我亦无意于人世矣!六十载韶华虚度,百不相关,惟念子幼亲老,萧条家室动愁颜

[简 注] 王龙为仲川嗣子。

挽王仁堪

盛伯羲

此一关阴阳消失之机,大哉死乎,君子息焉
以坚我山林肥遁之志,既痛逝者,行自念也

黄漱兰　　又

廉吏可为乎？只留半壁图书与两袖清风，分贻儿辈
老夫既耄矣，剩有病中涕泪随大江流水，洒到君前

——《中国对联大辞典》

挽同乡王先生

李名方

执教乡里，旋持戈抗日，亦文亦武，原有一腔热忱，每恨征途未讫
耕耘田头，更育女携儿，作工作农，曾遭多种磨难，堪慰晚景方辉

代李志柏挽里人支寿柏

赵曾望

冠挂爱西湖，宦成白马青衫，与鲰生十载交游，尊酒雄谭，尽当代临民圭臬
碑铭高北固，梦醒红羊黑劫，看麟子一官祧荫，楹书细检，有传家杀贼弓刀

——《江南赵氏楹联丛话》

挽孙中山

袁希濂

三十年未竟大业　廿四史无此完人

——《丹阳文史资料》第 6 辑

［简 注］ 作者为丹阳县知事。1925 年 4 月 26 日，由丹阳县议会、教育会等 20 多个团体联合发起、组织追悼孙中山先生大会，当时悬挂在追悼大会会场和各机关、团体、学校内及见诸报章的挽联不下百十副。

城西平民学校　　又

万里奔波，主持公道　卌年奋斗，拯救平民

戴盆天　　又

再接再厉，后死责任　不屈不挠，先生精神

林　植　　又

至死靡他，四十年犹如一日
毕生谋国，五千载仅有斯人

丹阳民立医院　　又

大德在民，赢得哀痛倾薄海
良医救国，愧无才力继先型

谭廷献　　又

民无能忘，是三民主义标榜者
国赖以立，为我国共和创造人

吴受祜　　又

豪气撼山河，五族一家创国宪
大名垂宇宙，千秋万世立民权

[简注] 作者为丹阳市议会会长。

丹阳市立一校　　又

言论立千古定评，非家天下，倡公天下
功业有卌载尽瘁，其生也荣，其死也哀

丹阳师范同志会　　又

铲除四千年专制淫威，已由先生做去
造成五大族共和幸福，还须吾辈重来

陈兆衡　　又

抱定改革宗旨，进行四十年，无愧先知先觉
力筹建国大纲，著述千万语，要皆为国为民

丹阳县农会　　又

三民主旨，五宪精神，千古不磨，谁标此二义
列强冯凌，兆姓病痛，万方多难，群念兹一人

正则师范女校　　又

游大陆，历重洋，摧彼专制魔，倡三民主义
讲自由，谈解放，为我女子界，开一线光明

丹阳县立第三小学　　又

缔造共和，俾华盛顿遗风，从此永传于中国
铲除专制，使拿破仑毒焰，不能再现诸当今

丹阳县立第二小学　　　又

东瀛漂泊，西陆栖皇，卌载历忧劳，没世大名垂宇宙

北府陈书，南都逊位，千秋有公论，毕生宏愿奠宗邦

何　侠　　　又

“革命尚未成功”，听先哲遗言，宛如半夜钟声，警醒迷梦

“同志仍须努力”，对后人警告，无异当头棒喝，振起国魂

王冠华(第三路军总指挥)　　　又

帅府昔从戎，记曾沪上欢迎，历千山万水程途，大业未成身先死

神京方会议，所望党中继起，抱三民五权主义，遗型犹在气如生

吴秉臣　　　又

昔年海外南旋，救斯民于水火，除专制，创共和，功实在千秋，我国庶几永固

此次岭表北上，若大旱望云霓，统宪纲，垂法纪，天不遗一老，舍公岂谁与归

城厢市立三校　　　又

废除阶级制度，推翻君主威权、专制余毒，四十载尚未扫清，先生去矣，椎心呕血，犹恨成功未竟

联合人群奋斗，宣传民治精神、揖让古风，亿万年从兹奠定，同志勉哉，空拳赤手，仍须努力向前

——以上均选自《丹阳文史资料》第6辑

挽孙中山

冷御秋

三千年帝王本纪，一笔勾销，建中国新纪元，五族共和，旋乾转坤凭赤手

四百兆人民主权，万邦公认，弃天下如敝屣，九州多难，披肝沥胆为苍生

——《丹徒文史资料》

挽　朱　德

李宗海

半年来痛哭两元勋，那堪闻地维倾、天柱折

八亿中又丧一泰斗，最应念南昌市、井冈山

挽爱国报人朱惺公

上海文化界联谊会

读书明气节，挽士林之颓气
严词斥叛徒，为民族而争光

——《古邑史踪——丹阳历史文化专辑》

［简 注］ 朱惺公，名松庐，丹阳人，系上海《大美晚报》中文副刊《夜光》编辑。1939 年被汪伪特务杀害。

挽许杏虎、朱颖夫妇

好记者，好党员，健笔斥强权，全把生死置度外
献青春，献生命，英魂萦祖国，永留伟绩耀中华

［简 注］ 此为 1999 年 5 月中共中央举行追悼会时会场所悬挂的挽联。许杏虎为丹阳人。夫妇俩作为战地记者，在南联盟不幸遭袭遇难。

悼亡(刘氏)

赵筠斋

忆偕尔卅载唱随，不图骨肉连伤、精力全亏遭笃疾
休念我一身茕独，此后光阴渐短、悲愁自遣了余生

——《江南赵氏楹联丛话》

［简 注］ 作者为赵曾望之曾祖父，其曾祖母姓刘，为继室。

代昼三挽刘十九

赵中议

待先生草榻常留，敢云俗眼知公，最幸廿余年午夜论心，交深异地
命哲嗣蒲帆远曳，讵料热肠为我，反使四百里子规泣血，痛抱终天

——《江南赵氏楹联丛话》

［简 注］ 刘十九为赵昼三之好友，刘遣子代赵昼三去如皋处理事情，甫往而刘十九即去世。

丁治磐　　又

论政得针砭百疾　述行曾衣被万家

——《实业家束云章》

[简 注] 束云章,丹阳人。实业家。1949年至台湾地区,任台湾地区工商促进会理事长,深受各界敬重。1973年在台北逝世。

周至柔　　又

致力在工商,襟抱雍容征伟度
享年臻耄耋,云仍秀发衍余昌

——《实业家束云章》

张大千　　又

托从卅载论交,海上逢君推物望
竟歉一场话别,天涯怀旧独萧寥

——《实业家束云章》

刘涵锋　　又

集朋辈,叙乡情,杖履叨陪犹昨日
展经纶,抒国计,典型垂范足千秋

——《实业家束云章》

束云章治丧委员会　　又

三立德功言,事业纵横同端木
千金轻积散,贤豪侪列入陶朱

——《实业家束云章》

丹阳旅台同乡会　　又

声著议坛,名重庙堂,更领工商称大老
惠滋桑梓,驾回蓬岛,同嗟羁旅失乡贤

——《实业家束云章》

陈立夫　　又

六十年领导工商,伟绩宏规,遗徽永在
廿余载忠诚立法,谠言长策,风范同钦

——《实业家束云章》

钟澄清

又

此世何堪，十五年俪影流光，回忆前尘真似梦
他生未卜，万千劫空花水月，伤心来日不胜悲

——《实业家束云章》

辜振甫

又

杖履幸追陪，嘉言懿行，协进工商，如坐春风亲桀诲
坛坫领博雅，谋国济时，昭垂模楷，怆怀暮岁失耆英

——《实业家束云章》

又

创导自由企业，促进经建成功，身体力行，示范工商真大老
秉持儒学精神，宏收科技绩政，德修名立，高年福寿仰全归

——《实业家束云章》

挽严佑之

丁秀甫

百家之中，与墨子近　九泉不作，如苍生何

——吴恭亨《对联话》

拟挽严佑之

匹夫以天下为己任（赵铭辛）
君子疾没世而不称（赵曾望）

——《江南赵氏楹联丛话》

［简　注］　严佑之,镇江人,秀才出身,“肩十八省赈务,足所经者燕齐晋豫皖也,枢臣疆吏,无不知严善人者”。

哭妹联

严保庸

佛不慈悲，失乳忍听遗女哭
兄兼贫病，伤心更恐二人知

——《楹联丛话全编》

［简　注］　严妹在死前不久生一女儿。

挽胞弟李名全

李名方

手足情深，同胞义重，兄来声声犹在耳
儿孙品正，老母身强，弟去事事可宽心

［简 注］ 李名全(1938—1998),生前任扬中市八桥镇多种经营公司经理。

挽家父李友之

李名方

几度风吹雨打，犹培得桃李千树布海内
三年心旷神怡，始写成文章数篇留人间

［简 注］ 李友之(1912—1986),黄墟乡村师范毕业,长期从教。1951 年政治上受冤,1982 年平反。

挽父李德仁

李友之

小儿究何辜，去岁母亡，今年父逝，哭断肝肠空洒泪
昊天胡不吊，余未成名，弟方及冠，一家生活将谁依

李耀庭 又

父病已多日，叹医药无灵，遽尔逍遥归冥府
儿年甫及冠，痛怙恃俱失，将来教养更何人

［简 注］ 李德仁,扬中人,1938 年去世,李友之、李耀庭为兄弟二人。

挽李西侯

李宗海

痛妖雾遮天，黑压江城，公遽逝世
喜朝阳照地，红呈海甸，我来告灵

挽同里李丹叔

赵曾望

视可谓明，听可谓聪，思可谓容，是宜得洪范九五福之寿
强不在仕，艾不在官，耆不在使，乃适符曲礼七十老而传

——《江南赵氏楹联丛话》

吊李宗海

王于民

宗师道统传千古　海国文章润万人

——《李宗海先生诗词楹联选》

挽李宗海

袁裕陵

秉一腔豪气，笔蘸西江，杯斟北斗
挟两袖清风，鲸骑东海，鹤跨南天

——《李宗海先生诗词楹联选》

挽李宗海

许图南

常记东城任教，忆年时风华正茂，每晨夕相过，笑言与共，往者不磨留契谊
永怀山馆登云，念余生壮心未已，把诗书奉献，福寿全归，浩然仙去足安怡

——《李宗海先生诗词楹联选》

挽李盘新(鼎铭)

赵曾望

薄宦共京华，犹记狂吟白社，痛饮黄垆，谁知东阁缘悭，老死一官何水部
哀音来旅邸，遽抛爱子黑衣，宠姬红拂，却叹南宫梦短，平生三策董江都

——《江南赵氏楹联丛话》

[简 注] 李盘新为作者 30 年的戚友。

挽姊婿李鼎臣

赵曾望

血气误君多，叹家业凋零、名场偃蹇、仕路沉埋，致激成灌夫骂座、祢衡傲物、嵇康玩世，心胸看逼仄乾坤，空向江淮悲落魄

亲交推我最，忆酒尊深浅、剑匣纵横、棋枰胜负，试历溯玭浦比邻、邗水同舟、钟阜联床，踪迹数生平损益，那堪湖海赋招魂

——《江南赵氏楹联丛话》

挽长侄慎传

李承衔

壮志未能伸，看近年吟诗慷慨，纵酒淋漓，医药无缘，知命定难逾五十

老怀空自悼，想尔日父在高堂，弟违远道，耿兰有报，招魂最怕过重三

——《楹联剩话》

［简 注］ 作者注：李慎传，字子薪，学问淹博，性情肫挚……庚午乡榜司训江宁，未满任弃去不赴……居家八年著述极多……壬午重三日中风不语，次日遽卒，年五十，父老而弟出外……

挽邑庠生吴致祥

钟汉章

万事可丢，且看踵事增华，子若孙咸能述事

一生无憾，定卜来生受福，富与贵更胜今生

——《司徒乡志》

挽吴广居

李宗海

小别竟千秋，最难忘问候床前，为谋医药，兴谈政治

豪情高百尺，当追忆登临塔顶，纵览江山，横论书诗

挽吴次藩

李宗海

寂寂冷诗坛，我曾哭李崇老、杨效老、赵思老

殷殷念画室，公常晤苗辛翁、符韦翁、丁士翁

挽吴寄尘

柳诒徵

嗣统南通，从商场艰苦支持，伟业未隳大生厂
皈心西土，忆病榻弥留款语，本原炯著绍宗楼

——《镇江文史资料》

[简 注] 吴寄尘，清末秀才，镇江人，得商人丁之寅之助，出巨款建绍宗国学藏书楼。

代尹石公作挽吴寄尘

柳诒徵

扶危持颠，有名相之才，从九原报张啬公，道商界乃今而后知秀才风义
开物成务，以正学为本，斥万卷绍文宗阁，问儒林何人能具此菩萨心肠

——《镇江文史资料》

挽吴巽仪之妻

赵曾望

环佩望归来，讵生离乍解，死别旋催，只余妙笔通神，任台前凤去难留，小影应摹新粉本

琴弦怜断绝，况同病曾经，异乡尤酷，对此秋灯话旧，听江上雁声如语，闲愁深感老黄门

——《江南赵氏楹联丛话》

挽陈老总(毅)

李宗海

率百万貔貅，铁马金戈争杀敌
立千秋功业，石碑竹简永留芳

——《李宗海先生诗词楹联选》

挽陈子厚

赵曾望

慷慨订交游，尊不空，座常满，驯致推恩小子，特荐仓公，感一片热肠，诚足继元龙湖海

艰难恤民灶，劳抚字，拙催科，讵知忤旨上官，竟归陶令，看万人血泪，合长留白马祠堂

——《江南赵氏楹联丛话》

[简 注] 陈子厚为作者之友，作者儿子有病，陈子厚曾帮助请医治愈。

挽陈光甫

张嘉璈

论交六十年前，往复绸缪，以裕国富民相期，得君伟业垂范，堪偿宿愿
闻凶数千里外，生死相隔，徒异域殊乡为客，假我余年著述，以证心期

——《镇江文史资料》

[简 注] 陈光甫(1881—1976)，镇江人，银行家，美国宾夕法尼亚大学商学士，曾创办上海商业储蓄银行、宝丰保险公司，并先后在纽约、曼谷设立上海商业储蓄银行分行，在台湾地区成立上海商业储蓄银行总行。

挽学生张襄

赵曾望

知之者不如好之者，惟我与尔
斯人也而有斯疾也，曰天丧予

——《江南赵氏楹联丛话》

[简 注] 原文有：友人见而规余曰：汰哉其僭已甚矣。余曰：谨受教。即摘下于灵几前焚之，易以挽诗四章。

挽张日化

中共扬中县委

不愧将士牺牲，雪国耻，复国仇，碧血染成新中国
真为同胞解痛，张民族，保民权，浩气震撼小东瀛

——《忠魂谱——镇江革命烈士专辑》

[简 注] 张日化，浙江诸暨人，抗日战争初期担任中共扬中地区工作委员会组织部长，1940年牺牲。

代从兄仁山挽妻母张宜人

赵曾望

诸郎凋谢，爱女清贫，忆半子卅年，深叹姻亲同侘傺
先舅云殂，外孙早殀，望九京二老，可能童稚为扶持

挽外姊张四姑

赵曾望

慷慨有丈夫风，相外子，恤外家，一片热肠老而弥笃
扶持得亲女力，育佳儿，来佳妇，两开笑口逝矣如归

［简 注］ 据原文，张四姑之女，干练尤过其母，故有下联。

悼亡室张淑人

赵曾望集唐句

平生自有分　死别已吞声

——以上均选自《江南赵氏楹联丛话》

挽巫恒通烈士

笪远志

心萦易水句　志切丘山辞

巫远锦　　又

追踪文信国　步武首阳山

［简 注］ 文信国，即文天祥，首阳山代指伯夷叔齐。巫远锦，塾师，句容陈武乡乔巷村人，已故。

笪远志　　又

新四军之中坚弱了一个
第五保的民众如丧二天

［简 注］ 笪远志，小学教师，句容陈武乡乔巷村人，已故。

史洪泽　　又

头可断血可流壮志不可移
不成功便成仁爱国先正身

［简 注］ 史洪泽当时任句容白兔庵头小学教师，已故。

解良彦　　　　　　　　又

没有国何有家，爱家必先爱国
不成功便成仁，成仁就是成功

[简 注] 解良彦曾任小学校长，句容东昌乡解甲村人，已故。

新四军十六旅　　　　　又

民族英雄　万古流芳

——《忠魂谱——镇江革命烈士专辑》

[简 注] 巫恒通，字天侠，句容县柘溪村人。1903 年生，曾任新四军新三团团长、苏南行署第五行政区督察专员，1941 年在一次战斗中因伤被俘，绝食殉国。

挽何畏烈士

周　方

鄙视敌人，顽强不屈，为真理而奋斗，忠勇业绩贯千古
热爱同志，委曲求全，以忍让争团结，浑厚楷模颂遗风

为焦山松寥阁和尚秀东撰

赵曾望

佛眼看花，那堪霏屑漫空，万朵纷投无垢衲
禅心作絮，何苦沾泥复起，三生原属有情丝

——《江南赵氏楹联丛话》

[简 注] 据《江南赵氏楹联丛话》载，和尚秀东，年轻有才，某次开戒坛时，与一妓女相识，竟相思成病而死。

挽何邦瑞之母

恩霈（润生）

三牲养，一品封，受福不如孝子母
颜色戚，哭泣哀，观礼幸与贤者邻

——《江南赵氏楹联丛话》

[简 注] 何邦瑞为秀才出身，作者为京口驻防孝廉，与何家隔巷而居。

挽里人邹翁

佚　名

此老阅沧桑，攻书史者几年，勤贸易者几年，营婚嫁者几年，身膺痼疾，伏枕难安者又几何年，纵享过二品荣封、七旬高寿、五代隆名，数真乐何堪屈指

诸郎擅豪侠，掷樗蒲也有某，眠花柳也有某，餐烟霞也有某，目击沉疴，绝裾竟去也更有谁某，只赢得孤孙视殓、一媳持丧、寡妻哭奠，吊空灵太觉寒心

——《江南赵氏楹联丛话》

挽里人应简人

赵子枚

投笔走湖湘，问弓刀结束，比前时风雅何如，惟听细柳歌声万队欢腾，豪兴突过小海唱

驱车入都会，看冠盖纵横，知儿辈英雄已矣，可叹漂萍踪迹一朝蜕化，归魂应逐大江流

——《江南赵氏楹联丛话》

挽　宗　仰

黎元洪

奥旨遐迩，道根永固　辞机旷远，名翼长飞

——《镇江宗教》

代王绀岑挽卓聘之

赵曾望

岭峤客星高，与鄙人萍梗联欢，遍论四海交游，谁实分金同鲍叔

江关今雨冷，累介弟荆枝抱痛，代践三山盟约，岂徒留玉继坡公

——《江南赵氏楹联丛话》

［简　注］　王绀岑为赵曾望之友。卓聘之，广东商人，设洋行于镇江，与王绀岑结交。

挽罗志让

赵曾望

上及交张猗谷，下及交赵绍庭，公斯言犹在耳
生未从曾文正，死未从向忠武，天降才独何心

——《江南赵氏楹联丛话》

［简 注］ 罗志让,丹徒人,卒于庚寅年(1890)与作者为忘年交。上联中张猗谷,名崇兰,丹徒名宿也。

挽周恩来

李宗海

为党为国为民，六十年间，鞠躬尽瘁
有才有识有量，百千世纪，浩气长存

——《李宗海先生诗词楹联选》

挽周鹭漪女士

赵曾望

萼绿本仙根，最怜绣断鸳鸯，花榹难寻长命缕
华丹空国色，自叹梦回蝴蝶，药炉误费返魂香

［简 注］ 周鹭漪女士风华绝代,有倾城之貌,既嫁,不得于其夫,依母家以居,悒悒成疾……终以不治。赵曾望与其有葭莩亲。

代张縠贻拟挽周希濂

赵曾望集句

妾不衣帛，马不食粟　人死留名，豹死留皮

［简 注］ 张縠贻为赵曾望之舅。

哀欧阳双南(锴)

赵曾望

鹿鸣四牡皇华，我未能一
文苑儒林循吏，公其得三

——以上均选自《江南赵氏楹联丛话》

［简 注］ 欧阳双南是赵曾望在参加科举考试时，对其科题评价很高的考官。

挽杨正觉

李宗海

老友痛凋零，记曾哭赵哭符，今又哭杨，伤心怕过白莲巷
后生多挺秀，可喜有吴有包，况更有管，懿范难忘桐影楼

挽杨效颜

李宗海

是烈士亲属，是革命诗人，大名鼎鼎闻京口
为文艺鼓吹，为社会耆彦，硕德昭昭在众心

挽林述庆

黄 兴

风雨无情，落华满地惊春梦
江山如故，何日重生此霸才

——《辛亥镇江将军录》

［简 注］ 林述庆，福州人，武昌起义时率新军响应，被推为镇江都督，后为袁世凯所害。下联末句，出自龚定庵诗。

挽邑庠生钟培棠

钟汉章

世界大三千，君子居之，休作万千百世计
年华行五十，哲人逝矣，应知四十九年非

——《司徒乡志》

挽施田同志

李名方

战争岁月，投笔从戎惩腐恶，方成革命人也
建设时期，殚精竭虑筹良谋，功在思字上头

［简注］ 施田(1920—1999)，江苏扬中人，离休干部，原镇江地区计委主任。

挽施光前同志

李名方

为民族解放，出生入死，光辉业绩载青史
求国家富强，竭智尽忠，革命精神传后人

挽赵伯先

黎元洪

方倚济时唐李郭　竟嗟无命汉关张

挽赵伯先

孙中山

平生慷慨班都护　万里间关马伏波

徐宝山

又

四海几人，可当宝山一哭
万方多难，为期伯先再生

——《辛亥镇江将军录》

又

海峤任前驱，成掀天动地，事功有今无古
江乡传伟烈，瞻跃马横刀，气象虽死犹生

——《中国对联宝典》

李竟成

又

幼同学，长同盟，同泽同袍，患难更同经粤海
仁可成，义可取，可歌可泣，精诚直可格星天

——《辛亥镇江将军录》

柳亚子

又

寄奴为公前辈，郁郁金焦，固宜生个怪杰，临死呼渡河，奈何不稍缓须臾！坐令竖子成名，遗恨嗣宗叹广武

文叔是我故人，滔滔江海，未足比此交情，指囷成虚语，即此已负惭冥漠！缅想英灵无恙，伤心皋羽哭西台

——《长联雅藏》

挽赵铭辛

赵宗抃

学问争性道事功，故宗族戚党交游，相率噪其名，岂徒酒中圣、诗中伯、文中健将

教育遍江湖流域，奈普通专门高等，皆未竟厥志，是为家之哀、乡之忧、国之不祥

——《江南赵氏楹联丛话》

挽赵宾国

赵筠斋

两儿何恃，二女谁依，抚弱息孤茕，赖汝恩勤今顿失

母没三秋，兄亡八载，倘泉台相遇，道我眠食尚如常

——《江南赵氏楹联丛话》

挽薇亦伯父

赵曾望

偕先君署行义年　予小子虽藐诸孤

挽族兄赵云门

赵曾望

心不忘子读书，俾成名由茂才孝廉而上

德可为乡祭酒，当列传于独行隐逸之间

[简 注] 赵云门(汉章)有两子,虽家道中衰,而读书弗辍,后考取秀才。

挽长姊木欣

赵曾望

家政奉先君，所期道德文章，晚节合超缠足辈

泉台逢弟妇，莫说衣裳针线，空房凄绝断肠人

挽二姊

赵曾望

虐魔方退，痼疾翻增，医药竟无灵，弃二老，弃遗孤，顿教远道哀音飞来岁暮

夫婿早亡，椿萱并谢，泉台从此去，赋归宁，赋静好，不道人生乐事反在幽冥

[简 注] 作者二姊适李庚辰，殁于兴化。

挽玉枝三姊

赵曾望

丧中遣嫁，劫后来宁，最难林下清高，独与室人称莫逆

病榻伤离，回帆恨晚，不信秭归蹉跎，空教弱弟赋招魂

挽堂姊戴姑

赵曾望

平生奇服似灵均，莫怪女媭申詈我

异日循声传渤海，谁知龚遂黯伤神

挽宗兄稚青廿三

赵曾望

沂浴当年，值疏受搴芹，遂蒙雅意酬金，颇似雪中叨送炭

湖游将夕，招魏舒啜茗，为报新丧含玉，顿教月下感吹壎

——以上均选自《江南赵氏楹联丛话》

挽胡母

李承衔

懿行表泷冈，叹贤母云殂，萱背竟难延夏日

好音来泮水，幸文郎高捷，草心犹及慰春晖

——《楹联剩话》

[简 注] 胡母在次子入学报到月余后的夏至日卒。

挽柳诒徵

陈匪石

一经近承柳宾叔　三长不愧刘知几

——《镇江文史资料》

徐森玉　　又

道山延阁委竹帛　石渠天禄多宽闲

——《镇江文史资料》

周　悫　　又

经师人师，当今孰匹　史学书学，此后伊谁

——《镇江文史资料》

尹石公　　又

避寇黔阳，晨夕磋磨惟道义
陈书白下，部录精严备典型

——《镇江文史资料》

陆维钊　　又

典藏于内乱外祸之秋，确乎其操
论史多守先待后之积，独为其难

——《镇江文史资料》

赵寿人　　又

系承柳下，还学同柱下以章、四教八儒传，论古多方垂弈叶
世无孔子，不当在弟子之列、几人千载见，折衷群籍忆先生

——《镇江文史资料》

又

春秋博记，目录专攻，著述老劬堂，如翁耋寿能臻，续史完成新社会
作客金陵，避兵蜀道，艰难明大节，此日中枢为一，招魂犹念旧家山

——《镇江文史资料》

[简　注]　此联为上海文管会、中科院上海办事处、上海图书馆三单位合挽。

代刘少臣制联挽里人柳封翁

赵曾望

苦节女宗师，天令长者承祧，致一门孝子慈孙，甲于里党
乐施民父母，人既同然诵德，合四境孤儿寡妇，丁此忧艰

——《江南赵氏楹联丛话》

挽同年袁心穀之母柳氏

赵曾望

李密苦陈情，讵使臣龙节方归梦警北堂，忽痛惊风摧绿笋
敬姜勤尽职，傥小子凤池重到诰崇南岳，定承湛露写黄麻

——《江南赵氏楹联丛话》

挽徐宝山

章太炎　　又

雪九世重仇，特起异军酬阁部
知百年恒化，肯称符命媚当涂

——《名联谈趣》

黎元洪　　又

下游建国，多士同袍，屈指已经年，半壁江淮资保障
大将横尸，元凶漏网，伤心惟一哭，全军缟素动哀思

——吴恭亨《对联话》

陈经镕　　又

识公于扬子江干，回思酒座英姿，想见平生酣战日
有弟在来君帐下，为语淮壖旧部，毋忘壮士被创时

——吴恭亨《对联话》

陈重庆　　又

草泽识英雄，忆当年探虎穴、入龙潭，交订杯酒间，得意书生夸只眼
梓邦资保障，叹此日历豺牙、吹虺毒，图穷匕首见，惊心巨蠹坏长城

——《名联谈趣》

郑雅南　　　　　　　　　　　　又

江淮保障，宿望惟公，诸父老共欢迎，居然箪食壶浆，睹合境熙熙攘攘
草泽英雄，成名几辈，大丈夫轻生死，难得碎身粉骨，演这场烈烈轰轰

——吴恭亨《对联话》

挽北固山长徐舍人玉立

汪廷儒

搔首问苍穹，览第一江山，六代衣冠都梦幻
惊心趋绛帐，看三千弟子，满天风雨助悲思

挽徐世洪

李宗海

平生三艺号无双，善装潢、工摹拓、精鉴别
同岁五人嗟缺一，想风度、念言论、忆容颜

挽司徒固村邑庠生夏侯俊

钟汉章

六旬寿宴，去岁曾开，方期年晋七旬，再拟椒花献颂
二月难关，今春已过，讵料时临十月，竟归地府修文

——《司徒乡志》

［简 注］ 夏侯俊（1857—1917），字济帆，司徒后固村人。清光绪八年（1882）秀才。1912年加入国民党，后任丹阳练塘乡副乡长，因办事公正，为邑人所誉。钟汉章，字云卿，号练塘居士，司徒楼下村人。

挽耿慕南

李宗海

名传橘井，术擅岐黄，平生济世为怀，声誉播金山南北
书法钟王，医宗卢扁，有子克家承业，精神留铁瓮东西

挽同里奚君敬亭

赵曾望

一腔热血，满腹精神，到处为人谋，山海蓬飘难驻足
三代交情，卌年友谊，忽闻先我逝，江城梅落特酸心

——《江南赵氏楹联丛话》

挽同里聂石泉之母

赵曾望

母夫人教子有方，君不见万户丰穰，青苗永罢中朝法
女菩萨归真无病，我为扬一生勤俭，彤管新标内史文

——《江南赵氏楹联丛话》

［简 注］ 原文:同里聂石泉以庶人在官,清理田粮,奉法唯谨。其母丧也,或乞余为联优奖之,余应之。

挽诗友郭凤山

李名方

凤竟逝兮，嘤嘤友声传后世
山其高哉，兀兀骄影在人间

［简 注］ 郭凤山(1919—1998),江苏扬中人,有诗集《碧梧斋吟草》。

挽梁星乙

李宗海

两年旅邸相逢，恨未多谈竟大去
卌载诗书为好，盼将畅叙不重来

挽 贾 镛

赵曾望

久驻屋乌驯作廿载主宾，许我为鲍叔夷吾，病榻论心犹缱绻
兼桃巢风小吏一家妻女，问谁是程婴杵臼，泉台张目太凄凉

［简 注］ 贾镛为钱塘人,赁赵家镇江旧宅居甚久,乙酉冬以疾卒。

挽王醉墨师章夫人

赵曾望

女学士造端夫妇赞成五千卷图书，试追维请业先师，南涧苹花常佐馔
古硕人垂训孙曾俾守九一年礼法，独莫慰衔哀分转，北堂萱草不忘忧

追挽崇君伯鸿

赵曾望

前作南邦游，后为北道主，交情如一部十七史，从何处说起
卧僵东海雪，立望西山云，死别隔重洋三千里，犹梦君魂来

挽崇君仲蟾

赵曾望

曾许我名园久驻，嚼复嚼彻夜雄谈，自夸箭百中、棋百胜、诗百篇，软红尘骢马飞来，公子痛除纨绔习

累询君劫火余生，病何病经年不起，空剩水一池、石一峰、花一院，尺素书鲤鱼到晚，孤儿苦向穗帷烧

挽里人黄接三

赵曾望

时变已如焚，君归纣绝阴天，好共飞仙游碧络
前尘浑若梦，我老琅嬛福地，每因良友感青镫

——以上均选自《江南赵氏楹联丛话》

悼妻葛氏

赵蓉曾

上寿本无庸，纵教百岁夫妻，终成死别
中年胡可去，试看两行儿女，难以为情

——《丹徒文史资料》

［简 注］ 作者为辛亥革命先烈赵声之父。

挽 蔡 根

张宝森

工书工画工诗更兼酒国长春，六十年文采风流，是大布衣是真名士
游浙游齐游皖又向京华小住，数万里登临啸傲，为诸侯客为三世臣

——《丹徒县志摭余》

[简 注] 蔡根，字守愚，号霜畦老农，布衣，性豪迈而内行甚笃，幼习举业，嗣改习医，嗜酒，工画墨竹，善草书，诗以自然为宗，足迹半天下，广交游，有太丘风。

赵曾望 又

五岳尽填膺，负天地间不平之气
四方来会葬，叹书画中乃丧斯人

——《江南赵氏楹联丛话》

赵铭辛 又

名士有侠烈士风，谭天下事慷慨激昂，每值引杯看剑勃勃欲鸣，气节是镇志第一流，勿因艺擅郑虔，转以多能掩硕德
旧交于贫贱交笃，恤故人家委曲周挚，甚至破产典裘殷殷不已，品诣在汉书独行传，傥拟碑刊郭泰，合将私谥阐幽光

——《江南赵氏楹联丛话》

挽蔡佩鸾

邹縠人

中表况同庚，记从束发相依，最难忘杨柳楼前，弱妹幼兄齐作剧
秋冬方却病，正庆丰颐复旧，万不料杏花雨里，老亲稚子忽长离

——《江南赵氏楹联丛话》

挽鲁岩公

赵心舟

得家书宜喜翻忧，隔九百里云山恨难缩地
询病况既惊且痛，忆四十年手足惨欲呼天

——《江南赵氏楹联丛话》

[简 注] 作者为赵曾望的伯祖。

挽里人鲍浚卿

赵子枚

风雨脊令哀，叹手足无依，饮恨终耽近市酒
云霄雏凤出，看羽毛将满，飞声重表纳楹书

——《江南赵氏楹联丛话》

挽霜亭和尚

陆小波

金山寺痛丧一高明老衲
极乐国又添个大德如来

——《纪念陆小波先生》

［简 注］据《镇江文史资料》许图南文，此联为杨太晚代作，但文字略有不同。许文为“金山寺死了个和尚，极乐国又添一如来”。

挽韩天眷

西北师范大学

为教育事业鞠躬尽瘁
攀艺术高峰奋斗终身

——《镇江文史资料》

［简 注］韩天眷，镇江人，西北师范大学美术教授、书画家。

黄一鸾　　又

教泽永千秋，桃李芳菲承雨露
丹青留华夏，画坛巨匠属先贤

——《镇江文史资料》

哭韩景佺

赵曾望

埋玉土中，情何能已　弹琴座上，人与俱亡

——《江南赵氏楹联丛话》

挽张茜庄邑庠生臧允吉

钟汉章

擅著作之才，慨我文苑，竟死了一枝好笔
忆磋磨之谊，嗟余学坛，只剩得两个老朋

——《司徒乡志》

挽戴友梅之妻、戴少梅之母

赵曾望

贤母亦功臣，内佐公忠桴鼓曾襄观察使
文郎真众父，中年忧恤闾阎齐哭太夫人

——《江南赵氏楹联丛话》

挽戴步瀛

李宗海

噩耗飞来，寸心大恸，最难忘，高论雄谈惊四座
良朋何往，双目遽瞑，应当念，赋诗纵酒览三山

挽畏友戴笠翁

赵曾望

河汾博极万卷书，不入隋史亦传矣
李杜情深一尊酒，试读唐诗如见之

——《江南赵氏楹联丛话》

哭姬人

严保庸

不合时宜，惟有朝云能识我
独弹古调，每逢暮雨倍思卿

——《楹联丛话全编》

挽某母

李承衔

文堪裕国，武克经邦，教子有贤声，不负三春培寸草
福荫全宗，寿臻大耋，同寅怀懿范，敢忘一束奠生刍

［简 注］ 某母长子文员，次子武汎，故有上联。

代某作哭其兄嫂

李承衔

烟鸾缥缈，共赴长途，历四十二日光阴，累我哭兄兼哭嫂
风鹤惊惶，敢淹灵柩，看百千万人迁徙，羡君无虑亦无忧

［简 注］ 某人兄嫂丧事尚未结束，遇斋匪之警，仓猝扶柩权厝，并浼作者为联哭之。

代某拟挽某夫妇

李承衔

趁九十光阴，夫唱往、妇随行，萧史升仙，天上仍为真眷属
抚一双儿女，婚既完、嫁又毕，向平辞世，人间已了俗因缘

［简 注］ 某夫妇男女婚嫁既毕，数十日中先后去世。某托作者代拟此联挽之。

代某君挽其弟

李承衔

儿媳缔鸳俦，叹草草因缘，触目已知长夜近
弟兄分雁序，正花花世界，伤心偏在暮春初

［简 注］ 其弟病重时，为儿娶妇冲喜，后数日卒。

代某作挽其姊

李承衔

老母已八旬，那知望眼徒穿，犹向旁人访消息
离家才十日，早识委形不远，细将苦绪互商量

代某作挽其兄

李承衔

五十年兄弟分离，非关丹药无灵，扁鹊仓皇难奏技
三百里程途阻隔，从此青天有字，飞鸿寥落不成行

［简 注］ 某客于外，其兄以暴病卒。

代他人作挽某翁

李承衔

七十年素抱宏才，忆夏屋鸠工，桑梓都推硕望
重九日顿抛佳节，叹秋空鹤驾，参苓难挽沉疴

［简 注］浼作挽联时，作者曾询其事，除造屋及卒于重九外，羌无故实，故有此联。

代某挽姻戚

李承衔

到人间四十四年，忆鸣凤占成，儿女婚姻联厚谊
归天上七月七日，想骖鸾路熟，神仙因果话前生

——以上均选自《楹联剩话》

［简 注］此联系代人所作，要求将七月七日卒这一日期砌入联内。

挽李承衔之太淑人

薛 湘

百岁失良俦，知少慰哀弦，福寿已齐孙晋国
三天怀令子，怅遥征素驿，论思谁继董江都

——《楹联剩话》

悼 亡

程德祺

苦我尽头，只余薄命糟糠，亦归天上
劝君来世，不是封侯夫婿，莫到人间

——吴恭亨《对联话》

［简 注］《对联话》中写明作者为丹徒人。

挽同里九十翁(2 人)

赵曾望

蒙泉二克家有子吉 离照三大耋之嗟凶

赵曾望

又

畴五福锡以考终命　离三爻占有大耋嗟

［简 注］前一翁子孙众多，后一翁无嗣。

吊笠樵长子至坤

赵曾望

小子正知裁讵未登珠榜，先赴玉楼，望故乡百里江涛，最怜旅殡苍黄，衣领难缝慈母线

大儒应作达况暂殒凤毛，更森麟角，对遥夜一篝灯火，只惜文房朱墨，案头罢注长男经

代里人王櫃山挽其友母

赵曾望

登堂拜母欢若一家，我与文郎约为兄弟

闭阁治人寿凡百岁，天令贤媪长尔子孙

挽　联

赵曾望集句

半世交亲随逝水　一家寥落共秋风

赵曾望集句

又

琴歌既断酒赋无续　玉音不嗣瑶华有因

——以上均选自《江南赵氏楹联丛话》

悼　亡

赵铭辛

文章我已老名场，况哀感中年，有恨又挥潘岳泪

忧患未能同白首，抚凄凉儿女，不堪重咏杜陵诗

——《江南赵氏楹联丛话》

［简 注］赵铭辛，赵曾望本家侄，绩学能文，明经不第，两娶均丧。

挽同事母

扬中某小学教师

萍水识贤郎，温文尔雅，益我良多，即此可知庭训矣
道途传阃范，俭朴慈祥，化人不少，而今其列仙班乎

[简 注] 此联作于1936年。

丧 事 联

李德柱搜集

寿终德望在　身去音容存

又

吉日修斋金乌玉兔守业
良辰发引素车白马相迎

李德柱搜集　又

抛人间别红尘千年不见
到阴司赴黄泉万载难逢

李德柱搜集　又

音容宛在辛劳一生留佳话
神魂离去芳名百世著德风

自 挽

自 挽

李承衔之外祖父

几载沉疴，恨躯壳空留备尝痛楚
半生浪迹，悔诗书高阁未遂磨砻

——《楹联剩话》

自 挽

茅元辂

何事尚关心，最难抛满架图书，一庭花木
而今方撒手，好去寻未游山水，先逝亲朋

——《清光绪丹徒县志》

[简 注] 茅元辂，字翊衢，号三峰，清乾隆进士，工诗。

自 挽

钟汉章

光阴虚度，岁月空延，未能砥行立名，早树仪型，可传可法于乡党内
躯壳丢开，皮囊脱去，从此销声灭迹，惟留魂气，独往独来于天地间

——《司徒乡志》

自 挽 联

笪远志

不问不闻，有我且当无我想
非僧非道，在家聊作出家观

笪远志

又

生亦弃材，做不成葫芦解不成瓢
死便埋我，请什么和尚做什么斋

[简 注] 笪远志，句容陈武乡乔巷村人。曾任教师，工颜体楷书，40 多岁患哮喘病，坐卧不宁，偶出闲逛，两手叉腰，每行数十步辄立定稍息，1943 年去世。联语通俗，反映了他的达观精神。

自 挽 联

谭栋材

归去何论早迟，但先老母而归，此死却甚担罪戾
志气各自立定，如果小儿无志，我生亦徒作马牛

[简 注] 谭栋材，句容陈武乡土祥村人。清末秀才，以教馆为生，手不释卷。42 岁时患重病，弥留之际，口占一联，嘱其甥巫全忠代书。

第十章 巧 妙 类

巧 对

巧 对

杨一清

鸿是江边鸟 蚕为天下虫

[简 注] 杨一清,字应宁,明代镇江人,官至华盖殿大学士。此联见《评释巧对》卷十一:“杨一清在翰林读书,一侍讲学士出此对,杨即口答之。”

杨一清 又

世上岂无千里马 人间难得九方皋

[简 注] 此联见《评释巧对》卷二:“杨一清八岁,举奇童。掌院教习庶吉士者,命以此对,杨答之。”

杨一清 又

金盏凝霜成玉盏 鸡冠缀露变珠冠

[简 注] 此联见《评释巧对》卷十五:“杨一清九岁时,一翰林出此对,杨答之。”

杨一清 又

杨花乱落,眼花错认雪花飞
竹影徐摇,心影误疑云影过

[简 注] 此联见《评释巧对》卷十五:“杨一清九岁时,有友人见杨花扑面,因出此对,杨答之 。”

杨一清　　又

两手并持文武酒，饮文乎，饮武乎
一心勤读圣贤书，希圣也，希贤也

——以上均选自梁申威《明代对联选》

［简 注］ 此联见《评释巧对》卷一："杨一清十二岁中举，至京。有尚书与国公同设席邀饮，一齐递酒两杯，因出此对，杨即答之。"《中国古今奇联鉴赏》亦载此联，唯上联首四字为"手执两杯"；下联首四字为"胸藏万卷"。

巧　对

张玉书

两村一馆，先生教蒙童七八
五湖四海，夫子带弟子三千

张玉书　　又

头枕经书，千古圣贤托脑后
手摇玉扇，万里江山纳掌中

张玉书　　又

出水蛤蟆穿绿袄　落汤螃蟹披红袍

巧　对

李德柱搜集

船轻石重轻载重　尺短布长短量长

回 文 联

雪里白梅，雪映白梅梅映雪
风中绿竹，风翻绿竹竹翻风

——《东坡遗迹楹联辑注》

［简 注］ 传说此联为东坡、佛印二人踏雪赏梅时所作。

谐趣

趣联

画上荷花和尚画　书临汉帖翰林书

[简注] 传说金山和尚佛印室内悬挂一幅墨荷画。苏东坡知为佛印所绘，便吟出上联。佛印知是回文联，便说：“学士何不把这上联用隶书写出。”苏东坡说：“还未有下联，写出何用。”佛印说：“写出上联，下联自成。”当苏东坡用隶书写下这七字上联后，佛印说出了下联。

又

一介小生，攀凤攀龙攀桂子，苦也，苦也
三尊大佛，坐狮坐象坐莲花，善哉，善哉

——《东坡遗迹楹联辑注》

[简注] 传说佛印、苏东坡在金山散步，见一少年边读书边走路，撞在树上。佛印有感遂出上联，苏东坡走到大雄宝殿时，下联也成。

趣对

赵曾望

三个半斤斤半酒
一枝双响响双声（赵）

赵曾望　　又

鱼卡卡喉中，不上不下
鸭阑阑口外，有西有东（赵）

赵曾望　　又

日穿破壁这条光棍
雪满醋坊是处寒酸（赵）

赵曾望　　又

树影横溪，鱼戏枝头鸦宿水
山图张壁，鼠行野外虎归房（赵）

赵曾望　　　　　　　　又

一舟二客三四伙，挂起五六叶篷，行经七八日到九江，还欠十里半
黑面赤心青白汉，披来紫绛色衣，镶着翠蓝云过黄河，误入绿林班

（班通斑，杂色也）

——《江南赵氏楹联丛话》

金　山　塔

一塔巍巍，七层四面八方
只手摇摇，五指两短三长

——《镇江日报》杨蔡遗文

[简 注]　据传，乾隆帝下江南时驻金山，一天，指着宝塔说出上联。纪晓岚听后摇摇手。乾隆帝问："今日为何畏难?"纪说："臣已对过。"大家莫名其妙，于是，纪说出下联。

应邹霞珊出对

赵曾望

君眉迎春柳（赵）　**佛手剪秋萝**（邹）

[简 注]　君眉指一种茶叶，迎春柳指月季花之一种。

趣　　对

盛　昱　赵曾望

炉烟添柳重（盛按五行水火木金土出句）
盅冻洒萳虚（赵按五方东西南北中对）

——《江南赵氏楹联丛话》

谐　　音

栗破凤凰（缝黄）**见**　**藕断鸬鹚**（露丝）**飞**

[简 注]　传说上联为苏小妹所出，苏东坡告佛印。佛印在荷花池畔凝望片刻，乃成下联。

又

狗啃河上（和尚）骨　水流东坡诗（尸）

——《东坡遗迹楹联辑注》

［简 注］ 传说苏东坡与佛印泛舟河中，苏东坡见一野狗在河边啃骨头，遂出上联。佛印随手把手中有苏东坡题诗的纸扇扔进河里，并说出下联。

嘲　讽

讽清末时局

赵曾望搜集

下诏罪人，破格用己
凭公分国，尽忠报家

赵曾望搜集　　又

实事求非，集思广损
励精图乱，发愤为雌

——《江南赵氏楹联丛话》

讽清末地方政府

赵曾望搜集

请示施行，合无仰恳
如详办理，自有权衡

赵曾望搜集　　又

在前疏防，力图后效
查无实据，事出有因

——《江南赵氏楹联丛话》

写 某 翁

佚　名

树去半边翁庆九　门留一片子余三

——《楹联剩话》

[简 注] 某翁年七十九，庆九时，贺客如云，门口有大树与邻共有之，邻人欲售其半与翁，翁弗允，邻遂锯其半。贺寿时颇不雅观。晚客散，大门又失其一。翁有四子，其一远客他方未及归，故有是联。

有马氏子赘与卢，赠联戏之

应子衡

两姓合成驴，卢翁马婿
一言知是鳖，敝业鱼行

——《江南赵氏楹联丛话》

戏挽入户被枪杀之贼

赵曾望集句

人生自古谁无死　世上于今半是君

——《江南赵氏楹联丛话》

[简 注] 原文为：京口驻防蒙古兵官某，冬夜兀坐，闻屋笮上窸窣有声……（用）火枪骤轰之……颠殒立毙……同人话及此事，或戏余曰请君作联挽之，余笑应（之）。

怨江苏学政辛申二公场规最严

佚 名

辛从益非徒无益　申起贤岂曰能贤

——《楹联剩话》

讽某部郎之子夤缘得府首

佚 名

大胆包天，纳粟郎中敢将批首买
欺心到地，选钱太守不怕老毛知

——《楹联剩话》

[简 注] 其时学使为毛式郇，故有下联。

讽捐官

佚 名

职道不难，难在三人三职道
花翎非贵，贵于一万一花翎

[简 注] 盐商某兄弟三人皆捐道及花翎,人为联曰。

罢科举考试

某 生

先诸君逍遥六日 让老夫磨砺三年

——《楹联剩话》

[简 注] 原文:"丙子南闱,某生首场违式,知必被贴,乃大书此联于卷面,投笔径出。"

讽某市侩

某 生

座有佳宾，孔八方三茅老五
家无长物，红浆黄豆白棉花

[简 注] 某市侩以杂货铺起家,后欲结交士林。而士林之附膻者亦乐为座上客,人因为联。

问 僧

郭维庚搜集

经忏可超生，难道阎罗怕和尚
楮香能赎罪，居然菩萨是赃官

代对忍寒道人

赵曾望

愿天常生好人，愿人常行好事（忍）
问世可有知己，问己可能知心（赵）

——《江南赵氏楹联丛话》

[简 注] 忍寒道人为安徽人,赵与之邂逅于扬州酒肆。有人请忍寒道人作楹帖,遂书上联,赵代对下联。

戏题学辕外

赵曾望

蒲长莲溪，君子手提三尺剑
苔生松径，大夫身着一戎衣

——《楹联剩话》

［简 注］ 原文："院试时，各邑生童齐集郡城，恒以联语写帖学辕外索对。"此联即其中之一。

戏题"东升"铺号

韩景佺

东手拿来西手去　升头容易缩头难

——《江南赵氏楹联丛话》

戏改财神庙联

李承衔

果然诡计阴谋，这才是想钱痨，到可与他几个
若遂安居托大，便叫做送财痞，休要望我分文

原　　联

果然冷面寡情，这才是守钱奴，到可与他几个
若是扶危济困，便叫做耗财鬼，休要想我分文

——《楹联剩话》

第十一章 文艺 类

《老残游记》佳联

历下此亭古　济南名士多

又

一盏寒泉荐秋菊　三更画船穿藕花

又

靓妆艳比莲花色　云幕香生贝叶轻

又

愿天下有情人，都成了眷属
是前生注定事，莫错过姻缘

——《中国对联宝典》

题《红楼杂剧》舞台布景

严保庸

好儿女天仙双寿　小团栾眉月三生

——《楹联丛话全编》

［简 注］ 曲师请严保庸为《巾缘》（《红楼杂剧》中一折）舞台布景写门联。“余即书‘玉软花娇’四字为额，对语屡思不属，正踌躇间，忽见雏伶二人翩然而至者，则其徒也。一名天寿，字眉生；一名仙寿，字月生。即同习此剧者。意有所触，即成一联云……”

题《甘露寺》

徐　渭

思亲泪落吴江冷　望亲魂归蜀道难

[简 注]《明代对联选》除注明作者为徐渭外,联名也易为"江南孙夫人庙",并指为安徽芜湖灵泽夫人祠,孙夫人庙为俗称。

题《甘露寺》

智矣武乡侯,送英主,谒乔公,敢拉做媒,顿使以虚而作实
蠢哉周都督,献美人,瞒国太,妄传招婿,岂知弄假反成真

第十二章 集 名 类

集 文 句

集《文心雕龙》句

平理若衡，照辞如镜 动墨横锦，摇笔散珠

又

修词立诚，在于无愧 造物指事，莫非自然

又

绚言朱蓝，文约为美 志在山水，琴表其情

又

泉石激韵，林籁结响 云霞雕色，卓木贲华

——《中国楹联大辞典》

又

陶铸性情，功在上哲 夫子风采，溢于格言

——《中国实用对联大全》

集六言文句

赵曾望(下同)

一言如储药末 百事先咬菜根

又

二寸鱼三竿竹 长柄麈短辕车

又

子孙千福禄百 寿考一康宁三

又

今夕止谈风月　此子疲于津梁

又

云无心以出岫　鱼何情而听琴

又

王清本有嘉荫　傅延年多晚香

又

不敢自暇自逸　勿用非谋非彝

又

不能着棋担粪　误云漱石枕流

又

礼岂为我辈设　赋不从人间来

又

未免俗聊复尔　出何书想当然

又

托为桃花源记　请从赤松子游

又

当认孔颜乐处　未闻巢由买山

又

阮孚着几两屐　庾信有数亩庐

又

行酒请以军法　鼓琴不为伶人

又

纫秋兰以为佩　足酸枣而非台

又

冰海舟悬天际　火山石涌地中

又

共推文笔鸣凤　会续诗话总龟

又

何如识一丁字　恨不读十年书

又

沉朱李于寒水　餐秋菊之落英

又

庋书用库露格　卷簟号含风漪

又

求文岂是买菜　为善譬如种花

又

陈竽瑟兮浩唱　乐琴书以消忧

又

所恨古不见我　乃患才多于人

又

和为天下达道　谦乃地中有山

又

事母无三北战　教儿有二南书

又

郁青霞之奇意　溯皓月而长歌

又

画天图六合赋　伏地洗千秋壶

又

画树师吴墨井　咏花继高青丘

又

宝剑千辟万灌　奇书五将三门

又

诗葩三寿百福　易林万悦千欢

又

杯酒赏大北胜　篮飧鉴小东空

又

品茶续阳羡谱　吹竹和阴康歌

又

拾蚌螺思古迹　观犬兔悟新机

又

结幽兰而延伫　赋长杨于直庐

又

便有濠濮闲想　自谓羲皇上人

又

看文章但称快　学安乐先打乖

又

拨烟霞而进影　访风景于崇阿

又

冒雨戴夫须笠　迎风调不乃羹

又

莫对韩信说我　何嫌邓禹笑人

又

耻谈担袂小乘　好作撮襟大书

又

真味与口未合　精忠从心中来

又

倚南窗以寄傲　照东域而流慈

又

倚树玩来禽帖　临流披相贝经

又

造拍名浑不似　受贻有为甚酥

又

傅延年多佳色　魏去疾乃真香

又

意可少熏凉月　话思不隔清风

又

鼠姑花大富贵　猴郎树无攀援

又

愿学鸟明建福　耻随虫达论功

又

擢千寻之层观　落五界而迅征

——以上均选自《江南赵氏楹联丛话》

集八言文句(1)

赵曾望(下同)

一行做吏此事便废　虽不得仙亦足以豪

又

士先器识而后文艺　人无远虑必有近忧

又

才共一石我得一斗　岁有三余学用三冬

又

天上碧桃日边红杏　春初早韭秋末晚菘

又

太虚为室明月为烛　晚食当肉安步当车

又

五月江深百年地僻　两行树直万点山尖

又

气霁地表云敛天末　影来池里花落衫中

又

风景不殊自然生感　云物甚美当可赋诗

又

白云在天苍波无极　明月独举青松落阴

又

白雪阳春和者弥寡　清风明月取之无穷

又

左江右湖其乐无有　幕天席地纵意所如

又

北苑旧图散花玉女　南树新谱冷翠金刚

又

回沫冠山奔涛空谷　孤峰限日森壁争霞

又

如千丈松不能自贬　有二分竹亦可以居

又

好学深思心知其意　贪多务得手不停披

又

老米画图墨花堆嶂　昔盐诗句绿草横庭

又

赤米白盐绿葵紫蓼　晨烟暮霭春煦秋阴

又

抚琴对水举酒望月　挂巾垂枝舒席平山

又

良夜自凄风篁成韵　轻寒迎节林叶初黄

又

青松落阴白云谁侣　绿苔生阁素月流天

又

细核杨梅新芽竹笋　旁挺龙目侧生荔支

又

诗如众贤莫参俗子　书岂小婢不学夫人

又

庭际三槐必有兴者　宅边五柳因为号焉

又

拜石作兄豢鹤如子　因树为屋映花当帘

又

树入床头花来镜里　山为篑复地有堂坳

又

桔柚冬青杨榆晚叶　天琴夜下绀马朝翔

又

读万卷书行万里路　持一尊酒对一炉香

又

酌酒一壶举邀明月　破浪万里愿乘长风

又

铁壁铜山大较相似　冰壶玉尺纤尘不污

又

逢原诗竟作天上语　长卿赋不从人间来

又

酒酌鹅黄诗吟鸭绿　砚磨蕉白剑拭萍青

又

涑水通鉴照事如烛　嵩山谟觞醉人以径

又

得一知己可以无恨　夫惟大雅卓尔不群

又

脱略公卿跌宕文史　徘徊房露惆怅阳阿

又

期在必醉造饮辄尽　作为文章其书满家

又

零雨送秋轻寒迎节　孤峰限日幽岫含云

又

满院花香无行隐尔　一池水皱何事干卿

又

愿长得一杯酒在手　不能为五斗米折腰

又

儒墨渊海词章苑囿　烟霞痼癖泉石膏肓

又

鲸铿春丽惊耀天下　玉佩琼琚大放厥辞

——以上均选自《江南赵氏楹联丛话》

集八言文句(2)

许其郁(下同)

宽不至纵明不至察　勤不言苦廉不言贫

又

庭榭养春松柏延寿　图书集富兰桂生香

又

四时吉祥一家安乐　百年和好九州泰平

又

玉粹金和浑然元气　礼种义耕必有丰年

又

鹊语迎人相传吉事　花香绕屋中有书声

又

静以修身俭以养德　入则笃行出则友贤

又

赤壁泛舟七月既望　兰亭修禊暮春之初

又

四壁图书一帘风月　百年诗酒千古文章

又

风月无边庭草交翠　雅颂所被英华日新

又

蔼若芳兰静同修竹　淡如秋菊华似春松

又

言同兰畅怀为风清　室有天游兴与古会

又

叠鼓夜寒垂灯春浅　写经窗静觅句堂深

又

酌古斟今循名责实　研书赏理敷文奏怀

又

皓月萦怀和风朗抱　玉壶贮洁冰鉴悬清

又

济猛以宽御繁以约　垂帘知裕悬镜知公

又

道德神仙增荣益誉　福禄欢喜长乐永康

又

宝凤钟铭永睦兄弟　吉祥洗识长宜子孙

又

砥德砺才为国藩辅　布政施惠生我福人

又

含和履中驾福乘喜　年丰岁熟政乐民仁

又

冰生于水而寒于水　云出其山复雨其山

又

赤野生姿青田矫翰　白云怡意清泉洗心

又

蕴智成囊含明作镜　凭风洒翰席月抽琴

又

鸟啭歌来花浓云聚　云随竹动月共水流

又

壮思风飞逸情云上　朗姿玉畅惠风兰枝

又

蓄素守中所思不迷　返虚入浑其声愈希

又

天半朱霞云中白鹤　山涧明月江上清风

又

行不得则反求诸己　躬自厚而薄责于人

又

罔谈彼短我亦有短　靡博己长人如有长

又

得山水情其人多寿　饶诗书气有子必贤

又

玉振金声于时为瑞 和风甘雨惟世之祥

又

露流烟裁林峦如绣 窗明几净笔砚同欢

又

好学深思心知其意 反本修古不忘乎初

又

佳兴忽来诗能下酒 豪情一往剑可赠人

又

慎言其余毋行所悔 淡泊明志庄敬日强

又

刻竹题诗闲人忙事 横经说剑侠骨佛心

又

朗月满怀春风在抱 梅花作骨秋水为神

又

心彻冰壶神凝秋水 画开绿野室接青云

又

入琼林瑶枝中皆宝 有谦德仁心在为祥

又

慈孝友恭家庭礼乐 烟霞山水今古文章

又

吃墨看茶听香读画 吞花卧酒喝月担风

又

好花四时明月千古 远峰一角奇书半床

又

崇山峻岭茂林修竹 晨烟暮霭春煦秋阴

又

大海有真能容之度　明月以不常满为心

又

天半朱霞云中白鹤　山间明月江上清风

又

红杏在林幽鸟相逐　碧桃满树清露未晞

又

闭户自精开卷有益　垂露在手清风入怀

又

山水有灵亦惊知己　性情所得未能忘言

又

赤野生姿青田矫翰　白云怡意清泉洗心

又

白云初晴幽鸟相逐　流水今日明月前身

又

金石千声云霞万色　楼台先曙莺飞早春

又

经济博通言达于行　家庭和乐质有其文

又

文章以六经为注脚　忠恕乃一贯之源头

又

桂林一枝昆山片玉　黄河九曲东华三峰

又

抱璞守贞蓄为玉宝　论仁议福完若金城

又

膏雨自天云兴四岳　春风生物桂馨一山

又

绿绮凤凰梧桐庭院　青春鹦鹉杨柳楼台

又

清流激湍映带左右　朝晖夕阴气象万千

又

文质相含济以学问　洁清自守造于高明

——以上均选自许其郁《楹联选录》

集九言文句

许其郁(下同)

种十里名花何如种德　修万间广厦不若修身

又

几百年人家无非积善　第一等好事还是读书

又

香桂一丛赏古人明月　长松百尺对君子清风

又

如璞玉浑金莫名其宝　犹古纸佳墨未尝辄书

——以上均选自许其郁《楹联选录》

集　碑　文

集瘗鹤铭

马叔平(下同)

方外集侣　江上浮家

又

君乃真侣　家于仙山

又

山势前后掩　江流上下浮

又

亭阴禽方集　山下花未胎

又

于此得山水势　厥下留丹黄色

又

重山裹后洪，流荡前厥势，乃相宁因
方外留真仙，尉集侣惟君，得以仿佛

——《碑铭联雅藏》

左全孝(下同)

又

于山得真相　此君乃上流

又

方外集真侣　山势掩洪流

又

山上丹黄留未朽　亭前花石表厥奇

又

山前华表留真相　方外仙侣重上流

又

江山得君重不朽　岁月集此亦相留

又

固厥真宰惟方外　征之前事重此君

又

洪流荡荡留石篆　北君亭亭掩上真

又

藏山不朽前日事　厥士惟宁此后词

又

前后留真，藏山不朽　上下相得，江表惟宁

——《碑铭联雅藏》

任北山　　又

爽垲掩江表　洪流荡山阴

——《碑铭联雅藏》

陈仁先　　又

相得乃以石　藏真惟此山

——《碑铭联雅藏》

陈任旸　　又

洪流荡前，得此爽垲　集词不朽，藏之深山

——《碑铭联雅藏》

陈锡畴(下同)　　又

君亦仙尉也　于此浮家乎

又

相干黄石侣　爱集华山铭

又

真宰相得，未表乎外　词华不朽，乃藏于山

——《碑铭联雅藏》

陈漱六(下同)　　又

山君藏厥势　石相表乎真

又

华前集丹侣　石上篆黄词

又

禽留方相石　华掩上皇山

又

事上惟留真宰　于家不重浮华

又

得江上之爽垲　征华石以浮流

又

仙禽亦得山君势　家侣惟藏华相词

又

词华掩得山阴未　家似惟留石相真

又

事前仿佛得真相　家外浮留掩岁华

又

山势掩前，江流荡后　家浮午篆，亭裹华阴

又

朱石亭前，浮于真侣　黄华山下，集此仙禽

又

相此洪流，浮华不实　集乎仙侣，真宰惟留

又

得此山家，乃留真宰　洪惟石相，不事浮华

又

篆石山前，浮华江上　丹禽爰集，仙侣相留

——《碑铭联雅藏》

杨绍时　又

石得山势　花掩亭阴

——《碑铭联雅藏》

茅　恒　又

于此得爽垲　厥下惟洪流

——《碑铭联雅藏》

林彂庵(下同)　又

丹山得真相　黄石亦仙家

又

江流石不朽　日午花重阴

又

浮家于江上　留君集华前

又

铭篆山前石　花留亭外阴

又

君家得此宁土　真仙集于上方

又

山之上下得平势　事以前后篆于铭

又

华阴之下，藏留仙侣　江流以外，仿佛君家

又

厥土惟宁，江山不朽　浮家于此，花石相留

——《碑铭联雅藏》

胡玉瀛(下同)　又

江山得势乃爽垲　篆名不朽真词华

又

词华不浮，乃征真宰　事势相得，爰求上流

又

宰乎真藏，岁华以固　征于前事，江表惟宁

——《碑铭联雅藏》

施　牧(下同)　又

朱亭留爽势　黄石瘗仙禽

又

山家藏得山阴篆　江上惟征江表词

又

杨下花阴真爽垲　山前亭上裹洪流

又

铭篆词华，藏之不朽　江亭山石，石裹洪流

——《碑铭联雅藏》

洪青立(下同)　又

不仙亦爽　惟真乃华

又

杨花江上　仙禽山家

又

此君亦仙尉　真宰不浮华

又

爽垲此得，厥流惟下　浮华不实，真宰乃洪

——《碑铭联雅藏》

翁同龢　又

山藏此铭以不朽　君得厥势乃真仙

——《碑铭联雅藏》

徐淮生(下同)　又

乃征华阴侣　宁得黄石仙

又

于石得真相　惟山亦仙家

又

上方旌仙尉　真宰表天皇

又

山家得朱石　亭外藏黄华

又

不朽得于岁　相留惟此名

又

丹黄篆石势　江山藏真仙

又

亭石化仙鹤　流泉荡山浮

又

留得石势固　仿佛仙山浮

又

山势江流惟仿佛　亭华仙侣真相于

又

石势于篆得仿佛　仙家以花表江山

又

前山后江亦宁土　华阴石篆藏仙家

又

篆势仿佛亭下石　仙家藏留山前花

——《碑铭联雅藏》

梁鼎芬　又

岁前事，真仿佛　家藏集，浮丹黄

——《碑铭联雅藏》

释六净　又

君相征仙侣　江流表岁华

——《碑铭联雅藏》

释去静（下同）　又

宁惟真固　不事浮华

又

山藏铭篆山乃重　侣集仙家侣惟真

又

侣聚江亭真爽垲　篆铭山石荡浮华

又

真宰裹玄黄以外　篆铭藏山石之前

又

仙侣集朱亭，势曰爽垲
篆铭旌黄石，华表留真

——《碑铭联雅藏》

释齐瀛（下同）

又

山石留真相　江流表岁华

又

山势亭前掩　华阴石上浮

又

亭前集仙侣　花下篆铭词

又

浮家江杨以下　集侣山石之前

又

仙禽爰援花以外　山石相掩杨之阴

又

词华不下于江郎　篆势乃得之山阴

又

真宰亭亭山石重　华词荡荡江流洪

又

家侣亦藏江表集　山亭未篆荡阴词

——以上均选自《碑铭联雅藏》

集成阳灵台碑

叶玉森（下同）

天马归塞　神龙踊波

又

千龙踊海　万马归营

又

朝阳遣月　春雨侵华

又

日居月处　春生秋成

又

汉德象火　尧历授时

又

汾阳寿考　河上神仙

又

水清鱼守月　塞远象游春

又

雨濯垂杨驿　春归旧石城

又

春华游汉水　秋月舞阳台

又

隐仕名黄石　仙人居赤城

又

宁共世外隐　不为天下先

又

荒祠绝灵舞　新水明春华

又

君为犁雨者　孰是葬花人

又

守道履规矩　修德应瑞符

又

秋水以时至　春花为雨濡

又

成连海天隐　平仲市门居

又

美延感人寿　仙从慕安期

又

莫为举毛故　应有目生花

又

血色将军马　神光仙尉龙

——以上均选自《汉唐碑帖集联》

集魏墓志铭

叶玉森(下同)

幽庭奄古月　芳洲生清风

又

婉度兰蕙气　奇含子史华

又

春风含淑气　秋月流清华

又

芳怀问秋月　华发悟春星

又

华月春怀动　星河秋景流

又

颂声著华县　奇气动星河

又

小字呼桃叶　芳年问月华

又

德行而知风自　寿延有如月恒

又

春风而外无淑气　天河之中有散星

又

秋月自题长庆集　春风人入永和年

又

德无以名斯谓大　用之有节自能清

又

不闻上古河图出　正悟南华野马行

又

守中和自归大道　善知识不入小乘

又

芳野秋高归马疾　闲庭春尽散华多

又

温恭谦和以接物　幽闲清净而永年

又

延纳芬芳三二月　讽诵道德五千言

又

春风静婉宜男叶　秋月幽闲思妇华

又

声能动物尽善矣　道如集成斯大哉

又

季垄流芳与人以矩　孔庭问礼教子有方

又

金章自华石鼓孔寿　野兰斯秀庭蕙能幽

又

金人慎言玉人润德　天马作颂河马出图

——以上均选自《汉唐碑帖集联》

集隶字碑

许其郁(下同)

学为儒宗行为师表　爱若慈父畏若神明

又

令仪令色　允武允文

又

刚毅多略　文雅少畴

又

广祈多福　博览群书

又

行善高劭　体性温仁

又

文艳彬彧　风曜穆清

又

翔风膏雨　左画右琴

又

笃礼宗义　抱渊守香

又

天与厥福　世有令名

又

移花得蝶　买石饶云

集张玄墓志

李名方(下同)

天风行霄汉　德雨散平原

又

天风散宇泽　海气通霄衢

又

汉气映河岳　德风驰海天

又

世有清平纯精气　民无伤痛长泣时

又

松有雅洁清明气　海含严威冲远风

又

翰海传雅识　松风悟春秋

集颜勤礼碑

李名方

凤栖原上柳　人读阁中书

又

学优属文开德业　行义为仕礼贤人

又

读天下书论仁说义　传国中学明礼通经

集 甲 骨 文

甲骨文集联

叶玉森(下同)

盘有象羹，若游交趾
室依鹤圃，如见林逋

［简 注］ 赵甫臣先生邀作者食越南象鼻羹于鹤圃，爰集殷契文十六字以赠之。

又

问东家古史学得百廿国珍文
从西方大师游获十二门玄旨

又

其天乐乎有石如琴有山若鼓
亦人爵也以酒立国以花为宫

又

文若司马相如东方生乃与友
出见壶丘子林石门叟从之游

又

鱼鸟乐鹿豕游惟山野人自得
文艺林名教地以齐鲁士为师

又

从金谷归衣上春风荡花气
招玉人饮尊中秋月见眉光

又

见若士舞风荡雪羽衣疑海立
从道人入月出云玉宇比天高

又

春月媚人商爵秦壶解巾狂饮
秋花垂水风蓑雨网荡舟归休

又

明月金尊秋水网鱼呼旧友
狂花宝辔春郊盘马逐游人

又

作月宫游千凤和鸣传玉宇
为天花舞六龙咸伏望金衣

又

树为门逢幽人花下淡黄凤子
尊有酒呼鱼叟盘中小白鱼儿

又

龙女舞花来为弹海水天风曲
鹿门乘月去如见山林泉石心

又

麦天射雉水乡射鱼我有弓矢
花朝鸣鸡月夕鸣鹿君老山林

又

无复少年狂南都花鸟休相问
莫言今日事大陆龙蛇未易驱

又

舍车而徒乃逢酒人招饮花下
有裘与共得见渔父呼盟水方

又

十步一泷若白云下垂又如布
万花同谷者青山大好宜名盘

又

有大松曲抱山门如人拱而立
惟一石突出林麓若虎伏不行

又

往复来鱼从之游惟天自在
鸣且集鸟得其止与君安归

又

西王母东方生乃抱天而游者
黄石公赤松子其避人之徒欤

又

游京口海门且望扬州见二分月
登华山石室不逢老子得一函云

又

归舟抱林泉心游观玉川往来壶谷
下笔有金石气伯仲秦鼓出入商盘

又

春秋日无以自鸣弗虫鸟若
山林风能从余好惟鹿豕宜

又

天下事如能为朝有夔龙野无豺虎
山中人其相约游与鹿豕乐在鸡豚

又

得龙宫千金方大手成春自有见地
乘鹿门一车月寸心如水永矢在山

又

古人不见狂奴为文万言饮酒千爵
老天使作逋客观鱼一水艺花四时

又

或曰弃之此无益友无益事
我未见者惟有心人有心文

又

禾能垂首竹解无心乃我师也
雪不封条天亦雨粟或古有之

又

入万花谷狩云猿公未见
织千丝网渔月龙伯不能

又

惟求有酒即中山作千日饮
安得从君登华麓与大云游

又

淡于水不若淡于云得无无旨
求诸人莫如求诸己进休休言

又

南山北平一射虎一射石
东王西母或乘龙或乘云

又

初月如蚕濯水一眉对花生媚
大山若鸟突云双翼与天争高

又

白门柳不成春双燕也呼人去
黄山松如太古千龙齐抱云沉

又

涉水网月登天抱云自乐其乐
为事分花园春呼鸟得休且休

又

人生其为鱼鸟乎，天如罗百年内
我乐不在山水也，海如酒一尊中

又

龙渊勿鸣断水之才今无识者
鹿门大好驱车而去古有贤妻

又

扬州明月地人未老女同车
海上古花朝君不来我有酒

又

室无多客往来旧雨申之龙宾
野有异人出入白云得以虎仆

又

观物之象旁及虫鱼乃成异文
抱天而游相与鹿豕爰得至乐

又

小册子五七言不唐不宋
大布衣一百岁亦老亦彭

又

学为渔网得鱼今夕以招酒客
自曰仆游与鹿时人乃目风狂

又

爰秉大凿喜获甘泉饮以代酒
安得长弓狂射初日沉之于渊

又

舆者行陆舟者行水此曰人生
雨亦鸣竹风亦鸣条以为天乐

——以上均选自《甲骨文集联》

集 诗 句

集五言诗句(1)

赵曾望(下同)

一丘常欲卧　万事不关心

又

小桥低跨水　老树饱经霜

又

山客凭栽树　家人笑买琴

又

夕阳依旧垒　夜雨滴空阶

又

广泽生明月　低空有断云

又

风暖鸟声碎　雨微荷气凉

又

风鸣两岸叶　霜倒半池莲

又

白日依山尽　黄云出塞多

又

江畔洲如月　阶前树拂云

又

扣门无犬吠　满宅是蝉声

又

共琴为老伴　为石整危根

又

池静龟升树　园春蝶护花

又

扫石月盈帚　当门竹胜帘

又

汲井尝泉味　随山到水源

又

花落煎茶水　风吹饮酒楼

又

芟庭留野菜　移石入幽林

又

床上书连屋　潮来帆近山

又

孤云还绝巘　初日照高林

又

孤琴候萝径　寒磬满空林

又

树色随关回　渔歌入浦深

又

树深时见鹿　藤蔓曲藏蛇

又

相期邈云汉　何惜醉流霞

又

荒庭垂桔柚　野径入桑麻

又

独敲初夜磬　更上一层楼

又

独鹤归何晚　秋花落更迟

又

幽映每白日　隐处惟孤云

又

点笔图云势　披衣觉露滋

又

残暑蝉催尽　春泉鹿过浑

又

啄雀争枝坠　寒蝉抱叶吟

又

圆荷浮小叶　新笋补疏林

又

酒熟听琴酌　花开把烛看

又

流水如有意　青山空复情

又

停琴伫凉月　荷笠带斜阳

又

野色人耕破　栏花鸟坐低

又

移蔬通远水　撼树去狂花

又

菊色欲经露　松头穿破云

又

晴烟和草色　寒雨落池声

又

寒鱼依密藻　倒蚁上枯梨

又

趁泉浇竹急　扫叶放苔匀

又

葭菼连云色　梧桐出雨声

又

蛟龙得云雨　鹰隼出风尘

又

搴帘待月出　买石得云绕

又

槿衰犹强笑　松老欲无心

又

醉酒一千日　读书三十年

又

碾涡深没马　森木乱鸣蝉

又

薜蔓狂遮壁　芰荷香绕镫

又

藏书三万轴　鼓琴一再行

又

嚼花香满口　尝稻雪翻匙

——以上均选自《江南赵氏楹联丛话》

集五言诗句(2)

许其郁(下同)

山公惜美景　小谢有新诗

又

名香播兰蕙　妙墨挥岩泉

又

深情托瑶瑟　逸兴横素襟

又

雅琴飞白雪　逸翰怀青霄

又

学业醇儒富　文章大雅存

又

文章辉五色　心迹喜双清

又

酒香留客住　诗好带风吟

又

愿持山作寿　常与鹤为群

又

荷锄修药圃　煮茗就花栏

又

暗水流花径　清风满竹床

又

松风清耳目　蕙气袭衣襟

又

名随市人隐　心与古佛闲

又

竹石得幽秉　壶觞多雅游

又

井灶有遗处　林园无世情

又

举头望明月　荡胸生层云

又

潭影竹间动　天香云外飘

又

天气涵竹气　山光满湖光

又

绿竹夹清水　游鱼动圆波

又

桃花飞绿水　野竹上青霄

又

地胜林亭好　月圆松树深

又

小松含瑞露　好鸟鸣高枝

又

浩歌向兰渚　把钓待秋风

又

苔色侵衣桁　荷香入水亭

又

水至山如画　溪虚云傍花

又

开帘见新月　倚树听流泉

又

叠石通溪水　当轩暗绿筠

又

飞塔云霄半　书斋竹树中

又

稼收平野阔　风正一帆悬

又

静坐观泉妙　端酒咏天和

又

逝者如斯大　掩之诚是也

又

万里桥西宅　百花潭北庄

又

小楼容我静　大地任人忙

又

寒潭千载洁　玉骨一堆香

又

门本无题午　人惭不识丁

又

采菊东篱下　读书秋树根

又

诗书敲风好　山水有清音

又

秀语夺山绿　奇情破天悭

又

汲古得修绠　荡胸生层云

又

几人得其趣　即事多所欣

又

江山澄气象　冰雪净聪明

又

饶有山林趣　而无车马喧

又

明月照积雪　平畴交远风

又

不俗即仙骨　多情乃佛心

又

竹屋低于艇　梅花瘦似诗

又

道心一明月　人境几浮云

又

高怀同霁月　雅量洽春风

又

天趣闲中得　心花静里开

又

书案浮花影　琴床倚月明

又

不俗人皆竹　闻香我亦兰

又

澄怀惟皎月　快友是奇书

又

明月松间照　春风柳上归

又

春风千斛酒　明月半床书

又

相与观所尚　时还读我书

又

美花多映竹　好鸟不归山

又

落日邀双鸟　晴天养片云

又

袖中有东海　岭上多白云

又

杂花分户映　娇燕入帘回

又

会心非在远　得意可忘言

又

竹疏烟补密　梅瘦雪添肥

又

东风报花信　春色来南枝

又

风意激壮志　吐论多英音

又

试墨书新竹　薰炉添宝香

又

束云归砚匣　裁梦入花心

又

苔纹翻古篆　石色仿秋天

又

架上书连屋　阶前树拂云

又

碗碧浮茶嫩　笺香试墨浓

又

一树一花色　无时无鸟声

又

阑前花伏地　草外鸟窥人

又

清风寄潇洒　大雅含春容

又

文章岂不贵　琴瑟有余清

又

小庭亦有月　高枕乃吾庐

又

香竹为君子　清风来故人

又

常将千日酒　解脱一生愁

又

苔痕上阶绿　梅气入风清

又

已知名是幻　聊借醉为乡

——以上均选自许其郁《楹联选录》

集七言诗句

许其郁(下同)

红滴研池花泻露　绿藏书榻树围云

又

苔痕作意生秋壁　树影无端上古帘

又

璧月琼枝春色里　画阑树桂雨声中

又

泼墨云头连树暗　垂丝雨脚过溪生

又

芳草得时依旧长　文禽无事等闲来

又

半帘花雨寒侵袂　一片江云晚傍楼

又

清芬似入芝兰室　博雅如游书画船

又

游丝映水春气静　虚竹临风幽致殊

又

疏种碧松通月路　多栽红药待春还

又

半世心田由我种　一生书债要儿偿

又

深知身在情常在　相见时难别亦难

又

花下淡妆人似菊　灯前低语气如兰

又

梅横画阁有寒艳　雪照书窗生夜明

又

千里江流横北固　六朝山色拥南徐

又

春庭草色和烟暖　午夜书声带月寒

又

松风临水朝磨剑　竹月当窗夜读书

又

瑶琴在壁月在屋　绿酒满尊书满床

又

门外青山云外卷　窗前明月案前花

又

事从难解翻成悟　文到无心始见奇

又

文章醉我非关酒　风月怡人不在山

又

座有春风门有云　文如秋水气如虹

又

备尝辛苦方为福　不作聪明便是才

又

莫使金樽空对月　谁家玉笛暗飞声

又

风月一庭为益友　诗书半榻是严师

又

小睡手中书欲坠　半酣窗下字微斜

又

茶烟出户常蒙树　池水过篱欲漂花

又

事从悟后言皆物　诗到工时心更虚

又

春深雨细湿蒲叶　夜半月明香藕花

又

性癖正宜栽竹近　心闲每为种花忙

又

闲对酒人生有几　笑问松我醉何如

又

秋似美人无碍瘦　山如好友不嫌多

又

善养百花唯晓露　能生万物是春风

又

每上小楼堪听雨　惯依修竹爱临风

又

重帘不卷留香久　古砚微凹聚墨多

又

山似故人终日见　酒如春水逐时添

又

天上八千春不老　人生七十古来稀

又

千个芭蕉万重雪　山峰花雨一声莺

又

良友亲于穿户月　好风倩作扫花人

又

观书到老眼如雪　得句惊人胸有珠

又

一榻茶烟闲读画　半窗花影坐题诗

又

千门柳色垂青锁　一片冰心在玉壶

又

窗含西岭千秋雪　宅锁南塘一片山

又

半世衣裳裁薜荔　一生心事付梅花

又

到眼诗书皆雪亮　束身名教有风流

又

藓痕带月侵棋石　山影分云落砚池

又

除却诗书无所癖　每于风月不能廉

又

阆苑有书多附鹤　春城无处不飞花

又

屏间记曲拈红豆　窗下临书展绿蕉

又

春风春雨花经眼　江北江南水拍天

又

千树桃花万重雪　两间茅屋一窝云

又

三千余岁上下古　八十一家文字奇

又

松间明月长如此　身外浮云何足论

又

无静故知犹有动　身闲底事更求忙

又

偶来此地忘城市　静坐片时即佛心

又

道心可鉴云归壑　诗思常留月在天

又

满帽黄花逢醉客　一肩红叶识新秋

又

德取延和谦则吉　功资养性寿而安

又

作圣之徒定而静　见寿者相和且平

又

人得交游是风月　天开图画即江山

又

世多风雨闲敲句　小有壶觞可对花

又

爱画有情常拜石　学书无日不临池

又

孺子亦知名下士　乐人多唱卷中诗

又

日晚爱行深竹里　月明多上小桥头

又

看尽好山春卧稳　醉残红日夜吟多

又

绕屋白云终日在　傍松黄鹤有时来

又

莫放春秋佳日去　最难风雨故人来

又

名园绿水环修竹　古调清风入碧松

又

观书到老眼如月　得句惊人胸有珠

又

梅影横窗成画本　兰风度槛入诗情

又

好山入座清如洗　春树当窗翠欲流

又

雪窗读易天机静　露墅弹琴古调寒

又

微碧初斟家酿酒　小红新试手栽花

又

居身不使白玉玷　立志直与青云齐

又

梅花香远琴心古　瑶草春深鹤梦闲

又

翁之乐者山林也　客亦知夫水月乎

又

轻研竹露裁唐句　细嚼梅花读汉书

又

沧海日含琪树茂　蓬壶云绕玉芝荣

又

心含元气波千顷　座揽清辉月万川

又

琴临秋水弹明月　酒向东山酌白云

又

自以文章供润色　未应风月负登临

又

数笏石存山思意　一帘花得月精神

又

能将忙事成闲事　不薄今人爱古人

又

真读书人天下少　不如意事古来多

又

露华浸月临梧院　云叶随风近竹楼

又

事能知足心常乐　人到无求品自高

又

竹里静消无事福　花间补读未完书

又

晓汲清香燃楚竹　自锄明月种梅花

又

供石略存稽古意　养花都望爱才心

又

帘外波烟无墨画　林间疏雨有声诗

又

握以明珠堪待月　拾其香草自生春

又

得好友来如对月　有奇书读胜看花

又

焚香扫地清闲课　煮茗浇花快活忙

又

梅雪松风清几榻　天光云影护琴书

又

于此间得少佳趣　亦足以畅叙幽情

又

绿印苔痕留鹤篆　红流花韵爱莺簧

又

话到口头留半句　理从是处让三分

又

友如作画须求淡　山似论文不喜平

又

一庭花发来知己　万卷书开见古人

又

梅是几生修得到　竹真一日不能无

又

为爱鸟声多种树　因留花气久垂帘

又

欲无后悔须修己　各有前因莫羡人

又

隔树鸟声风引细　侵帘花影月来清

又

一庭花影春留月　满苑松风夜听涛

又

诗因先得我心好　事要尽如人意难

又

万种相思对谁说　一生最好是天然

又

竹间楼小窗三面　山里人稀树四邻

又

顺时自保千金体　与尔同消万古愁

又

晓案清光研竹露　夜窗明月煮松涛

又

风月一庭为良友　诗书半榻是严师

又

半窗疏影梅花月　一榻清风柏子香

又

莺花客梦三千里　风雨家书一万金

又

立脚怕随流俗转　留心学到古人难

又

好友恨难终日对　异书喜是故人藏

又

图书万卷草堂古　花木一庭春景深

又

竹环窗外图书润　花落池中砚水香

又

我书意造本无法　此老胸中当有诗

又

长觉胸中春意满　须知世上苦人多

又

名画要如诗句读　古琴当作水声听

又

老圃地宽花富贵　醉乡天阔酒神仙

又

芳春山影花连寺　午夜清歌月满楼

又

樽中酒入高贤品　几上花如绝代人

又

墨花点笔浓云黑　瑶草入帘春雨香

又

品似梅花香在骨　形如秋水淡为神

又

清闲人品温如玉　不俗文章淡若仙

又

不除庭草留生意　爱养池鱼悟化机

又

读书临帖我所乐　抱瓮灌花心自闲

又

身依日月光华旦　地接蓬瀛咫尺天

又

家藏瑶草香延客　人与梅花淡结邻

又

凡事但求过得去　此心总要放平来

又

松间明月长如此　身外浮云何足论

又

常爱此中多胜事　更于何处学忘机

又

官如草木吾如土　舌有风雷笔有神

又

胸中已无少年事　门外犹多长者车

又

轻鸥白鹭是吾友　绿竹高松无俗尘

又

家酿满瓶书满架　山花如锦草如茵

又

眼明小阁浮烟翠　身在荷香水影中

又

声为律吕身为度　云想衣裳花想容

又

蝶衔花蕊蜂衔粉　露似珍珠月似弓

又

盈手水光寒不湿　入帘花气梦难忘

又

河边淑气迎芳草　城上春云覆苑墙

又

涧道余寒历冰雪　浪花无际似潇湘

又

白云明月偏相识　行酒赋诗殊未央

又

小院回廊春寂寂　朱阑芳草绿纤纤

又

奇石尽含千古秀　春光欲上万年枝

又

秋水才添四五尺　绿阴相间两三家

又

雨后静觑山意思　风前闲望月精神

又

北榭远峰闲即望　南园春色正相宜

又

高树夕阳连古巷　小桥流水接平沙

又

一片彩霞迎旭日　万条金线带春烟

又

松排山面千重翠　日较人间一倍长

又

池塘月撼芙蕖浪　罗绮晴娇绿水洲

又

回风入座飘歌扇　冷露无声湿桂花

又

风生北渚烟波阔　雨歇南山积翠来

又

风生碧涧鱼龙跃　日照青山松柏香

又

园中草木春无数　湖上山林画不如

又

文章清逸世少比　胸次广博有所开

又

数点雨声风约住　一枝花影月移来

又

劝子勿为官所腐　知君欲以诗相唐

又

只以菊花为性命　本来松雪是神仙

又

满眼蓬蒿游子泪　一盂麦饭故乡情

又

家居绿竹青山外　人在春风和气中

又

舟行著色屏风里　人在回文锦字中

又

四面荷花三面柳　一城山色半城湖

又

梅花岭畔三山月　宵市楼头一草堂

又

欲知世味须尝胆　不识人情只看花

又

非关因果方为善　不计科名始读书

又

敏则有功公则说　淡而不厌简而文

又

此间只可谈风月　相对何须问主宾

又

能受苦方为志士　肯吃亏不是痴人

又

雪月梅花三白夜　酒灯人面一时红

又

明月自来还自去　暂时相赏莫相违

——以上均选自许其郁《楹联选录》

集昌谷诗句

叶玉森(下同)

乱忧抵覃葛　隐语笑芙蓉

[简 注] 昌谷即唐代诗人李贺。

又

系书随短羽　停杯泛小觞

又

绿草垂石井　红油覆画衣

又

淡菜生寒日　长茸湿夜烟

又

古剑庸一吼　飞丝送百劳

又

罗床倚瑶瑟　神剑断青铜

又

青丝系五马　菰米蛰双鱼

又

棠实悬辛苦　琵琶道吉凶

又

乱笑含春语　高眠复玉容

又

惟愁苦花落　不说玉山颓

又

天远星光没　宵寒药气浓

又

邀人裁半袖　写恨破长笺

又

木窗银迹画　石涧冻波声

又

曲池眠乳鸭　枯塘卧折莲

又

城鸦啼粉蝶　石马卧新烟

又

君平久不反　宠姝始相从

又

风前几人老　星尽四方高

又

秋风吹小绿　细露湿团红

又

华实自苍老　声调摩清新

又

菱丝萦独茧　松香飞晚华

又

吾闻果下马　肯拾蓬中萤

又

日下榆影瘦　水香莲子齐

又

永谢无人处　岂解有乡情

又

水花沾抹额　峡雨溅轻容

又

凉旷吹浮媚　奇俊无少年

又

觉见半床月　似悲团扇风

又

密书题豆蔻　瑶席卷香葱

又

裙垂竹叶带　门掩杏花丛

又

红弦袅云咽深思　玉轮轧露湿团光

又

沈郎青钱夹城路　扬雄秋室无俗声

又

瑶姬凝醉卧芳席　溪女洗花染白云

又

冷红泣露娇啼色　寒绿幽风生短丝

又

芳蹊密影成花洞　薇帐逗烟生绿尘

又

浓蛾叠柳香唇醉　金凤刺衣著体寒

又

泻酒木兰椒叶盖　粉霞红绶藕丝裙

又

古壁彩虬金帖尾　青毛骢马参差钱

又

珮马钉铃踏沙路　雌龙怨吟寒水光

又

醉卧氍毹满堂月　因遗戎韬一卷书

又

泪眼看灯乍明灭　酒酣喝月使倒行

又

白藤交穿织书笈　红壁阑珊悬珮珰

又

瑶姬凝醉卧芳席　蛮娘吟弄满寒空

又

寒砧能捣百尺练　黄鹅跌舞千年觥

又

江鱼不食唧沙立　黄蜂小尾扑花归

又

宫锦千端买沉醉　轻绡一匹染朝霞

又

别浦云归桂花渚　沉香火暖茱萸烟

又

愿携汉戟招书鬼　欲雕小说干天官

又

一夜绿房迎白晓　十年粉蠹生画梁

又

龟甲屏风醉眼缬　彩鸾帘额著霜痕

又

主人奉觞客长寿　大江翻澜神曳烟

又

半卷红旗临易水　斫取青光写楚辞

又

芳草落花如锦地　古竹老梢惹碧云

又

桥南更问仙人卜　柳花偏打内家香

又

石破天惊逗秋雨　斫桂烧金待晓筵

又

钿合碧寒龙脑冻　纱帷昼暖墨花春

又

薄露压花蕙兰气　轻沤漂沫松麝薰

又

背把金丸落飞鸟　斗乘巨浪骑鲸鱼

又

背人不语向何处　为君起唱长相思

又

落花起作回风舞　隙月斜明刮露寒

又

雨梁燕语悲身老　芦洲客雁报春来

又

离宫散萤天似水　入门下马气如虹

又

情如合竹谁能见　笔补造化天无功

又

天长一矢贯双虎　我今垂翅附冥鸿

又

倩丝沉水如云影　绿波浸叶满浓光

又

谁看浸发题春竹　独携大胆出秦门

又

热粉生香琅玕紫　小槽酒滴真珠红

又

老鱼跳波瘦蛟舞　双鸾开镜秋水光

又

桃花乱落如红雨　古竹老梢惹碧云

又

别起高楼临碧篆　先将芍药献妆台

又

舍南有竹堪书字　曲里长眉少见人

又

乱袖交竿管儿舞　方领蕙带折角巾

又

中天夜久高明月　小雨归去飞凉云

又

兰风桂露洒幽翠　草梢竹栅锁池痕

又

客枕幽单看春老　倡楼嵯峨明月孤

又

湘神弹琴迎帝子　阿侯系锦觅周郎

又

玉转湿丝牵晓水　夜残高碧横长河

又

啼蛄吊月钩阑下　鹤羽御风渡海迟

——以上均选自《叶玉森集昌谷诗联》

集许浑诗句

寺远僧来少　桥危过客稀

——（另一对句为“桥危客到溪”）

——《中国楹联大辞典》

又

远帆春水阔　高寺夕阳多

又

残暑蝉催尽　新秋雁带来

又

雪夜书千卷　花时酒一瓢

又

山昏函谷雨　木落洞庭波

又

水寒深见石　松晚静闻风

又

日晚秋烟里　星繁晓露中

又

林晚鸟争树　园春蜂护花

又

树暗水千里　山深云万重

又

零落槿花雨　参差荷叶风

又

一声溪鸟暗云散　万片野花流水香

又

山斋留客扫红叶　野艇送僧披绿莎

又

芰荷风起客堂静　松桂月高僧院深

又

两岸晓霞千里草　半帆斜月一江风

又

林间扫石安棋局　岩下分泉递酒杯

又

昔日顾我长青眼　今日逢君尽白头

又

帘前白艾惊春燕　篱上青桑待晚蚕

又

空悲浮世云无定　多感流年水不还

又

孤馆宿时风带雨　远帆归处水连云

又

前山雨过池塘满　小院秋归枕簟凉

又

寒云晓散千峰雪　暖雨晴开一径花

又

落帆露湿回塘柳　别院风凉满地花

——以上均选自《中国楹联大辞典》

集储光羲诗句

老年疏世事　幽性乐天和

又

细草生春岸　明霞散早天

又

路断因春水　山深隔暝烟

又

鹊浴西江雨　鸡鸣东海潮

——以上均选自《中国楹联大辞典》

集毛泽东词句

李宗海(下同)

苍山如海　白浪滔天

又

风景这边独好　江山如此多娇

又

安得倚天抽宝剑　只识弯弓射大雕

又

虎踞龙盘　莺歌燕舞

又

凌云揽月　倒海翻江

又

横空出世　独立寒秋

——以上均选自《李宗海先生诗词楹联选》

集　宋　词

宋词集联(1)

赵祖望(下同)

杜宇啼时(翁五峰),那人何处(德祐太学生)
海棠开后(王晋卿),望到如今(孙道绚)

又

谁识相如平生自许（辛弃疾）
虽然陶侃未必能诗（刘　过）

又

翠药红蘅（蒋　捷），**几番诗酒**（周　密）
黄花绿菊（赵长卿），**好个霜天**（汪彦章）

［简 注］ 本联及以下宋词集联均选自1930年出版的《宋词集联》。

又

天气欲重阳（晏　殊），**几番风雨**（刘　过）
登临望故国（周邦彦），**万里山河**（赵以夫）

又

好景良辰（王　雱），**冰盘同宴喜**（周邦彦）
交杯对酒（蔡　伸），**玉立照新妆**（周　密）

又

吟未了（姜　夔），**恨难禁**（毛平仲），**空记省**（李从周）
春欲去（向伯恭），**留不住**（程　垓），**奈伊何**（柳　永）

又

忍泪觅残红（辛弃疾），**柔情似水**（秦　观）
起舞弄清影（苏　轼），**瘦骨临风**（史达祖）

又

试上小红楼（辛弃疾），**论诗说剑**（赵彦端）
更尽一杯酒（寇　准），**举首高歌**（向伯恭）

又

休道梦觉来空（贺　铸），**相思依旧**（秦　观）
况多病腰如削（周　密），**将愁寄谁**（高观国）

又

两地魂销（周邦彦），**谁记驾云孤鹤**（陆　游）
扁舟泛去（李　甲），**愁损翠黛双蛾**（史达祖）

又

花影碎月痕深(曹梅南),画帘悄悄(赵　鼎)
五更风千里梦(辛弃疾),杜宇声声(何梦桂)

又

雨入愁边(史达祖),误了怎来双燕(史达祖)
春归何处(辛弃疾),除非问取黄鹂(黄庭坚)

又

宿酒醒迟(赵令畤),人与绿杨俱瘦(秦　观)
晚凉新浴(苏　轼),水边红袂分时(秦　观)

又

瘦骨临风(史达祖),花下可怜仙子(张　炎)
秋景如画(周邦彦),月明好渡江湖(晁冲之)

又

毋复少年狂(赵长卿),得且住为佳耳(辛弃疾)
总是凄凉意(晏几道),凭谁问只花知(韩元吉)

又

问何日藕几时莲(张　先),劝君醉倒(黄庭坚)
正绿阴浓莺声懒(赵以夫),怎不思量(赵　佶)

又

落笔尽云烟(吕渭老),最好挥毫万字(秦　观)
往事随风雨(黄公度),何时剪烛重盟(赵闻礼)

又

落笔尽云烟(吕渭老),最好挥毫万字(秦　观)
新尊荐樱笋(吕渭老),愿教人寿百年(杨补之)

又

算如此溪山(姜　夔),看足柳昏花暝(史达祖)
有个人憔悴(欧阳修),归来华发苍颜(辛弃疾)

又

一亭寂寞(姜　夔),几曲阑干(张　炎),无端杜宇(李俊明)
十里东风(吴文英),二分明月(赵以夫),频梦扬州(秦　观)

又

人醉牡丹坡（张　炎），**且向花间留晚照**（宋　祁）
才高鹦鹉赋（毛　滂），**旧游荣府记当年**（张元幹）

又

无奈月分明（晏几道），**试问乡关何处是**（赵　鼎）
相将燕归后（刘辰翁），**今年寒食又华开**（沈约之）

又

伫听寒声（周邦彦），**杨柳梢头**（周邦彦），**秋风又起**（陆　游）
莫教摇落（张孝祥），**阑干倚处**（欧阳修），**燕子未归**（秦　观）

又

飐莲子打鸳鸯（尹梅津），**醉里不知何处**（张　炎）
剪红情裁绿意（吴文英），**吟边自负风流**（黄玉林）

又

将我意入新诗（向伯恭），**唤莺吟招蝶拍**（程　垓）
休惆怅好归去（柳　永），**寻柳眼觅花须**（张正民）

又

牵系玉楼人（晏几道），**寒夜愁攲金带枕**（王　琪）
自共素娥说（尹梅津），**旧情惟有绛都词**（姜　夔）

又

唤起淡妆人（姜　夔），**漫重记罗浮梦觉**（王沂孙）
又送黄昏雨（苏　轼），**始信得庾信愁多**（周邦彦）

又

睡起不胜情（曹　组），**闲抱琵琶寻旧曲**（谢　逸）
说愁无处所（程　垓），**更听羯鼓打梁州**（赵长卿）

又

翠袖不胜寒（晏几道），**谁家芦管吹秋怨**（晏几道）
玉人留我醉（辛弃疾），**试把金尊傍菊丛**（晏　殊）

又

一曲狂歌（戴复古），**更短笛临风长云弄晚**（李秋堂）
十年旧梦（张　炎），**在灯前攲枕雨外熏炉**（吴文英）

又

十载前归来（周邦彦），往事旧欢不堪重省（周邦彦）
一丘聊复尔（姜　夔），清风皓月相与忘形（秦　观）

又

几许幽情（陆　游），记题叶西楼吹花南浦（程　垓）
一襟新恨（沈约之），暂停杯雨外舞剑灯前（范叶庄）

又

小立斜阳（张　炎），正燕子新来海棠微绽（洪叔玙）
玉容消酒（姜　夔），记琼筵卜夜锦槛移春（张　炎）

又

天涯寒食（张元干），试问归期（郑　楷），叹白云多事（曹　冠）
门外垂杨（晏几道），暗传消息（赵长卿），有黄鹂数声（戴复古）

又

无处觅残红（吴文英），试问东风（王十朋），春愁怎画（蒋　捷）
浮生等萍迹（赵玉渊），不知江左（王炎午），燕入谁家（文天祥）

又

忆别庾郎时（姜　夔），只有花知（张　炎），相思日暮（王可竹）
谁会王孙意（张元干），明年春到（叶梦得），芳草天涯（周　密）

又

归意了无多（赵长卿），满目风尘（德祐太学生），可堪杜宇（程　垓）
此境今何处（王　炎），两行鸥鹭（谢　逸），　且棹吟舟（蒋　捷）

又

记十里吴山（吴　潜），草色拖裙烟光染鬓（史达祖）
听一声羌笛（谢　逸），西风破雁南月惊乌（程　垓）

又

那日隔帘（姜　夔），怕流莺乳燕得知消息（辛弃疾）
此时凝睇（王元之），看黄花绿酒只合迟留（周　密）

又

把酒问姮娥（辛弃疾），满院花阴（朱野逸），谪仙何处（黄庭坚）
高会尽词客（聂长孺），夕阳西下（康与之），稼轩未来（辛弃疾）

又

何处最知秋（赵长卿），翠药红蘅（蒋　捷），相思记取（韩元吉）
举世方熟寐（张元幹），莼羹鲈脍（赵以夫），此与谁同（黄勉仲）

又

吟莺欢事放鹤幽情（张　炎），只共梅花语（辛弃疾）
凉月心肠春风模样（史达祖），惟有玉兰知（姜　夔）

又

犹作未归人（曾纯甫），数点秋声来寻短梦（毛　滂）
试问缘何事（杜安世），十分好月不照人圆（辛弃疾）

又

往问北山愚（辛弃疾），把酒看花（无名氏），翠尊共款（姜　夔）
谁似东坡老（苏　轼），倚风迎月（李俊明），画舸频移（吴文英）

又

卧看黄菊送重阳（毛　滂），还是那时情绪（无名氏）
临罢兰亭无一事（陆　游），却来闲数花枝（程　垓）

又

须信石湖仙（姜　夔），一笑生春（周邦彦），翠尊频倒（晏几道）
何似鸱夷子（朱　熹），扁舟泛去（李　甲），白首忘机（苏　轼）

又

春睡觉酒醒时（谢　逸），问底事东皇无语（赵以夫）
鬓云松眉叶聚（周邦彦），莫与他西子精神（毛　滂）

又

脉脉数飞鸿（赵以夫），唤起玉人（姜　夔），共感秋色（史达祖）
年年如社燕（周邦彦），可怜闲叶（史达祖），无限啼痕（晏几道）

又

桃叶小柳绿长（晏几道），又过了清明寒食（辛弃疾）
花竹深房栊好（周邦彦），须尽兴满酌高吟（柳　永）

又

海棠开后，燕子来时（周邦彦），几度黄昏雨（晏几道）
暮云过了，秋风老尽（柳　永），总是玉关情（晏几道）

又

尊酒相逢（葛谦问），**算惟有渊明**（王沂孙），**且图径醉**（李　纲）
秋景如画（周邦彦），**但恐同王粲**（苏　轼），**怕上层楼**（辛弃疾）

又

琴书换日枕簟邀凉（姜　夔），**别是闲滋味**（李清照）
画阁移舟平桥系马（陆　游），**旧事懒追寻**（赵长卿）

又

一片风流（汪元量），**只为情多**（舒　亶），**曾在歌边惹恨**（史达祖）
十年心事（洪叔玙），**不堪重说**（程　垓），**如同梦也都无**（张　炎）

又

儿女古今情（辛弃疾），**记竹里题诗花边载酒**（韩元吉）
平生江海客（吴文英），**有渔翁共醉溪友为邻**（陆　游）

又

小雨一番寒（万俟咏），**更落尽黎花**（汪元量），**春阳淡淡**（李　祁）
玉梯凝望久（姜　夔），**问谁留楚佩**（张　炎），**情思悠悠**（史达祖）

又

大江东去平楚南来（张孝祥），**一带江山如画**（张杲卿）
高柳垂阴老鱼吹浪（姜　夔），**依稀风韵生秋**（秦　观）

又

无限思量（毛平仲），**那回杨叶楼中**（晏几道），**寄将愁去**（周邦彦）
莫教分散（史达祖），**应在乱莺声里**（叶梦得），**唤得春归**（赵长卿）

又

无语只低眉（卢祖皋），**更银烛相辉**（赵以夫），**春愁怎画**（蒋　捷）
冷香清到骨（尹梅津），**有玉梅几树**（姜　夔），**月破黄昏**（王平浦）

又

无语问西风（杨炎正），**怎舍得情怀**（僧　挥），**修蛾写怨**（晏　殊）
知心惟有月（萧泰来），**待归来细语**（方　岳），**劝酒持觞**（周邦彦）

又

风穿帘子雨隔窗儿（汪元量），**都不管**（赵文鼎），**相思意**（李之仪）
别母情怀随郎滋味（姜　夔），**见说道**（辛弃疾），**只君知**（辛弃疾）

又

长记那回时（周邦彦），**但听雨挑灯敧床病酒**（史达祖）
今年又春到（晁补之），**看垂杨连苑杜若侵沙**（姜　夔）

又

自随秋雁南来（姜　夔），**每话长安**（贺　铸），**相思依旧**（秦　观）
拣得乱山环处（陆　游），**招呼一醉**（毛平仲），**莫问重阳**（向伯恭）

又

回首欲魂销（洪叔玙），**嗟旧日沉腰而今潘鬓**（徐　伸）
弹指惊春去（高观国），**且莫思身外长近尊前**（周邦彦）

又

孙郎病酒无聊（吕渭老），**蝴蝶飞来**（张　炎），**懒寻前梦**（谢勉仲）
何逊而今渐老（姜　夔），**玉梅消瘦**（汪元量），**不似当年**（柳　永）

又

庄周吾梦见之（辛弃疾），**蝴蝶飞来**（张　炎），**那知有意**（欧　良）
荀令如今老矣（吴文英），**繁华一瞬**（曾纯甫），**怕说当时**（张　炎）

又

何处一声钟（向伯恭），**念净社因缘**（史达祖），**不如休去**（周邦彦）
惊回千里梦（岳　飞），**叹俊游疏懒**（史达祖），**但约明年**（吴文英）

又

何处可魂销（张　先），**趁暗绿稀红**（陈允平），**南寻李白**（姜　夔）
出门一笑去（辛弃疾），**问攀条弄蕊**（王沂孙），**谁识相如**（辛弃疾）

又

沧波荡晚菰蒲弄秋（史达祖），**惆怅此情难寄**（晏　殊）
款竹门深移花槛小（姜　夔），**叮咛记取儿家**（李从周）

又

听歌窗罅倚月阑边（史达祖），**长记曾携手处**（姜　夔）
结尽丁香瘦如杨柳（赵　鼎），**正是欲断肠时**（赵长卿）

又

试问东风（王十朋），**为谁落为谁开**（程　垓），**花应知否**（吴文英）
又遇寒食（毛平仲），**几重山几重水**（张　先），**梦未成归**（晏　殊）

又

怎生消遣（刘　过），十里湖边（张　炎），短棹拟携西子（黄　机）
却又多情（周　密），满身花影（张　炎），歌声轻度红儿（程　垓）

又

春愁没处遮拦（黄庭坚），满目繁华（欧阳修），又将寒食（杨炎正）
饮罢不妨醉卧（秦　观），百年心事（姜　夔），都付邯郸（晁补之）

又

是他春带愁来（辛弃疾），转眼西风又成陈迹（周　密）
如今事都过也（程　垓），几时归去作个闲人（苏　轼）

又

料伊也没心情（陈梦弼），蝴蝶飞来（张　炎），都无人见（张　炎）
却是可怜时候（晏几道），玉箫吹了（蒋　捷），又叹春归（晁补之）

又

酒边莫唱西河（张　炎），病损茂陵（张　炎），如何消遣（沈约之）
别后几番明月（晏几道），南寻李白（姜　夔），要问相思（晏几道）

又

清谈挥麈雅宴飞觞（米　芾），闲处直须行乐（辛弃疾）
画里移舟诗边就梦（史达祖），深情唯有君知（晏几道）

又

廓清宇宙整顿乾坤（张元幹），此事谈何容易（晁补之）
老去功名年来情绪（曾纯甫），当时岂料如今（陆　游）

又

漫天飞絮满地落花（向伯恭），惊心又歌南浦（张　炎）
画阁移舟平桥系马（陆　游），旧游忆著山阴（史达祖）

又

几番莺外斜阳（李彭老），记情逐艳波醉摇鞭影（谢勉仲）
十载尊前谈笑（黄庭坚），但梦随人远心与山遥（吕渭老）

又

不见卷帘人（辛弃疾），一样风光（毛　滂），甚时先报鹦鹉（赵长卿）
总入昭华谱（李莱老），十分颜色（赵长卿），如何未识鸳鸯（史达祖）

又

心事寄题红（陈允平），除非宋玉风流（胡浩然），有谁知得（张元幹）
柔香系幽素（吴文英），如向东坡传语（苏　轼），又是年时（王炎午）

又

风信远露华高（晏几道），数声鸿雁（谢　逸），陡觉添秋色（张元幹）
暮江寒人响绝（向伯恭），万重云水（程　垓），何处问归艎（叶梦得）

又

从来文采更风流（向伯恭），若是朝云（晏几道），且须同醉（卢祖皋）
不比芙蓉伪妩媚（李俊明），最怜西子（莫若山），怕说相思（陈允平）

又

白鸥问我泊孤舟（蒋　捷），满目风尘（德祐太学生），尘缘相误（秦　观）
红雨入帘寒不卷（陈　克），十年旧梦（张　炎），　梦意犹疑（晏几道）

又

只应明月最相思（魏南夫），千里断魂（万俟咏），怨怀谁托（周邦彦）
说与杜鹃休唤起（程　垓），几回无寐（晏　殊），梦意犹疑（晏几道）

又

对别酒怯流年（辛弃疾），春梦秋云聚散真容易（晏几道）
倩桃妆迎柳舞（程　垓），蜂儿蝶子教得越轻狂（毛　滂）

又

平时豪举少年场（陆　游），记得当时（晏几道），黄金对酒（卢祖皋）
百事到头终是梦（苏　轼），如今归后（史达祖），玉麈谈玄（姜　夔）

又

记少年一梦扬州（周　密），骑鹤春游（刘　过），可堪回首（辛弃疾）
但惹得满身花雨（洪叔玙），归鸿无信（晏几道），怕说相思（陈允平）

又

江海渺遥情（叶梦得），何如月下花前（晁补之），重寻幽梦（叶梦得）
风流吾小阮（晁端礼），算得人间天上（柳　永），一笑难逢（晏几道）

又

使君冠世风流（张元幹），但浊酒相呼（姜　夔），翠尊频倒（晏几道）
暮色偏怜高处（姜　夔），望美人不见（张　炎），绿树如云（辛弃疾），

又

诗酒趁年华（苏　轼），**十里扬州**（姜　夔），**何逊而今渐老**（姜　夔）
心事付横笛（陆　游），**半规凉月**（周邦彦），**素娥应是销魂**（晏几道）

又

浓芳满地秀色连天（赵长卿），**闲过了黄昏时候**（张　炎）
险韵诗成扶头酒醒（李清照），**却依然一笑人间**（张　炎）

又

故园松菊犹存（张元幹），**归去来兮**（苏　轼），**此意陶潜解**（黄庭坚）
今夜梦魂何处（李子永），**相思还又**（赵长卿），**忆别庾郎时**（姜　夔）

又

谁弄琵琶（张　炎），**但伤心冷落黄昏**（辛弃疾），**可怜司马**（戴复古）
尽传胸臆（周邦彦），**也莫话书生豪气**（晁补之），**未学元龙**（晁补之）

又

断雁叫西风（蒋　捷），**还似王粲登楼**（周　密），**共怀伤感**（胡浩然）
烟柳黯南浦（辛弃疾），**初系放翁归棹**（陆　游），**莫话销魂**（晏几道）

又

欺寒茸帽拂雪金鞭（姜　夔），**行遍天涯真老矣**（陆　游）
乱叶翻鸦惊风破雁（周邦彦），**人传诗句满江南**（黄庭坚）

又

尊前消尽少年狂（陆　游），**暗想平生**（晁补之），**最怜西子**（莫若山）
愁边剩有相思句（辛弃疾），**凭谁说寄**（王晋卿），**欲问东风**（刘江村）

又

富贵本无心（胡　铨），**宁论雀马鱼龙**（秦　观），**夜深惊梦**（曹　组）
江山如有待（黄庭坚），**更看雨婚烟嫁**（辛弃疾），**我欲归耕**（范成大）

又

襟期问与谁同（赵以夫），**且料理琴书**（张　炎），**几番风月**（辛弃疾）
世路如今已惯（张孝祥），**但休教猿鹤**（何梦桂），**来伴冰霜**（周邦彦）

又

酿成憔悴到如今（程　垓），**万叠花愁**（蒋　捷），**怎堪临镜**（徐　伸）
惊破梦魂无觅处（苏　轼），**五湖秋晓**（蒋　捷），**应认归舟**（贺　铸）

又

无处说相思（晏几道），满目风尘（德祐太学生），念唯有夜来皓月（姜　夔）
骤惊春在眼（周邦彦），一枝烟柳（贺　铸），　想如今绿到西湖（张　炎）

又

无奈月分明（晏几道），烟草青青（邓光荐），但暗忆江南江北（姜　夔）
如今燕来否（周　密），画帘悄悄（赵　鼎），漫相思桃叶桃根（史达祖）

又

无复少年狂（赵长卿），莫遣秋声（史达祖），叹文园近来多病（周邦彦）
当时明月在（晏几道），可堪杜宇（程　垓），怨王孙犹自未归（赵长卿）

又

风景不争多（辛弃疾），最好是（晁补之），雪后园林水边楼阁（辛弃疾）
登临兴何极（曹　冠），应尚记（叶梦得），暗香浮动疏影横斜（无名氏）

又

可恨白苹风（向伯恭），只为当时（周邦彦），渐吹尽枝头香絮（姜　夔）
又送黄昏雨（苏　轼），杳无消息（王沂孙），争知道梦里蓬莱（僧仲殊）

又

可堪连夜子规啼（赵长卿），见皓月相看（周邦彦），又萦离思（姜　夔）
惆怅一春飞絮梦（程　垓），有流莺劝我（周邦彦），莫说西湖（张　炎）

又

可堪春事满春怀（赵长卿），叹聚少离多（赵玉渊），不如双燕（晏几道）
付与愁人砌愁句（吴　潜），待花前月下（周邦彦），教问孤鸿（吴文英）

又

记年时试酒湖阴（吴文英），甚千里芳心（王沂孙），伤春病也（毛平仲）
惊醉耳谁家夜笛（史达祖），放一轮明月（柳　永），倚歌和之（辛弃疾）

又

杏花无处避春愁（韩元吉），念倦客依前（吴文英），怕经南浦（李从周）
燕语似知怀旧主（赵彦端），问人间何事（苏　轼），薄幸东风（周　密）

又

别时不似见时情（黄庭坚），叹百岁光阴（陈允平），而今潘鬓（徐　伸）
酒又难禁花又恼（程　垓），把一襟心事（张　炎），都付陶诗（张　炎）

又

更也没书来(辛弃疾),应尚记(叶梦得),暗握荑苗乍尝樱颗(史达祖)
不是田春瘦(张　炎),却为甚(赵长卿),怕听金缕羞染乌丝(史达祖)

又

何物最关情(王安石),一树梅花(周　密),问逋仙今在何许(姜　夔)
长歌自深酌(辛弃疾),满怀幽恨(张　抡),想少陵还叹飘零(张　炎)

又

别时容易见时难(蔡　伸),知几度经过(刘　过),十洲云水(晏几道)
梦又不成灯又烬(欧阳修),恨个侬无奈(廖莹中),两鬓风霜(戴复古)

又

明月又谁家(张　炎),正绿影婆娑(王和甫),却怕宝帘低卷(史达祖)
修竹更深处(陈　亮),有朱楼迢递(汪元量),曾携翠袖同来(晏几道)

又

夜深惊梦醉里悲歌(曹　组),问中流击楫何人是(文时学)
燕子未来东风无语(陈允平),又天涯弹泪送春归(汤西村)

又

重来约在牡丹时(何子缜),问客路春风(无名氏),甚时到得(吴文英)
十载长安桃李梦(赵彦端),记少年游处(周　密),别梦依稀(毛平仲)

又

春色已无多(李之仪),杨柳依依(赵师侠),问陶令几时归去(毛　滂)
危阑闲独倚(赵师侠),斜阳苒苒(赵以夫),甚谢郎也恨飘零(姜　夔)

又

珠帘约住海棠风(宋　祁),恨洛浦娉婷(王可竹),无人细省(姜　夔)
宝扇重寻明月影(叶梦得),似沈郎消瘦(卢祖皋),怕说相思(陈允平)

又

消息未归来(晏几道),燕外莺边(谭宣子),更闲却柳烟花雨(张叔安)
踪迹无寻处(姚　宽),酒朋诗侣(柳　永),想半属渔市樵村(史达祖)

又

笑去年携酒折花人(叶梦得),瘦损容光(周邦彦),相思还又(赵长卿)
听歌声何处倚楼笛(周邦彦),惊吹怨曲(黄庭坚),只道无情(欧　良)

又

谁识三生杜牧之(姜　夔),记翠箔张灯(史达祖),论诗载酒(赵彦端)
借问孤山林处士(文时学),有玉梅几树(姜　夔),就地围香(张　炎)

又

谁家水调唱歌头(苏　轼),叹客里凄凉(张　炎),怕听金缕(史达祖)
华表月明归夜鹤(吴文英),问辽东消息(朱希真),欲寄梅花(汪元量)

又

情脉脉酒厌厌(张东父),帘影垂垂(李中山),依依似曾相识(周　密)
绿漪漪红簌簌(向伯恭),春阴淡淡(李　祁),年年知为谁生(姜　夔)

又

欲将心事付瑶琴(岳　飞),怕雨点飘凉(史达祖),待收红泪(程　垓)
可更余音寄羌管(杨补之),听鹃声度月(蒋　捷),又是黄昏(周邦彦)

又

暗随流水到天涯(秦　观),算只有殷勤(辛弃疾),相思日暮(王可竹)
不管桃花依旧笑(朱希真),奈当时消息(毛平仲),已是春深(赵长卿)

又

愿身长健且凭阑(王晋卿),看天阔鸢飞渊静鱼跃(辛弃疾)
对月只应频举酒(张孝祥),乘醉听箫鼓吟赏烟霞(柳　永)

又

算如此溪山(姜　夔),莫等闲(岳　飞),摩诘丹青营邱甲远(张元幹)
觉最萦怀抱(周邦彦),依然是(蒋　捷),竹西佳处淮左名都(姜　夔)

又

满地花柳(毛平仲),也为我相思(史达祖),奈燕子不曾归去(史达祖)
几曲笙歌(黄庭坚),便揉春为酒(姜　夔),问东风毕竟如何(张　炎)

又

满庭芳草又斜阳(张叔安),甚杜牧重来(张　炎),徘徊不语(王平甫)
万里西风吹客鬓(刘　过),念渊明归意(叶梦得),惆怅如丝(赵长卿)

又

一时登览(辛弃疾),海角天涯(吴文英),感羁游正似残春风絮(陆　游)
百卉争妍(欧阳修),翠香红舞(姜　夔),问桃李更有几处阴成(叶梦得)

又

一番风月更销魂(无名氏),**无计迟留**(吕渭老),**燕子飞来飞去**(万俟咏)
千古英雄成底事(李好古),**等闲歌舞**(辛弃疾),**花边如梦如薰**(虞秋崖)

又

少年心醉杜韦娘(侯彦周),**恨水迢迢**(吴文英),**此去何时见也**(秦 观)
晓别吾家黄叔度(黄元明),**春波渺渺**(李 祁),**不知尺素来无**(刘行简)

又

此心到处悠然(张孝祥),**禁甚闲愁**(张文潜),**且高歌细敲檀板**(杨补之)
旧事不堪重举(冯可迁),**而今试看**(辛弃疾),**算多情尚有黄鹂**(陈允平)

又

记得水边春(叶梦得),**又是经年**(陆 游),**枉教人梦断瑶台曲**(苏玉局)
望尽天涯路(晏 殊),**不思归去**(姜 夔),**问甚时重理锦囊书**(程 垓)

又

平生塞北江南(辛弃疾),**直至如今**(赵以夫),**自叹多愁更多病**(周邦彦)
几处歌云梦雨(晏几道),**为谁教我**(毛平仲),**时光堪恨也堪怜**(赵长卿)

又

当初不合种相思(姜 夔),**可怜泪湿青绡怨题红叶**(无名氏)
心事有谁能会得(赵师侠),**曾在歌边惹恨烛底萦香**(史达祖)

又

杜鹃欲劝谁归(辛弃疾),**满眼兴亡**(赵长卿),**三径不成陶令隐**(杨炎正)
木叶乱随风舞(叶梦得),**万重烟水**(柳 永),**扁舟夜下广陵滩**(向伯恭)

又

诗瘦想无聊(方 岳),**但莫管春寒**(李元膺),**望寄我江南梅萼**(周邦彦)
天涯信漂泊(袁去华),**问重来海燕**(何梦桂),**争知道梦里蓬莱**(僧仲殊)

又

怎不思量(赵 佶),**纵豆蔻词工**(姜 夔),**杳然殊无些个消息**(胡浩然)
为伊惆怅(无名氏),**把栏杆暗拍**(曹 组),**又是一番倚尽斜阳**(杨炎正)

又

酒醒无奈秋何(张 枢),**却自觉神游**(辛弃疾),**惟有当时皓月**(汪元量)
诗瘦只因吟若(曹 冠),**任满身花影**(张 镃),**未应闲了芳情**(张 炎)

又

欲去且留连(米　芾),那知杨柳风流(张　炎),未转头时皆梦(苏　轼)
此情谁共说(范成大),欲道海棠依旧(李清照),从前心事都休(蒋　捷)

又

凄凉病损文园(周邦彦),望倦柳愁荷(史达祖),懒记温柔旧处(史达祖)
生平不如老杜(李芳洲),想萸囊酒盏(曹竹屋),犹堪醉倒花前(晁补之)

又

渡江天马南来(辛弃疾),飞盖相从(秦　观),似当时将军部曲(姜　夔)
遥夜月明如水(秦　观),西风渐紧(晏　殊),尽呼起万籁笙簧(程　垓)

又

一春幽事有谁知(姜　夔),又早是清明(何梦桂),看尽天涯芳草(周少隐)
好梦别来无觅处(卢祖皋),已不胜愁绝(万俟咏),那堪燕子黄昏(王沂孙)

又

无情江水自东流(张孝祥),过杜若汀洲(史达祖),明年定在槐府(姜　夔)
重唱梅边新度曲(吴文英),记红窗夜雪(蔡　伸),当时恼煞林逋(赵彦端)

又

云何宋玉兴悲(曹　冠),怕雨点飘凉(史达祖),奈红叶更无题处(张　炎)
为语梦窗憔悴(吴文英),却天涯为客(曹　组),问断鸿知落谁家(张　炎)

又

可堪冷落黄昏(无名氏),念倦客依前(吴文英),对梅花更消一醉(辛弃疾)
谙尽孤眠滋味(范仲淹),想文君望久(姜　夔),倩双燕说与相思(陆　游)

又

归来散发婆娑(叶梦得),荃棹且夷犹(张孝祥),但惹得满身花雨(洪叔玙)
检点从前恩爱(周邦彦),岁华频感慨(王可竹),问甚时重见桃根(黄雪舟)

又

那知杨柳风流(张　炎),无语只低眉(卢祖皋),春又到断肠时节(汤西村)
忘了牡丹名字(张　炎),相看成一笑(洪叔玙),问谁能爱惜琼华(辛弃疾)

又

过杜若汀洲(史达祖),杨柳堆烟(欧阳修),还似汴堤虹梁横水面(周邦彦)
想斜阳影里(查　荎),海棠如醉(陆　游),疑是月宫仙子下瑶台(王通叟)

又

何时剪烛重盟(赵立之),**叹客里光阴**(张　炎),**但月夜常啼杜宇**(陆　游)
浑似飞仙入梦(吴文英),**向风前懊恼**(张文潜),**细看来不是杨花**(苏　轼)

又

花开花落几番晴(赵谅麟),**正燕子新来**(洪叔玙),**惊破绿窗幽梦**(苏　轼)
一咏一觞真足乐(林随庵),**记乌丝醉语**(吕渭老),**水边红袂分时**(秦　观)

又

花开花落蝶应知(晏几道),**记曲径寻幽**(张　炎),**又是一番春事**(蒋元龙)
帆去帆来天亦老(王君玉),**念高唐扫梦**(鲁逸仲),**如今也到鸥边**(张　炎)

又

春无踪迹谁知(黄庭坚),**燕子来时**(周邦彦),**奈芳草正锁江南梦**(史达祖)
我却乘风归去(苏　轼),**钱塘江上**(张元幹),**想垂杨还袅万丝金**(姜　夔)

又

故园消息茫然(赵长卿),**又系我扁舟**(李秋堂),**问陶令几时归去**(毛　滂)
浅酒欲邀谁劝(晏几道),**有暗香盈袖**(李清照),**正逋仙清瘦黄昏**(吴文英)

又

素娥应是销魂(晏几道),**甚独抱清高**(王沂孙),**未把酒愁心先醉**(汪元量)
燕子不知何世(周邦彦),**正好花时节**(张才翁),**奈旧家苑已成秋**(蒋　捷)

又

鸳鸯水宿不知寒(张　炎),**记翠箔张灯**(史达祖),**吟香吹上诗句**(姜　夔)
锦瑟华年谁与度(贺　铸),**听鸣禽按曲**(周邦彦),**春愁堆在阑干**(周少隐)

又

羁雁未成归(陆　游),**一曲阳关**(柳　永),**谁管天边隔岁分飞苦**(晏几道)
江山如有待(黄庭坚),**半规凉月**(周邦彦),**只怕酒醒时候断人肠**(秦　观)

又

自从载酒西湖(无名氏),**何处不相逢**(晏　殊),**趁暗绿稀红**(陈允平),**奈犹被思牵情绕**(周邦彦)

应念断肠南陌(秦　观),**如今真个是**(程　垓),**怕娇云弱雨**(毛平仲),**都负了燕约莺期**(张叔安)

又

自随秋雁南来(姜　夔),**几番吟啸**(周　密),**几曲笙歌**(黄庭坚),**知多少时流**(徐一初),**与君游戏**(姜　夔)

未许英雄老去(史隽之),**满目风尘**(德祐太学生),**满身花影**(张　炎),**惟丹青相伴**(周邦彦),**不负辛勤**(晏　殊)

又

画帘高卷(张景叔),**玉籁无声**(张　炎),**又移日影上花梢**(周邦彦),**更为我将春**(王沂孙),**招呼一醉**(毛平仲)

杨柳津头(姜　夔),**琵琶洲畔**(赵彦端),**总是少年行乐处**(苏　轼),**问甚时重到**(吕渭老),**远寄相思**(吴文英)

又

孤负多少心期(王沂孙),**正昼长烟暖蜂困莺娇**(吕渭老),**谁管天边隔岁分飞苦**(晏几道)

又是一番春事(蒋元龙),**念对酒当歌低帏并枕**(柳　永),**须信人间无物似情浓**(蔡　伸)

又

钱塘自古繁华(柳　永),**有迷楼挂斗月观横空**(秦　观),**人在画图间**(谢　逸),**认何处六桥烟柳**(陈允平)

荀令如今憔悴(王沂孙),**奈诗习未除客愁易感**(黄　机),**朝来风雨恶**(赵以夫),**几回忆故国莼鲈**(潘渔庄),

——以上均选自赵相望《宋词集联》

宋词集联(2)

程柏堂(下同)

高阁寒轻映万朵梅花乱堆香雪(贺　铸)

银屏梦觉渐一声莺小唤醒痴云(陈允平)

[简　注]　本联及以下宋词集句均选自《宋词集联》一书。该书于1934年由镇江江南印书馆出版。书内有一部分未注或误注原词作者,除少数据《全宋词》改正外,其余一仍其旧。

又

园中趣琴中趣（袁去华），酒醒听春雨（张　炎）
花也香梦也香（程　垓），月痕侵画阑（黄　畿）

又

且乐仙乡（柳　永），正暖日轻阴摇荡春昼（吴文英）
也寻梅驿（张　炎），伴清风皓月幽隐蓬壶（无名氏）

又

情事寄鸣弦（赵师侠），数点秋声来侵短梦（毛　滂）
长歌自深酌（辛弃疾），许多明月付与金尊（晁补之）

又

为报山翁（无名氏），教红叶往来传个消息（蟾　英）
可堪杜宇（程　垓），怕柳花轻薄不解伤春（黄孝迈）

又

吟边自负风流（黄玉林），我辈相逢无愧色（李俊明）
别后几番明月（晏几道），何时重与细论文（辛弃疾）

又

唤个月儿来（辛弃疾），对客只应频举酒（张孝祥）
留我花间住（姜　夔），愿身长健且凭阑（王　诜）

又

燕子不来（陈允平），看飞红几片这般庭院（辛弃疾）
白鸥盟在（张元幹），笑一庵归去依旧云山（周紫芝）

又

小园别是清幽（黄公度），寂寞云深诗梦浅（张　炎）
遥山半隐愁碧（柳　永），瘦倚溪桥梅影寒（吴文英）

又

鹫石飞来（张　先），倚翠楼烟霭青猿啼晓（张　先）
银屏梦觉（陈允平），试寻香嚼蕊立马看梅（袁去华）

又

竟夕起相思（周邦彦），不是悲秋非干病酒（李清照）
清欢那易得（王之道），且图径醉莫话销魂（晏几道）

又

胡蝶飞来（张　炎），正白云（无名氏），满地无人扫（无名氏）
海棠睡着（王庭珪），有明月（吴文英），一枝斜更香（无名氏）

又

蕙风香也（蒋　捷），雪晴池馆如画（吴　潜）
梅花开未（程　垓），林间猿鹤欣然（张　翥）

又

古调谁弹（张　炎），枉教人梦断瑶台曲（苏玉局）
晴窗自好（张　炎），又何妨沉醉玉尊前（晏　殊）

又

一笑醉乡宽（赵以夫），月明琴院雪晴书屋（陈允平）
千里暮云碧（萧　回），愁横断坞梦绕溪桥（史达祖）

又

月痕侵画阑（黄　畿），竹外野桥犹系烟艇（张　炎）
水影横池馆（张　先），蒹葭深处应有闲鸥（黄在轩）

又

诗酒趁年华（苏　轼），六朝旧事如流水（王安石）
歌管酬寒食（周　密），小楼归燕又黄昏（杜安世）

又

烟花三月春悲（郑觉斋），寒食天涯可堪杜宇（程　垓）
金粉六朝旧梦（无名氏），黄昏庭院都付邯郸（晁补之）

又

斜日杏花飞（寇　准），轻掷诗瓢趁流水（张　炎）
孤村芳草远（寇　准），赠君明月满前溪（毛　滂）

又

独立斜阳（苏　轼），放燕子归来商量春事（张　枢）
横吹短笛（史达祖），看暮鸦飞了惆怅黄昏（周邦彦）

又

流莺都不知（吕渭老），奈芳草正锁江南梦（史达祖）
梅花开也未（程　垓），爱东风已暖绮罗春（黄　裳）

又

桃叶恨柳枝愁（史达祖），黄昏杏花微雨（吴文英）
燕飞忙莺语乱（辛弃疾），画桥斜月阑干（吕渭老）

又

春衫怨碧（史达祖），约桃花时候同醉瑶瑟（吕渭老）
秋景如画（周邦彦），似荻花江上谁弄琵琶（张　炎）

又

春风小红楼（刘　过），甚杜牧重来桃花依旧（张　炎）
西湖断桥路（吴文英），问坡仙何处鹤梦无踪（张　翥）

又

怕夜寒吹到梅花休卷半帘明月（张　炎）
醉诗人满山红叶闲弄一曲瑶琴（赵以夫）

又

莫怪杜鹃啼（程　垓），杨白花飞旧腔谁谱（赵　文）
留得娇莺语（易　祓），夕阳西下我醉欲眠（蒋　捷）

又

鹤梦几时醒（张　翥），十里东风酒香梅小（鲁逸仲）
醉乡深处老（方千里），半帘花影诗瘦春愁（张　渠）

又

思入水云寒（潘　阆），短梦未成且倾春碧（黄庭坚）
愁随烟雨蔟（赵师侠），对花无语独怨东风（潘元质）

又

算如此溪山（姜　夔），尽入渔樵闲话（张　昇）
忆少年歌酒（周邦彦），懒上苏堤画船（张可久）

又

把酒劝斜阳（吴　潜），奈新燕传情旧鹦饶舌（程　垓）
心事付横笛（陆　游），有渔翁共醉溪友为邻（陆　游）

又

东风绿杨天（万俟咏），玉壶买春清愁自醉（陆　游）
夕阳芳草地（张　泌），流莺欲语幽香更奇（曾　巩）

又

未踏画桥烟（史达祖），奈燕子楼高江南梦断（吕渭老）
惟凭尊酒绿（蔡　伸），正雁横秋渚木落霜洲（柳　永）

又

斜阳画出南屏（张　翥），更何必十分梳洗（姜　夔）
春意渐归芳草（黄庭坚），暗惹起一掬相思（史达祖）

又

人静酒初醒（柳　永），北窗疏竹南窗丛菊（刘　因）
屋小宽如掌（杨无咎），庭有幽花池有新荷（王安礼）

又

烟雨正愁人（高观国），六朝旧事如流水（王安石）
莺花犹是主（周必大），小楼归燕又黄昏（杜安世）

又

心事夕阳红（王安石），轻负莺花漫劳书剑（陆　游）
醉眼青天小（赵长卿），闲吟风月谁弄琵琶（张　炎）

又

相思不管年华（吴文英），旧游如梦新愁似织（黄子行）
春色又添多少（无名氏），夕阳无语芳草有情（张　耒）

又

有约西湖去，还我旧时明月（张　雨）
卖酒绿阴旁，无人不醉春光（万俟咏）

又

独立斜阳（苏　轼），正燕子归来（张　枢），萋迷烟草（黄　昇）
数声长笛（吕渭老），问梅花底事（赵长卿），惆怅黄昏（曾　觌）

又

流水奏鸣琴（赵长卿），碧山人来青帘卖酒（晁端礼）
吟笺留醉墨（黄子行），白云深处红叶题诗（无名氏）

又

夜酒未苏（史达祖），奈燕语传情醉扶花影（张　炎）
春愁怎画（蒋　捷），正莺背带绿额衬斜阳（张　泌）

又

未踏画桥烟(史达祖),春意渐归芳草(黄庭坚)
何处倚楼笛(周邦彦),秋声又入吾庐(王沂孙)

又

醉新亭几度春风(陈允平),燕子飞来飞去(万俟咏)
倚画桥数声长笛(无名氏),花间如梦如薰(奚新崖)

又

笑去年携酒折花人(叶梦得),相思还又(赵长卿)
听数声何处倚楼笛(周邦彦),倚歌和之(辛弃疾)

又

芳草带愁(陈允平),流莺语染得春风碧(李 璇)
青帘卖酒(万俟咏),山翁醉笑随明月归(张可久)

又

要寻红叶留题(吕渭老),梅花偏恼多情月(吴文英)
载取白云归去(张 炎),好诗都在夕阳山(张 炎)

又

剪湘湖几尺烟蓑(钱应金),离情尽寄芳草(张 先)
乍鸥边一番腴绿(李 演),流红又怨苹花(李 演)

又

古意生春(张 炎),对寒梅照雪淡烟凝素(周邦彦)
清愁自醉(陆 游),正紫萸缀席黄菊浮卮(京 铿)

又

料伊也没心情(陈梦弼),酒又不禁花又恼(程 垓)
都是可怜时候(晏几道),春自飘零水自流(李清照)

又

踏雪寻梅借问孤山林处士(文时学)
卧花醉月谁识三生杜牧之(姜 夔)

又

半帘花影垂(无名氏),斜阳冉冉春无极(周邦彦)
千里暮云碧(萧 回),杜宇声声不忍闻(秦 观)

又

傍鸳径莺笼（周　密），一池萍碎半檐花落（周　密）
正柳塘花坞（秦　观），单衣试酒古岸停桡（李彭老）

又

山气欲黄昏（叶梦得），眼为花狂肩为诗瘦（陈允平）
明朝又寒食（姜　夔），红了樱桃绿了芭蕉（蒋　捷）

又

屐齿厌登临（史达祖），且料理琴书夷犹今古（张　炎）
扁舟寻旧约（蔡　伸），好醉听箫笛吟赏烟霞（柳　永）

又

弹泪送春归（汤西村），旧游如梦新愁似织（黄子行）
长歌自深酌（辛弃疾），酒消欲尽花恼难禁（王沂孙）

又

夜倚读书堂（蒋　捷），数点秋声来寻短梦（毛　滂）
春在黎花院（丘宗卿），十分明月不照人圆（辛弃疾）

又

有懒窝诗老醉卧石楼风雨（辛弃疾）
正长眉仙客来听鹤语溪泉（陈允平）

又

巡檐细嚼寒梅（陈允平），最好是二分明月（唐菊山）
小管谁吹玉笛（朱敦儒），莫等闲一叶扁舟（岳　飞）

又

无奈月分明（晏几道），认何处六桥烟柳（陈允平）
相将燕归去（刘会梦），几回忆故国莼鲈（潘渔庄）

又

杏花明画船轻（和　凝），遥指芜城烟树（王之道）
酒霞红渔唱晚（无名氏），寄情萝薜山村（葛立方）

又

楼观悄玲珑（蒋　捷），帘外笼鹦笑人醉语（周　密）
京华信漂泊（周邦彦），梅边吹笛独怨东风（潘元质）

又

夜酒未苏（史达祖），**约柳絮桃花同醉瑶瑟**（吕渭老）
晴窗自好（张　炎），**伴清风皓月幽隐蓬壶**（无名氏）

又

烟雨正愁人（高观国），**更那堪数声羌笛**（朱敦儒）
明月知我意（毛　滂），**把相思细写瑶琴**（刘　镇）

又

雨入愁边（史达祖），**听紫燕喃喃黄莺恰恰**（无名氏）
春归何处（辛弃疾），**正淡烟漠漠芳草萋萋**（杜安世）

又

甚杜牧重来（张　炎），**应记取十里扬州二分明月**（姜　夔）
问坡仙何处（张　翥），**空留得六桥疏柳孤屿危亭**（张　翥）

又

芳草多情留得娇莺语（易　祓）
东风着意先上小桃枝（韩元吉）

又

近寒食人家（史达祖），**有流莺劝我归去**（周邦彦）
作天涯孤客（石孝友），**听黄鹂又啼数声**（秦　观）

又

愁倚斜阳（吕渭老），**看飞红几片这般庭院**（辛弃疾）
缓引春酌（周邦彦），**度清商一曲更移画船**（吴文英）

又

断雁叫西风（蒋　捷），**谁家芦管吹秋怨**（晏几道）
烟柳暗南浦（辛弃疾），**水村残叶舞愁红**（柳　永）

又

要寻红叶留题（吕渭老），**心事有谁能会得**（赵介之）
为语梦窗憔悴（吴文英），**当初不合种相思**（姜　夔）

又

愁共落花多（黄公度），**凭阑总是销魂处**（晏　殊）
恨逐芳尘去（陈允平），**垂杨只解惹春风**（晏　殊）

又

明月照高楼(无名氏),只少个绿珠吹玉笛(刘克壮)
浩气横秋宇(赵以夫),问谁家水调唱歌头(苏　轼)

又

对酒月婵娟(黄庭坚),小饮水亭风馆(毛　滂)
栽花春烂漫(赵师侠),争看秾李夭桃(葛立方)

又

春水满池塘(毛文锡),矶下游鱼可数(李弥逊)
梅花浮月影(无名氏),林间放鹤欣然(张　翥)

又

别来几度春风(欧阳修),写柔情恨如芳草(秦　观)
还我旧时明月(张　雨),怕夜寒吹到梅花(张　炎)

又

诗在灞陵桥(张可久),瘦岛寒郊压倒元白(刘　儿)
春满黎花院(丘宗卿),醉筇游屐都付邯郸(张　炎)

又

尊酒趁愁销(周　密),旧游心事寄诗卷(方千里)
年时被花恼(杨　缵),谁家水调唱歌头(苏　轼)

又

人静酒初醒(柳　永),渔市孤烟锁寒碛(柳　永)
歌罢花如雨(李元膺),小桥飞盖入横塘(刘　经)

又

人语驿桥边(皇甫松),紫箫吹破黄昏月(李献能)
扁舟南浦岸(王之道),红藕香残玉簟秋(李清照)

又

弹泪送春归(汤西村),凭阑总是销魂处(晏　殊)
携花就君酒(吴文英),尊前消尽少年狂(陆　游)

又

空山子规啼(程　垓),动儿许伤春怀抱(柳　永)
睡起流莺语(叶梦得),把相思细写瑶琴(刘　镇)

又

未饮且凭阑(曹　勋),**满院莺声春寂寞**(毛熙震)
往事如花雨(周邦彦),**小楼归燕月黄昏**(杜安世)

又

玉笛横空(曾　觌),**飏暖丝晴絮春思如织**(周　密)
翠樽频倒(晏几道),**醉海棠烟雨夜酒未苏**(史达祖)

又

近来心事渐无多(张　炎),**尚被莺声恼**(张　炎)
情怀不似从前好(张　炎),**惟有玉兰知**(姜　夔)

又

云剪玉玲珑(周　密),**鸥鹭相看如此瘦**(张　炎)
花开春烂漫(赵师侠),**鹧鸪啼破不胜愁**(秦　观)

又

愁思若浮云(杜安世),**一派秋声入寥廓**(王安石)
往事如花雨(周邦彦),**十年香梦老江湖**(方千里)

又

梅孤鹤瘦(吴文英),**冷香飞上诗句**(姜　夔)
花残莺老(刘　镇),**春愁堆在阑干**(周少隐)

又

诗兴自写春华(赵彦端),**长记得扁舟寻旧约**(蔡　伸)
短梦未成芳草(晏几道),**到如今无处不销魂**(鲁逸仲)

又

要寻红叶留诗(吕渭老),**总是悲秋意**(葛长庚)
最好金貂换酒(秦　观),**相与买春风**(易　祓)

又

醉影谁扶(赵彦端),**赖明月曾知旧游处**(贺　铸)
春思如织(周　密),**倚东风愁在落红中**(陈允平)

又

暮雨遥峰凝碧(廖允中),**送白云千里**(曹　冠)
小楼明月弹筝(刘　过),**写春风数声**(刘　过)

又

剪碎惜秋心(吴文英),淡月疏帘照人无寐(张　辑)
辜负好春光(韩　淲),莺啼燕语似说相思(陈允平)

又

回首欲销魂(洪叔玙),莫遣东风误鹦鹉(陈允平)
弹指惊春去(高观国),那堪疏雨滴黄昏(梅尧臣)

又

一笛醉中吹(汪元量),欲问乡关何处是(赵元镇)
别岸花无数(康与之),只应明月最相思(魏南夫)

又

尊酒趁愁销(周　密),世事不堪频着眼(戴复古)
年时被花恼(杨　缵),临风何必更搔头(张于湖)

又

醉后百篇诗(程　垓),闲箫横玉尽吟趣(周　密)
何时一尊酒(无名氏),带书傍月自锄畦(吴文英)

又

歌声起暮鸥(赵子昂),渔市孤烟袅寒碧(柳　永)
游丝趁飞蝶(李　琳),小池春水浸晴霞(欧阳炯)

又

杨柳为谁春(戴复古),小雨池塘初有燕(叶梦得)
杜鹃啼梦醒(陈允平),落花时节又逢君(辛弃疾)

又

共莺花醉吟(吴文英),竹外野桥犹系烟艇(张　炎)
伴鹭汀幽宿(吴文英),晓来诗句画出渔翁(张可久)

又

犹作未归人(曾纯甫),燕外莺边几多春色(晁冲之)
总是相思处(毛　滂),花前月下无限离情(谢无逸)

又

一笑醉乡宽(赵以夫),朗吟未了西湖酒(张　炎)
千里暮云碧(萧　回),好诗都在夕阳山(张　炎)

又

日日醉春风(吴文英),蝴蝶一生花里(张　炎)
处处怜芳草(牛希济),杜鹃不管人愁(刘　过)

又

把酒绕芳丛(李弥逊),趁游丝落絮缓随风舞(杨无咎)
开帘见新月(李　端),正柳腴花瘦谁品春词(汤西村)

又

等闲辜负年光(陈允平),枉被浮云误(晏几道)
何处不宜风月(无名氏),总作空花观(苏　轼)

又

听鹤语溪泉(陈允平),世上岂无高卧者(张方叔)
看夕阳鸥鹭(陆　游),天涯相对话平生(沈约之)

又

飞絮送春归(蔡　伸),便管领芳菲忍辜诗酒(周　密)
梨花做寒食(周紫芝),乘醉听箫鼓吟赏烟霞(柳　永)

又

春山烟欲收(牛希济),竹影留云苔痕湔雨(张　枢)
别馆花无数(杨无咎),开樽待月掩箔披风(秦　观)

又

画阁深碧窗静(张　翥),春意渐归芳草(黄庭坚)
岸花老苹洲白(李　甲),夕阳分落渔家(李　滨)

又

明月又谁家(张　炎),闲抱琵琶寻旧曲(谢　逸)
天涯未归客(周　密),且将尊酒慰飘零(张　翥)

又

帘外晓莺啼(周德清),残日红窗春梦窄(周　密)
江上轻鸥宿(陈允平),暮烟秋雨野桥寒(吴文英)

又

等多时春不归来(刘会梦),独倚阑干(无名氏),可堪杜宇(程　垓)
问满地落花谁扫(周紫芝),几番风雨(辛弃疾),又过清明(无名氏)

又

爱月夜眠迟（无名氏），幽香谁采清愁自醉（陆　游）
好梦随春远（秦　观），裁诗未稳得酒良佳（辛弃疾）

又

对酒莫相忘（苏　轼），六朝旧事如流水（王安石）
清欢那易得（王之道），一枝春色写新词（无名氏）

又

家住绿杨边（顾　夐），几舍烟村停画舸（柳　永）
春在梨花院（丘宗卿），凭阑心事隔垂杨（吴文英）

又

锁杨柳阴浓（无名氏），春归燕子忙如织（杜安世）
趁酴醾香暖（韩元吉），日高花气扑人来（严　仁）

又

杨柳送春归（戴复古），奈新燕传情旧莺饶舌（程　垓）
杜鹃啼梦醒（陈允平），正榴花弄色萱草成窝（王安礼）

又

多情杨柳依依（王之道），绣额珠帘笼画阁（晁补之）
似听流莺沥沥（彭泰翁），春深花簇小楼台（魏承班）

又

倚高情自锁烟翠时点空碧（史达祖）
爱明月为人留照未过前汀（张　翥）

又

烟缕织成愁（王　雱），把酒共君听杜宇（王之道）
楼台悄似玉（柳　永），日高花外啭黄鹂（谢　逸）

又

莫放酒行疏（赵以夫），算自结多情烟雨（郭子正）
犹忆旧游侣（无名氏），把相思细写瑶琴（刘　镇）

又

松菊犹存三径不成陶令隐（杨济翁）
江山信美扁舟夜下广陵滩（向伯恭）

又

尊前淡月西风(晏几道),对梅花更消一醉(辛弃疾)
江上绿波烟草(滕 宾),倩双燕说与相思(陆 游)

又

把酒绕芳丛(李弥逊),但惹得满身花雨(洪叔玙)
登临望故国(周邦彦),争知道梦里蓬莱(僧仲殊)

又

楼锁轻烟水横斜照(柳 永),遥山半隐愁碧(柳 永)
尘染征衣霜侵短鬓(袁去华),白云应老他乡(刘 褒)

又

日暮碧云深(张元幹),柳暗藏鸦花阴见蝶(杨无咎)
烟冷斜阳暝(翁元龙),岚光惹鬓草色拖裙(史达祖)

又

弹泪唱新词(秦 观),听燕语莺啼春思如织(周 密)
肩舟寻旧约(蔡 伸),正柳塘花坞烟雨初收(秦 观)

又

尊酒趁愁销(周 密),可怜泪湿青绡怨题红叶(无名氏)
好梦随春远(秦 观),曾在歌边惹恨烛底萦香(史达祖)

又

对宿烟收春禽静飞雨时鸣高屋(周邦彦)
趁珠帘卷暮云愁垂杨暗锁青楼(欧阳修)

又

玉笛横空(曾 觌),倒翠樽清愁自醉(陆 游)
芳草怨碧(陈允平),倚画桥幽香更奇(曾 巩)

又

旗亭唤酒(周邦彦),浩然一醉引双鹿(赵彦端)
烟墅留屐(史达祖),依约林间坐夕阳(晏 殊)

又

莫放酒行疏(赵以夫),正好梦初醒且图欢醉(李伯纪)
骤惊春在眼(周邦彦),有流莺劝我莫话销魂(晏几道)

又

春色遍天涯(欧阳修),怕乳燕流莺得知消息(辛弃疾)
浩气横秋宇(赵以夫),看黄花绿酒只合迟留(周　密)

又

奈三生杜牧十里扬州(姜　夔),寄与旧游莺燕(张　翥)
有五湖烟水一船风月(柳　永),会须归老渔樵(柳　永)

又

烟水三月春愁(郑觉斋),何处倚楼吹玉笛(周邦彦)
金粉六朝旧梦(无名氏),暗随流水到天涯(秦　观)

又

寄声沽酒人家(史达祖),何处烟村啼杜宇(赵长卿)
正是暮秋天气(无名氏),那堪疏雨滴梧桐(梅尧臣)

又

随意且衔杯(虞　集),最好是荻蟹初肥莼鲈正美(陈允平)
痛饮莫辞醉(杨无咎),应记取金貂换酒银字吹笙(毛　滂)

又

晴窗霞透(张元幹),谁伴我香宿蜂媒先浮月姊(杨无咎)
醉歌耳熟(吴文英),独自个蚁尊陶写蝶梦悠扬(无名氏)

又

诗兴自写春华(赵彦端),杜牧归来扬州寻旧梦(无名氏)
离情尽寄芳草(张　先),江淹恨别南浦黯销魂(郑子玉)

又

疏竹度轻风(赵晋卿),悄悄画屏莺歌燕舞(无名氏)
圆荷过微雨(晁补之),田田叶底鱼游龟游(柳　永)

又

岩之麓涯之曲一湾秀色盘虚谷(王特起)
山如黛月如钩万重烟水荡扁舟(吴礼之)

又

一笑凭高浩气横秋宇(赵以夫)
十年旧梦心事负春宵(周　密)

又

醉几度春风（吴 激），吹入谁家横笛（和 凝）
怕愁占诗句（史达祖），如今也到鸥边（张 炎）

又

杏花明画船轻樵歌渔唱（曹 冠）
柳枝愁桃叶恨燕语莺啼（袁去华）

又

闲荡木兰舟（晏几道），倚玉笛翠微唤酒（张 炎）
梦入芙蓉浦（周邦彦），放画舸花露侵诗（周 密）

又

会须归老渔樵（柳 永），漫展春风怨（周 密）
认得旧时鸥鹭（张 炎），重见月明桥（张 炎）

又

寄声沽酒人家（史达祖），近日花边无旧雨（张 炎）
遥指前村烟树（柳 永），暗随流水到天涯（秦 观）

又

鸳鸯水宿不知寒（张 炎），写秋笳幽怨（吴 激）
锦瑟年华谁与度（贺 铸），共莺花醉吟（吴文英）

又

莫怪杜鹃啼（程 垓），好梦别来无觅处（卢申之）
已觉莺花谢（柳 永），一春幽事有谁知（姜 夔）

又

先生朗吟（葛长庚），恨逐芳尘去（陈允平）
山翁醉倒（周邦彦），笑随明月归（张可久）

又

莺唤春归（吕渭老），黯销魂飞来蝴蝶（张 耒）
鹃啼梦醒（陈允平），算多情尚有黄鹂（陈允平）

又

春事无多（李之仪），芍药酴醾弄颜色（冯伟寿）
秋风又起（陆 游），露莎烟芰满池塘（柳 永）

又

愿花长好月长圆人长寿（无名氏）
有醉中乐琴中趣画中诗（袁去华）

又

醉几度春风（吴　激），**不管桃花依旧笑**（朱希真）
吹谁家玉笛（和　凝），**只应明月最相思**（魏南天）

又

杨柳为谁春（戴复古），**东阁漫撩诗兴**（无名氏）
莺花犹是主（周必大），**斜阳愁倚阑干**（苏　茂）

又

清溪一叶舟（赵子昂），**长占烟波弄明月**（苏　庠）
碧桃千树岸（无名氏），**乱分春色到人家**（秦　观）

又

山气欲黄昏（叶梦得），**江上晚来堪画**（柳　永）
暮色分平野（周邦彦），**人归绿阴自斜**（李　演）

又

夜酒未苏（史达祖），**同作醉中仙烟霞客**（吕渭老）
旧游如梦（欧阳修），**犹记庾楼月楚台风**（王安石）

又

醉墨题香（周　密），**闲箫横玉尽吟趣**（周　密）
春衫怨碧（史达祖），**高楼短笛试轻吹**（葛立方）

又

斜日杏花飞（寇　准），**莫遣东风误鹦鹉**（陈允平）
孤村芳草远（陈允平），**那堪疏雨滴黄昏**（梅尧臣）

又

无奈月分明（晏几道），**遥山半隐愁碧**（柳　永）
如今燕来否（周　密），**梨花犹怯春寒**（陈允平）

又

烟缕织成愁（王　雱），**小管谁吹横笛**（朱敦儒）
冷香清到骨（尹　焕），**巡檐细嚼梅花**（陈允平）

又

问燕子来时（袁去华），**悄无人这般庭院**（辛弃疾）
看暮鸦飞了（吕渭老），**黯销魂又是黄昏**（柳　永）

又

海棠开后燕子来时黄昏庭院（王　诜）
芳草有情夕阳无语寒食天涯（张元幹）

又

无处说相思（晏几道），**春去春来东风不管**（程　垓）
此意有谁解（无名氏），**花开花落蝴蝶应知**（晏几道）

又

杏花村馆酒旗风（谢　逸），**别有诗肠鼓吹**（赵长卿）
杨柳楼台芳草岸（无名氏），**时傍笑语清佳**（赵彦端）

又

春去几时还（黄庭坚），**过了莺花休则问**（吕渭老）
此境清更绝（无名氏），**凭阑烟水渺天涯**（蔡　伸）

又

一曲狂歌（戴复古），**可更余音寄羌笛**（杨补之）
十年旧梦（张　炎），**欲将心事付瑶琴**（岳　飞）

又

散发吹箫（张　炎），**渐引入醉乡深处**（柳　永）
流莺唤梦（陈允平），**暗惹起一掬相思**（史达祖）

又

未饮且凭阑短笛衔风晴云弄晚（李　演）
长歌自深酌琼壶敲月白发簪花（周　密）

又

尽日醉寻春（尹　鹗），**林亭移酒松泉荐茗**（吴文英）
此境情更绝（无名氏），**竹扉映月花径横烟**（廖莹中）

又

如何留醉翁（刘光祖），**画阁春风十千沽酒**（柳　永）
犹忆旧游客（萧　回），**买花芳事一卷新诗**（李彭老）

又

春风十里柔情（秦　观），只有江梅伴幽独（孙道绚）
寒食几番花雨（无名氏），记得黄鹂语画檐（李之仪）

又

还是燕子归时（袁去华），江湖风月好收拾（黄子行）
惟有花边尽醉（姜　夔），高楼横笛试轻吹（葛立方）

又

野桥时伴梅花（张　先），何处烟村啼杜宇（赵长卿）
疏帘半卷明月（周邦彦），那堪疏雨滴梧桐（梅尧臣）

又

闲弄一曲瑶琴（赵以夫），犹自听鹦鹉（史达祖）
消得百壶春酿（张　雨），留着醉神仙（晏　殊）

又

帘外晓莺啼（薛昭蕴），独占春光最多处（周邦彦）
芦边秋雁过（无名氏），已凉天气未寒时（谢　懋）

又

花影碎月痕深（曹梅南），竟点缀玉梅金柳（周　密）
画屏间碧窗静（张　翥），试细听燕语莺啼（袁去华）

又

别来几度春风（欧阳修），一醉芳杯倒鹦鹉（方千里）
还我旧时明月（张　雨），十年香梦老江湖（方千里）

又

莲娇试晓梅瘦破春（史达祖），留我花间住（姜　夔）
草色拖裙岚光惹鬓（史达祖），莫放酒行疏（赵以夫）

又

短笛醉中吹（汪元量），欲问乡关何处是（赵元镇）
买花声过尽（无名氏），且将尊酒慰飘零（张　翥）

又

故园松菊犹存（张元幹），问陶令几时归去（毛　滂）
寒夜月华初照（曾　觌），动庾信无限清愁（姜　夔）

又

还似王粲登楼（周　密），万里西风吹客鬓（刘改之）
初系放翁归棹（陆　游），满庭芳草又斜阳（张叔安）

又

诗人赏幽姿（无名氏），钓雪松江净洗寒碧（吴文英）
清香来小院（沈会宗），剪梅烟驿愁倚斜阳（吕渭老）

又

谢杨柳多情（张　炎），十里东风劝君醉倒（黄庭坚）
问梅花底事（赵长卿），二分明月不照人圆（无名氏）

又

犹见咏诗人（晏几道），堤柳愁烟岸花啼露（柳　永）
最是销魂处（蔡　伸），苔痕湔雨竹影留云（张　枢）

又

是他春带愁来（辛弃疾），怎得春如天不老（晁补之）
惟有花边尽醉（姜　夔），更教花与月相随（姜　夔）

又

数声别似春莺（吴元可），画舫西湖浑如旧（无名氏）
无言自倚修竹（姜　夔），淡花明玉不胜寒（刘　正）

又

明月又谁家（张　炎），那燕子不曾飞去（史达祖）
修竹更深处（陈同甫），有黄鹂久住相知（晁补之）

又

醉几度西湖（无名氏），载取白云归去（张　炎）
瘦一枝梅影（吕渭老），只应明月相思（魏南夫）

又

唤酒旗亭（周邦彦），倚翠樽小眉初展（吴文英）
剪梅烟驿（史达祖），咏新诗短笛横吹（柳　永）

又

弹泪送春归（汤西村），尽消得庾郎愁赋（周　密）
持杯须我醉（杨无咎），更休道宋玉多悲（柳　永）

又

倚玉笛抚琴心(张　雨),**坐到山高月小**(张　雨)
听黄鹂啼红树(方千里),**任他莺老花飞**(赵彦端)

又

休赋惜春诗(程　垓),**近日花边无旧雨**(张　炎)
莫唱阳关曲(晏几道),**依约林间坐夕阳**(晏　殊)

又

买酒绿阴旁(万俟咏),**帘外笼莺笑人醉语**(周　密)
梦绕烟江路(吴文英),**梅边吹笛先生朗吟**(葛长庚)

又

春愁堆在阑干(周少隐),**碧草如烟花自雨**(张　炎)
月痕依旧庭院(晏几道),**炉香欲尽酒初醒**(欧阳炯)

——以上均选自程柏堂《宋词集联》

第十三章 故 事 类

孔子拜师

传说孔子做四轮车周游列国途中,遇一小孩(项橐)在路当中堆石头做游戏,并说他在“造城”,无城让车之理。孔子见其自夸无所不晓,便连出两个上联,小孩均对答如流。第一联是:

踢倒垒台三块石(孔子出)

劈开出字两重山(小孩对)

第二联是:

出水青蛙穿绿袄,美目盼兮(孔子出)

落汤虾子着红袍,鞠躬如也(小孩对)

最后孔子被小孩问倒,即下车拜其为师,曰:“三人行,必有我师。”

——《丹阳的传说与歌谣》

孔夫子问联

传说孔夫子带弟子出游途中,见一农户门上贴着一副对联,久思不解,遂请教户主,户主答道:“老夫子见笑了,这副对联写的是我家的事。小老儿有闺女十个,一个闺女一千金,十个闺女就是十千金了,所以上联说‘**家财万贯不算富**’。小老儿膝下无子,常言道女婿是半子。小老儿十个女婿,个个争先孝我,与那些常和儿子、媳妇争吵的人家相比要有福气多了,故下联说‘**膝下无子亦有福**’。”孔夫子闻言连呼“妙哉”!

——《丹阳的传说与歌谣》

朋友间的玩笑

北宋扬州人陈亚与福建人蔡襄是一对好朋友,两人均精于书法。一次,他们在镇江金山寺相会饮酒。蔡襄开起了玩笑,他写了一副上联："**陈亚有心终是恶**。"陈亚一看，立即"反击"，题笔写道："**蔡襄无口便成衰**。"上联用合字法，下联用拆字法，对仗工整，谑而不虐。

——据《清乾隆镇江府志》等改写

一字之易

王斿，字元龙，父亲叫王安国，字平甫，是王安石的弟弟。王斿与苏东坡也是文友。他为甘露寺山门写一副对联"**平地风烟飞白鸟，半山云水卷苍藤**"，自己认为很不错。苏东坡说："这副对联的精神全在一个'卷'字上，但可惜'飞'字不相称。"王平甫请苏东坡修改，苏东坡遂将"飞"字换成一个"翻"字，王平甫十分佩服。

——据《楹联丛话全编》改写

难对今有对

相传宋代王安石曾出题三难苏东坡，其第三难是出句求对，共有三句，其中第三句是：

铁瓮城西，金玉银山三宝地

镇江古代曾名铁瓮城。城西有金山、银山、玉山。苏东坡虽然游览过，但寻思多时，不能成对，只得谢罪而去，一直没有人对出下联。

近来有一高手，叫黄维善。他经过思索，对道：

柳子港外，松柏杨溪七彩天

黄维善这个对句妙在用了一个"外"字，柳子港在湖北，一个外字就放宽了对方位的要求，松溪在福建，柏溪、杨溪在安徽，均可为其所用。最后一个"七彩"也起到了同样的作用。

——据《古今楹联拾趣》等改写

包公对对

传说宋代丹阳有两个相公一块点灯阁楼读书时，触景生情，吟出上联："**点灯登阁各攻书**。"然下联无着。恰逢包公路过丹阳，在后花园赏玩时，巧对下联："**移椅倚桐同玩月**。"

——《丹阳的传说与歌谣》

“何水”对“无山”

金山寺和尚佛印，一次与苏轼、苏辙兄弟出游。游到巫山时，佛印出对：“**无山得似巫山好。**”

苏轼不假思索，对曰：“**何叶能如荷叶圆。**”

苏辙说：兄长下联还不甚工，不如改为：

“**何水能如河水清。**”

佛印与苏轼一听，齐声叫好。

——《中国历代对联故事选》

苏小妹难佛印

苏东坡与佛印和尚谈论佛事，被躲在帘子后面的苏小妹听到了，她有意刺一刺佛印，便写了一句上联，叫使女拿出去，让佛印对下联，上联是：

人曾是僧，人弗能成佛

佛印知道是挖苦自己，经过一番思索，写出了下联：

女卑为婢，女又可称奴

苏东坡见了连称上联有意思，下联对得工整。

——《古今楹联拾趣》

赠联切姓之滥觞

宋时，京口人韩香除夕夜请客，在大门上写了一副对联：

有客如擒虎

无钱请退之（“请”字一作“寻”字）

上联“擒虎”指隋代大将韩擒虎，是他带兵攻入建康城，灭掉了陈朝。下联“退之”为唐代文人韩愈的字。上下联均暗含“韩”姓。据梁章钜说，这副对联也是后来赠联切姓之滥觞。

——据《楹联丛话》等改写

巧对见襟怀

明代镇江人靳贵 26 岁中进士，官至武英殿大学士。他见比自己年长的丁致祥(武进人)中进士时已到天命之年,遂出一上联:“**五十致祥,金榜题名终到手**。”除巧释其名以示祝贺外,也有自己年少得中的几分得意。丁致祥的下联则答得很得体:“**一朝靳贵,玉堂无处不阳春。**”“靳”有“取得”之意,“玉堂”即为宫殿之美称,“阳春”比喻“德政”。既是对靳贵官德的称颂,也含有中进士不论早晚,只要为官时能造福百姓即好之意。

生题死对

相传,明末小说评点家金圣叹一日到金山寺游玩。寺内长老出“**半夜二更半**”让他对,一时未能对上。后来,他因官司被判死刑,临刑时正值中秋,竟然想出了下联为“**中秋八月中**”。

乾隆帝在句容

传说清朝乾隆皇帝下江南时,一日到句容白兔地面,因口渴难耐,到一妇女家中讨水喝。临走时正当中午,有一只白雄鸡对着他叫了三声,他当即出了一副上联:

“**来白兔,白兔村白鸡啼白昼**。”近黄昏时分到了黄泥坝,有一只黄狗对他吠了,乾隆帝随口吟出下联:“**到黄坝,黄坝庄黄犬吠黄昏**。”

——《丹阳的传说与歌谣》

歌姬对拆字联

乾隆皇帝爱好对联。有一次与告老还乡的宰相张玉书对饮,一边还听着一个姓倪的歌姬演唱。两人酒过三巡,诗兴大发。乾隆帝望着歌姬吟了一上联:“**妙人儿倪家少女**。”这是拆字联。“人儿”组为“倪”字,“少女”组为“妙”字。张玉书思索很久,不能对出。歌姬小女孩则对了一句:“**大言者诸葛一人**。”“言者”组为“诸”字,“一人”组为“大”字。乾隆帝听了叫绝,并叫赏酒。

老宰相为少女倒酒。不料,美酒所剩无几,只滴了几滴。少女见状,说:“小女不敢劳大人斟酒,只是眼下有一联,请大人对下联:'**冰冷酒,一点、两点、三点**'。"

老宰相拍了半天脑门,没有对出。乾隆帝便悄悄指了指窗外的丁香花,老宰相顿开茅塞,对道:"**丁香花,百头、千头、万头。**"

酒宴结束后,乾隆帝看着窗外小雨,心里仍想着对联,便指着窗外道:"**冻雨洒窗,东两点、西三点。**"

谁知还没等请别人答对,那少女便指着正在切西瓜的仆人说:"**切瓜分片,横七刀、竖八刀。**"

——《笑联广记》

张玉书的传说

传说大学士张玉书从小聪明智慧,但生性顽皮。一天,先生王秀才外出会友,回来见张玉书功课已做,但一味玩耍,有心严管,便出上联:**横七竖八不成规矩,你能成就功名**?让其应对。谁知道先生上联刚出,张玉书便对出下联:**吆五喝六缺乏涵养,如何教好学生**。

先生见张玉书应对自如,无法续教,乃辞馆而去。

——《丹阳的传说与歌谣》

张玉书对对

传说张玉书小时候家境困难,靠舅舅周济读书。这年初一,他也没什么玩的,一闯闯到丹徒县衙,就敲起升堂鼓玩起来。这一下惊动了县官,问为何击鼓,答:"你不见街上到处锣鼓喧天?"县官欲试其学问,便出了对子:**除夕月无光,点数盏灯替乾坤增色**。张玉书立刻回答:**春天雷不动,打一棒鼓代天地扬威**。县官见其对答如流,便留其读书,着力培养。后来张玉书 18 岁中秀才,以后官至体仁阁大学士。

——《丹阳的传说与歌谣》

奇才周渔璜

清代诗人周渔璜,名起渭,号桐野,贵阳青岩人。一日在镇江金山游览。金山长老听说周渔璜生于“荒蛮之邦”，心存鄙夷。恰好暴雨骤至，面对江边的沙滩，长老说：“贫僧偶想到一副对子的上联，不知如何应对，恳请赐教。”接着念出上联：

雨打沙滩，沉一渚，陈一渚

周渔璜知道长老有意考察，指着祭坛上摇曳不定的蜡烛说；

风吹蜡烛，流半边，留半边

长老十分惊骇，连声称赞：“奇才！奇才！”

——《古今楹联拾趣》

自取其辱

丹徒上党镇横山脚下，有个西林寺，寺里有个耕岩和尚。有一天正在殿堂禅坐，有几名青年公子来寺内游览，步入殿后见大和尚闭目禅坐，无人接待，心颇不悦。恰见庭院内堆放着几棵砍下的松柏树，遂拈纸信笔写了一上联：

松柏树，死木头，何方长老

耕岩和尚发现后，也不多语，执笔对了下联：

青绿豆，真杂种，那里野生

几个青年回转时，见到下联，为之赧颜，原是怪和尚怠客，借机辱骂，不料反自取其辱。

——《丹徒风物》

死了还要对对子

从前的一个冬天，农村某私塾先生正呵冻凝思。他应学生要求，正在构思一联语，只见他铺开纸笔，写出“**口呵冻笔唇沾墨**”七个字。学生看看对不出来，私塾先生自己想想，也对不出来。但他偏要对出来，遂日思夜想，竟然抑郁成疾而离开了人世。

他这一死，私塾这间房子也不安稳起来，经常莫名其妙地闹鬼，没有人敢在里面住宿。一天，有位过路客人住在这里，半夜里鬼来了，要求客人对出“口呵冻笔唇沾墨”的下联。客人构思了很长时间，没法对。这个鬼缠着他不肯罢休。客人很着急，忽然看见桌上的油灯快要熄灭了，便用手去剔油灯花，这一剔，灵感来了，说："有了。**手剔残灯指带油**。"鬼听了大笑而去。从此这间房子再也不闹鬼了。

——据《楹联剩话》改写

讽某县官

从前，有个县官很会想点子捞钱，他写了一份奏折给他的上级，要求增设捐卡。于是，有人为他写了一副对联：

一道捐，六道卡，十道条陈，商贾闻之皆裹足

七品官，四品衔，二品封典，祖宗吓得乱翻身

——据《楹联剩话》改写

善对的小和尚

金山寺有一小和尚善于对对联，润州某太守出一对子说："**史君子花，朝白午红暮紫**。"小和尚接口说："**虞美人草，春青夏绿秋黄**。"

——据《楹联丛话全编》改写

投联筹盘缠

清道光年间，丹徒人严保庸在参加会试结束后离开北京，路过山东时，发现身上带的钱不够用了。正好一同参加科考的南通人徐树人在泰安府当巡抚，严保庸便去找他。这天，雪下得很大，而严保庸身上衣服很单薄，徐府的门人看不起他，反复盘问。于是，严保庸拿起笔来，在名帖（相当于现在的名片）上大书了一副对联：

千里而来，徐孺子可容下榻

一寒至此，严先生尚未披裘

名帖送进徐府，徐树人急急忙忙跑出来迎接。不但挽留严保庸住了几天，好好招待，临走时还送了一笔盘缠。

——据《楹联剩话》改写

严保庸自勉

丹徒严保庸回忆说:“我在栖霞做地方官的时候,经常接到我父亲的来信,教我如何做人、如何做官,有一次寄来一副对联:

职在地方,但无忘该管地方,即为尽职

民呼父母,倘难对自家父母,何以临民

我收到后用大笔写出来,挂在办公的地方,朝夕用以自勉。”

——据《楹联丛话全编》改写

对势利和尚的讽刺

以前某寺有一和尚,人很机灵但十分势利。一天,江苏省的学使穿着便装来游览,和尚以为他是一般的读书人,态度上不甚礼貌,只是说“有坐”、“倒茶”。学使也不理会,欣赏着墙上的对联,并且指着本郡守的一副对联说:这个人是我的“同年”(指同榜中科的举人或进士)。和尚一听,态度立刻有了变化,急呼呼地请学使入座,并说“请坐”、“泡茶”。过了一会儿,两人谈到地方最高行政长官——总督时,学使说:他是我的亲戚。和尚一听“膜拜不止”,大声叫道“请上坐”、“泡好茶”,卑躬屈膝,极尽谄媚之能事。最后,他终于了解到学使的身份,便拿出宣纸冷金笺请学使留下墨宝。学使挥笔写道:“**有坐请坐请上座,倒茶泡茶泡好茶**。”

学使写完,意犹未尽,又加写了跋语,介绍这副对联的由来,并且命令和尚用木板镌刻两副,一挂方丈室,一挂客堂,还交代说:三年内如果撤去,必予追究,我将派人来检查。知道这件事的人,无不拍手称快。

——据《楹联剩话》改写

赵曾望儿时有捷才

赵曾望回忆说:我父亲教我们兄弟读书,是每人各学一本书。我那已经死去的弟弟燕谋学的是《诗经》,我读的是《尚书》。一天,我父亲的一位好朋友经过私塾,他问我:“会对对联吗?”我说:“会,已经学到七字联了。”他又说:“我只想试试你六字联,你听好

‘**四方东西南北**’。”我苦思很久，才对道：“**五辰春夏秋冬**。”他又说：“**四方南北东西**。”我立刻对道：“**三德刚柔正直**。”

——据《江南赵氏楹联丛话》改写

润州太守的厅事

黄右原说过一故事。

某润州太守新修好一办公场所，派人带着礼物和润笔去找吴山尊学士，求他为办公场所写一对联。吴山尊一听，立刻动笔写了起来。上联用镇江金山银山为话题，写“**山色壮金银，唯以不贪为宝**”，用以赞美太守的清廉，围观人高声叫好，并请他快出下联。谁知他仓促上阵，事前并没有考虑好，一时想不出合适的下联。正在为难时，幕僚郭香生秀才说：“是不是用‘**江流环铁石，居然众志成城**’比较恰当?”这是指镇江这个古老的铁瓮城可成为南京石头城的外围。吴山尊一听，觉得不错，很快就写好了。

吴山尊既佩服郭香生的敏捷，又感激他在为难之际解了围，就将他得到的润笔分了一半送给郭秀才。

——据《楹联丛话》改写

集句联也有好的

梁章钜在《楹联丛话》中说：翰林徐花农给我看过一本《集句楹联》，是丹徒人邹宝德(镜堂)所作。虽然都是集句联，但同自己写的差不多，对得非常的巧。例如，写北固山一联说：“**我辈复登临，旧业已随征战尽**”；下联是“**大江流日夜，天风常送海涛来**”。焦山枕云阁一联则是“**江声不尽英雄恨**”，对以“**山色常留天地春**”。是邹宝德集的上句，徐花农对的下句。

——据《楹联丛话全编》改写

对联也可规劝人

有个丹徒人，叫张伯冶，虽然官职是巡检(武官)，但与他的夫人钱莲因(守璞)均以诗画闻名于时。而写诗则钱莲因更胜一筹。

她曾经因为丈夫伯冶会喝酒又健谈而写了一副对联：

人生惟酒色机关，须百炼此身成铁汉

世上有是非门户，要三缄其口学金人

——据《楹联丛话全编》改写

冷泉亭名联的镇江版本

杭州西湖冷泉亭正对飞来峰，原有一副对联：

泉自几时冷起

峰从何处飞来

左宗棠任浙江巡抚时，重写了一联：

在山本清，泉自源头冷起

入世成幻，峰从天外飞来

后来俞樾在杭州讲学，在西湖边住的时间长，他的女公子看到这副对联，笑着说：为什么不讲：

泉自冷时冷起

峰从飞处飞来

俞女公子的话在当地广为流传。赵曾望听到了，笑着说，应当讲：

泉自未冷时冷起

峰从不飞处飞来

——据《江南赵氏楹联丛话》改写

阮元作联刊古籍

清代，镇江有个盐商，想求体仁阁大学士阮元写一副对联。阮元不同意。这个盐商不死心，千方百计找人疏通关系。阮元叫人带口信说："我有两部有关镇江的旧书，应该由镇江人重印发行。如果你愿意帮助做成这件事，我一定写一副对联来报答你。"这个盐商答应了并付之行动，阮元立即写了一副对联作为奖励：

古籍待刊三十载

旧闻新见一千年

在刊行书的后记中，阮元又说："嘉庆年间，我收集到宋嘉定和元至顺年间的两部《镇江府志》，都是《四库全书》没有收进去的书……一搁三十多年了，却没有人过问。辛丑年，丹徒包怡庄学兄请求刊刻这两部书。镇江的书由镇江人保护，太好了……因高兴而记下这段话。阮元撰并书，时年七十有八。"

——《楹联丛话全编》

焦山一联的由来

焦山水晶庵有长沙陈恪勤亲笔书写的一联："**山月不随江水去，天风时送海涛来**。"

后记中说："此山中旧联，不知为何人所作……我很喜欢它，但是它对得不很工，也许是传抄中的问题，因此我把'江月'换为'山月'，'流水'换为'江水'。"

在自然庵中也有这副对联，是林则徐书写的，对联全文是：

江月不随流水去

天风直送海涛来

林则徐后来说："这是朱熹的句子，陈恪勤不知，因此我重写一遍。"

梁章钜认为：陈恪勤固然不应该随便改动前人的诗句，而林则徐也没弄明白句子的来历。这是宋代赵汝愚同林择之、姚宏甫游玩福州鼓山的诗句，朱熹很喜欢，从中选出"天风海涛"四字写在摩崖上，后来又有人建了一座"天风海涛亭"。现在亭子已经毁了，摩崖上的四个字仍在，这两句诗也流传至今，不知道的人就以为这两句诗是朱熹写的了。

梁章钜还说：这副对联写福州鼓山固然很好，将它移来形容焦山，则情景更为真切，所以我很高兴地把它的来历分辨清楚。

茅以升母亲善撰联

抗日战争期间，重庆某家报纸刊登一镇扬人士撰的上联，征求下联：

小大子,上下街,由南到北买东西

联中地名、人称和语言皆有镇扬色彩。当时,桥梁学家茅以升的母亲韩石渠应征对了下联:

老少将,左右派,愁冬虑夏度春秋

联中"老少将"指茅以升二叔茅乃封。茅乃封在辛亥革命后授少将军衔,晚年生活潦倒,且对重庆当局抗战不力怨声频频,故韩石渠据此对出下联。

——《桥梁专家茅以升》

法度与钱还

原镇江女子职中校长法度,长期从事教育工作,解放前生活非常困苦,甚至连春节都没法过。有人在报上登了一则上联:"**法度度年无法度**。"恰巧,镇江有一税务局长叫钱还。一天吃得醉熏熏的,看到了报纸,说"他法度度年无法度,**我钱还还债有钱还**。"

——《镇江日报》吴蕾《对联趣谈》

丹阳三茅宫门联

丹阳三城巷束家十分富有,南门麦溪的张家人丁兴旺,一村有800多户人家。相传有一年春上,束、张两家同到三茅宫烧香,一道士在宫前筹募经费准备修建宫舍。束家答应出钱买木料和砖瓦,而张家出不起钱,只得答应将所有的木料和砖瓦运到工地。到年底,三茅宫建成,大殿镂上了一副对联,联曰:"**富贵三城巷,人丁麦溪张**。"这副对联在20世纪初曾有人看到过。

——《丹阳风情》

挽钱选联

钱选,丹阳司徒钱甲村人。原为农村塾师。1929年任丹阳第八区区长,驻丹阳全州镇。任职期间,钱提倡破除迷信,移风易俗,身为表率,深受百姓爱戴。1931年,因触犯权贵无端遭人侮辱殴打。次年病殁,年46岁。钱选死后,乡里进步人士在丹阳公园举行追悼会，追悼会上挽联很多，其中一联云：“**姓钱性不钱，毕世胸怀，最妒金钱主义；名选实当选，一生工作，保定遴选方针。**”

——《司徒乡志》

撰联明志

钟汉章，丹阳司徒楼下村人。17岁应童子试，中清光绪壬午(1882)科秀才。同年受聘为塾师。民国初年，有人劝其出任会长、议员等，钟汉章一一婉谢，明确表示：“我志不在此，毋相强也。”又作联以自箴，联云：

我实无能，辞会长，却议员，甘心放弃利权，非以鸣高藏拙耳

人宜有守，率旧章，监成宪，雅意扶持名教，不同流俗是贤乎

——《司徒乡志》

焚教堂作联褒贬父母官

清光绪十七年(1891)四月，丹阳城内民众于桑园中掘出育婴堂抛弃孩童尸骨甚多，众怒举火焚毁举办育婴堂的教堂，并驱逐神父。在处理这一事件过程中，知府王仁堪保护百姓，而道台黄某却阿附夷人。士人作一联美王刺黄曰：

重民命，爱民生，镇江府知府有知，民之父母

得鬼钱，做鬼事，孽镜台道台无道，鬼之子孙

——《司徒乡志》

妙联对鲍玄

南海太守鲍玄想试试葛洪的学识深浅，便搜罗了一些认为比较难对的联语，让葛洪应对。他女儿鲍姑知道了，就劝说道：“听说葛洪现在处境不佳，心情很不好，希望你不要过分为难人家。”鲍玄笑道：“你放心，我会看风下棹，适可而止的。”

葛洪接受了鲍玄的邀请登门拜见鲍玄。

鲍玄见葛洪前来，抱拳当胸说：“**下官有幸请来上客。**”

葛洪深深一揖说：“**后生诚心晋见先生。**”

鲍玄听葛洪出口即是联语，深感奇异，接着说："我曾经拜过你从祖父葛玄为师。想到你们句容有两大名山，偶得一上联叫：'**宝华山，大茅山，两山并出**。'可惜缺个下联，能否请你补上？"

葛洪一听，知道这是个拆字联，正想着怎样应付，那站在一旁倒茶水的鲍姑，借送茶的机会，悄悄递给他一个纸团。他打开一看，笑了笑，然后说："晚生对的下联是'**香烛火，丹炉火，二火交炎**'。"

宝华山是佛教圣地，离不开香火，茅山是道教圣地，专擅炼丹，香与佛，丹与道，紧密关联，鲍玄暗赞几个"好"字。而后，他又指着书桌上笔筒里的一支毛笔说：

尖尖笔，小大由之

这又是一个拆字联，葛洪在思索着。鲍姑又把一个纸团子抛到葛洪的脚边。葛洪拾起来一看，又笑了笑，随即顺口道："**锵锵墨，将金不换**。"

这次鲍玄的眼睛尖了，发现了女儿的小动作，噢，原来是女儿做了葛洪的枪手，为他解围，难怪他能这样对答如流。不过他见女儿这样关护葛洪，内心也很高兴，就带着一种戏谑的口气说："**好女子亦生外相**。"

葛洪知道他怀疑对联出自其女儿之手，这倒是不能不坦诚相告的，于是正色回答道："**仙人山不借他石**。"同时，将鲍姑塞给他的两个纸团交到了鲍玄手里。

鲍玄一看，非常意外，原来鲍姑在纸条上写的，和葛洪在口头上答的，并不一样。纸条上的第一个下联是："**高僧人，妙道人，二人升天**。"第二个下联道："**重重山，千里长白**。"

虽然与葛洪应对的有异曲同工之妙，但葛洪并未采用，看来他真的是小看葛洪了。

这时葛洪站起来向愣在一旁的鲍姑施礼："鲍小姐，你才思敏捷，胜我一筹，你的一番盛情，我也心领了。不过今天我在鲍老先生的面前，不敢藏拙，只得自己献丑了。"

这一番十分谦虚得体的表白，使鲍玄父女俩都很心服。

两副拆字联都没有难倒葛洪，那鲍玄心里想，不如用些地名、药名、神仙名等再来试试，就说：“我们南海有一座青草桥，曾有人悬一上联为：‘**青草桥，青草鱼口含青草**。’至今无人对出下联，你看对什么为好？”

葛洪道：“我们句容有一黄梅集，愚意可对：‘**黄梅集，黄梅树梢结黄梅**。’”

鲍玄又说：“我们南海还有座八仙祠，悬一上联叫：‘**曹铁汉仙洞采果子**。’亦多时缺对。”

葛洪道：“下联可对：‘**茅屋顶天空望虬龙**。’”

鲍玄一时不解其意，鲍姑插言道：“爹，你到过句容，怎么不知道那里有茅山、瓦屋山、大顶山、天王山、空青山、望母山、虬山、长龙山？人家这是以八山对八仙啊。”

此刻，鲍玄才恍然大悟，但还不肯罢休，继续言道：“听说贤契精通医学，有几首药联还想请教。第一个上联叫：‘**白果黄皮树**。’”

葛洪随声应道：“**黑丑红筋条**。”

接着鲍玄又出了第二个上联：“**木贼牵牛，当归熟地**。”

这是用四味药名编成的两句戏言，就是说，有个木头木脑的贼，偷了牛后，不知怎么藏法，还是沿着来路牵回家去。

葛洪略一沉吟，笑对道：“**常山滑石，甘遂艾草**。”

鲍姑听了，不由得两颊绯红，因为鲍姑专擅用艾草给人治病，“鲍姑艾”是出了名的。而现在葛洪自比“滑石”，并表示“甘遂”“艾草”，这弦外之音，岂非是有意于鲍姑？这真叫心有灵犀一点通啊。

至此，鲍玄完全折服了，慨叹道：“**捻断数根须，才识一明珠；后生真可畏，老朽自认输**。”葛洪彬彬有礼地站起来，回答道：“**下联玉米须，上联乃珍珠；大戟试下蓟，鹤虱岂言输**？”

这里葛洪表示得更加谦逊，他把鲍玄出的上联比做珍珠、大戟，而把自己应对的下联比做玉米须、小蓟，并称今天这场面试很为合适（鹤虱谐音），不存在什么“输”字。鲍玄听了这番话，更对眼前这位超凡脱俗的青年增加了三分喜欢。

——《句容民间故事》(徐余收集整理)

乾隆帝南巡遇章翰

清乾隆二十一年(1756)春二月,乾隆帝第二次南巡,车船并发,浩浩荡荡,不日来到龙潭,下榻在行宫。在行宫里,他暗自思量寻父之事,他觉得这一次不能像上次那样贸然行动,不妨先在周围村舍暗访一下,看看有无新的线索。

第二天,乾隆帝便衣简从,向西而行,到了东阳镇。这东阳镇与龙潭镇同属句容县琅琊乡,相隔仅五六里地。乾隆帝一行在镇上转了一圈,然后在一家茶舍里坐了下来。他要了几杯清茶,边喝边向茶客打听隆昌寺的情况。一茶客说:"要打听隆昌寺佛事,可去樟桥村,那里有一个隐士,姓章名翰,字鹏翔。此人学识渊博,琴棋书画无不精通,尽知天下之事,名山寺院无有不晓。"

于是,乾隆帝找到了樟桥村。章翰鹤发童颜,精神焕发,乾隆帝与他寒暄一番后,说道:"闻说老先生棋艺高强,学识渊博,特来请教!""哪里哪里,老朽浅陋,后生可畏!"

在书房内,乾隆帝同章翰一边下棋,一边聊了起来。乾隆帝正欲将话题转向隆昌寺,猛然看见一副写得苍劲有力的对联悬挂墙上:

京口金山经殿,敲钟惊醒当今皇帝

龙潭隆昌笼房,认佛浓醉昔侬阁老

乾隆帝一惊,这上联不正是朕出的吗?便故意问道:"章公,墙上对联为何人所作?"章翰道:"去年老朽去京口金山寺拜佛,与一老僧交谈所得。此上联乃当今皇上第一次下江南登京口金山寺所作。这上联有五个同音字,听说至今无人对出下联,后来我上宝华山隆昌寺进香,说给柴房一做馒头的老僧听,不料他却对了这个下联。此下联对得颇为工整。"乾隆帝道:"你可闻说山上有位浙江海宁的高僧,原为京城阁老,后来落入佛门这段奥妙?"章翰道:"此老僧自称南通州人氏,但其口音却似浙江海宁人。"乾隆帝一听顿来精神,要章翰细细说来。章翰想,此人为何对此事如此关注,心中便有了警觉,似曾听说几年前圣驾临幸龙潭宝华山寻父,近来又耳闻乾隆帝已二下江南,再细看访客及随从皆举止庄重,心中不禁打了个寒颤。他便推说所知仅此,舌头一转又扯到弈棋上去了。

——节选自《句容民间故事》

二 圣 桥

二圣桥这个地方有条河,过去河上没有桥,南来北往的人很不方便,于是群众凑钱,大家出力,造了一座桥,叫"义成桥"。

谁知有一年发大水,把桥给冲垮了,有两尊菩萨顺着水直往上漂,一漂漂到当坊,直打转转,不走了。老百姓很奇怪,咦,菩萨是烂泥做的,怎么不往下沉,还往水上漂呀?他们不知道这两尊菩萨外面贴的是很讲究的泥和金,骨子里是木头做的,所以才不沉。大家把这两尊菩萨捞起来,一看,一个是圣先师孔夫子,一个是亚圣孟夫子。他们看到当坊有两棵白果树,长得蛮稀奇的,就在那地方造了一座庙,叫"二圣庙"。

有个陈老汉,家里穷得叮当响,除了两间破草房、半截坏米缸外,别的什么也没有。不过造庙、造桥是大家的事,他也勒紧裤腰带去参加了。在挖土的过程中,他发现地底下有块石板,猜想下面定有什么财宝。那时候的人呀,头脑子很单纯,笃信一条:是我的就是我的,不是我的不能拿,所以他就不往下挖了,用土将石板盖好,也没告诉任何人。庙造好之后,谁来造桥呢?富的不吭声,有钱不肯出;穷的干着急,没钱没办法。这时陈老汉出头了,他说:"我来!"穷得家里烟囱都不冒烟了,灶台上老鼠都跑了,你还能有钱造桥?算了吧,吹什么大牛?大家都不相信,把他的话当做是"疯话"。陈老汉拿起一把大铁锹,把原来盖起来的青石板撬开,哦,石板下面摆着一缸黄灿灿的金子,一缸白花花的银子。有钱好办事呀,桥就这样造好了,起名"二圣桥"。

清代光绪四年(1878)发大水,把桥又给冲断了。一断就是八年,这急坏了两个人,一个是县官张允清,一个是富商陈鸿春。张允清想:如断桥不修好,我怎么称得上是清官?陈鸿春想:这桥是在我父亲手里修的。现在断了,不修好它,我怎么算得上是陈氏子孙?于是两人合计,在清光绪十二年(1886)发起募捐,次年九月终于将桥又修好了。当地老百姓说:“这桥原名二圣,张知县和陈老板虽非孔孟,但他们两人苦心修桥,也属于圣贤行为,还叫它二圣桥吧。”

有位老塾师,欲给二圣庙撰副对联,上联想出来了,叫:“**义成二圣,一桥四通八达十方便**。”可是下联怎么想也想不出来了。于是只好先悬上联,下联空着等高人应对。有一天,茅山道院的明空道长路过二圣庙,见到只有上联,没有下联,连声称道:“善哉,善哉。”欣然拿笔,补写了下联,曰:“**淮源三茅,五仙百世千秋万古传**。”因为重修二圣桥时,茅山的三宫五观也曾捐赠了一笔重金,所以造这座桥,三茅祖师也是有功德的。有人弄不懂,只听说过八仙,没有听说过五仙,就问明空道长,这五仙的出处何在?老道长伸出五指道:“二圣加上三茅,不就是五仙吗?”

因此,二圣桥和三茅祖师还有这么一段善缘呢。

——选自《句容民间故事》云雾山、苍梧石搜集整理

华阳骆星阶

清代同治年间,原籍兴化的骆南云迁来句容城落户,当他到达新建骆家巷时,只见后面紧跟着一部土车、一头小驴子。土车上面装的全是书籍,小驴子身上驮着两麻袋东西,打开一看,原来一袋是山茶花苗,一袋是栽花的黄土。真怪,人们纷纷猜测,他不是个赶考的就是个花贩子。其实一个也没有猜对,骆南云是教馆的一个先生,怎能离得开书?山茶花一向是他酷爱的欣赏之物,所以他迁居时连花和土都带来了。

清光绪十九年(1893),骆星阶出生了。17 岁时,父亲骆南云让他到湖熟镇去拜名医张栋梁为师,学习中医。

骆星阶来到张栋梁诊所不久,一天,张栋梁和一位姓仲的老先

生下象棋,骆星阶就在一旁侍候茶水。张栋梁先跳了一步马,那仲老先生也跳了一步马。张栋梁笑了笑说:“各跳各马嘛。”这时他突然想起要考一考骆星阶,就说:“星阶啊,你不要在这里端茶送水了,我偶尔想起一副上联叫‘**各跳各马**’。你给我对一副下联,回头让我看看。”

张栋梁下完一局棋之后,只见骆星阶已把下联对好了,不是一副而是两副,一为“**长用长弓**”。另一为:“**人切人中**”。各马合起来是个“骆”字,长弓合起来是个“张”字,人中合起来是个“仲”字,在场三个人的姓都嵌进去了。张栋梁不由得暗暗赞佩这孩子才思敏捷,应对得体,但不知他医药基础知识如何?于是接着说:“星阶啊,我听说你跟你父亲不但学了文化,还读了不少医书,我要你按东西南北开头,道出四味药名,如何?”骆星阶略加思索,就朗声应道:“**东党西升麻,南枣北山楂**。”

张栋梁不由得慨叹道:“孺子可教,后生可畏也。”

张栋梁对骆星阶十分钟爱,视如己出,随时带在身边,让他细心观察自己是怎样诊脉看病、处方施药的,悉心教授他医学经验。三年学下来,骆星阶已成为张栋梁的得力助手。

骆星阶在湖熟镇诊所干了一年,即拜别师傅,回到句容,在骆家巷自己家里挂牌行医。1930年,骆星阶参加国民政府考试院的考试,当时参加考试的有几百人之多,而录取名额只有十几个人。在试题当中,有两则悬上联、填下联的对联,一则叫做:“**全虫全蝎**。”另一则叫做:“**一枝花,一扫光**。”这些都是药名,有些考生即以药名相对,如“全虫全蝎”,就对上“丹参丹砂”,“一枝花,一扫光”,就对上“三棱草,三角藤”。而骆星阶却与众不同,没有拘泥于药名对药名,前一则他对的是:“**一心一意**。”后一则对的是:“**百味药,百片丹**。”主考官看了很是满意,作为医生,就是要“一心一意,一片丹忱嘛”。于是将他名列榜首,从此骆星阶在中医学界声名大振。

骆星阶言行一致,同时把师傅张栋梁经常说的“**愿做良医,不求富贵**”和“**病人但看一线生机,医生要花十分力气**”这两句话作为座右铭，身体力行，获得广大群众的爱戴。他行医30多年，治好了无数病人。

1949年5月，骆星阶奔波劳累，心力交瘁，不幸与世长辞，享年56岁。骆星阶去世后，其医学事业由其子骆建勋、其孙骆志平继承。

——节选自《句容民间故事》李芳、继安搜集整理

道士题联醒逆子

从前，苏南某农村有对年轻夫妇平时恩恩爱爱，小日子过得非常滋润。但是，他们对年迈的父母却怎么也看不顺眼，整天横挑鼻子竖挑眼，不是打就是骂。老父老母忍气吞声，以泪洗面过日子。不知怎么回事，小两口结婚三年多，却还没能得个子女，眼看这家的香火就要断在他们手里，两人着了急，到处寻医访药，总是没有结果。有一天，夫妇俩打听到茅山道院"菩萨"十分灵，便相约在次年的农历二月半一起去茅山烧香求子。

这事传到了茅山顶宫的一名老道士耳中，老道士灵机一动，便想出一副对联贴在王灵官"菩萨"身边，准备到时教育这对年轻夫妇，回家孝顺父母，积德生子。

第二年的农历二月半，小两口买来满满一大篮香烛，满怀希望地来到茅山顶宫。早已等候在那里的老道士趋步向前，施礼道："看两位施主满身疲惫，且又心事重重，必是远道而来。敢问施主来此有何事相求?"小两口赶忙回礼，那男的只笑而不言，这女的含羞地说道："老师傅，我们夫妇俩结婚三年了，尚未得子，今日特来求神灵保佑，但我们从来没有烧过香，还得请师傅多加指点。"老道士微微一笑，说道："原来如此，那请跟我进殿吧。"说完，便把两人领到了王灵官面前。夫妻俩抬头一看，那灵官神横眉竖眼，手执钢鞭，脚踏风火轮，威势逼人。还未祷告，就已吓出了一身冷汗。烧罢香，磕过头，又听那道长说道："请你们两位仔细看看这里的对联。"夫妻俩抬头一看，只见上联是："**在家不孝双父母**。"下联是："**何必灵山见世尊**。"横批是："**你也来了!**"看罢，小两口你看看

我,我看看你,那个心中愧啊,也说不上是个什么滋味,似乎有了开悟,便又急忙朝灵官神跪了下去。打那以后,小夫妻俩再也不敢虐待老人了,每天端茶送饭,精心侍奉,积了许多善行。一年后,两人终于得了个白胖胖的儿子。一家人日子过得和和美美,像蜜似的甜。后来,茅山的这副教子联便被人们传为佳话。道士将它刻为石碑,竖在大殿两侧,一直保留到今天。

——选自《句容民间故事》汪荣生、冯可搜集整理

三顾道观访三仙

为了救治新四军伤病员,陈毅想了很多办法。

一次,他听说,有个姓辛的老道曾在镇江城里开设“辛三仙诊所”,因不愿给日本兵看病,避进茅山乾元观,专心采集草药,为穷人看病。

为访医求药,陈毅带着警卫员三顾乾元观。他听说辛三仙有“三好”:好画、好棋、好诗。进入乾元观山门后,陈毅便故意高声吟诵一副对联:“**出家非出国,传道当传义**。”这时一个老道人听了,忙上前接待:“请问长官,到深山道院有何贵干?”陈毅说:“想打听一位叫辛三仙的老道!”老道人一听,立即吟出了唐朝诗人贾岛的诗句:“只在此山中,云深不知处。”陈毅没有见到辛三仙。

第二次进乾元观时,老道人交给陈毅一张纸条,上面写的是一副对子的上联:“**鸦啼鹊鸣,并立枝头报祸福**。”陈毅看后,笑了,辛三仙把国民党比做鸦,把陈毅等人比做鹊,二者同登乾元观,一个报的是祸,一个报的是福。这个认识不错!陈毅非常兴奋,提笔在纸上写出了下联:“**燕来雁去,相逢路上传春秋**。”陈毅把自己比做燕,把国民党比做雁。燕子带来的是明媚的春天,孤雁带来的是萧瑟的秋季。陈毅怀着喜悦的心情回到驻地。

第二天,一个小道士下山来传话,说辛三仙邀请陈司令到乾元观相会。陈毅到了乾元观,见辛三仙热情迎接,边拱手施礼,边吟一联:“**三顾道观,三拜三仙山心动**。”辛三仙一听,当即吟出下联:“**四咏雄文,四仰四军事理明**。”这副对联,对得工整、巧妙,寓意深

远。老道人以香茶招待来客，陈毅边喝茶边畅谈。陈毅针对辛三仙的出身，吟了一副对联：“**稼轩当年哭京口，三仙今朝笑茅山**。”三仙听后，摇头苦笑，转身大声喊道；“快拿酒。”陈毅推托说：“我有病不能奉陪，今日特来请三仙诊治！”“哪里！拿酒来！”辛三仙吩咐小道，说着煞有介事地给陈毅号脉，同时却吟一上联：“**药能治假病**。”陈毅听罢，立即吟出下联：“**酒不解真愁！**”“真愁？”三仙反复品味着这两个字，一时不解其意。这时，陈毅进一步开导他，又吟了一联：“**灵丹可治亡国恨！**”三仙的心颤动了，双手抱起面前的酒碗“哗”地一下泼到地上，对出下联：“**醇酒难壮灭寇胆！**”陈毅听后，豪放地大声喊道：“好！拿棋来。”警卫员立即拿出随身携带的棋盘。棋局拉开，陈毅故意让三仙吃掉三四个棋子。眼看败局已定，陈毅突然问道：“辛老！当时制作象棋时为什么只准双方将士阵亡，而不准他们受伤治愈后重返战场？”这个稀奇古怪的问题，问得辛三仙张口结舌，难以回答。陈毅长叹一声，吟出一上联：“**棋盘对战，无残则亡，败势无挽回**。”辛三仙点头称是，但未解其中深意。陈毅又吟出下联：“**神州交兵，有伤即治，胜局有指望**。”辛三仙恍然大悟：“原来是请我去给新四军伤病员治病呀！”于是，当即决定献出一年来采集到的全部草药。陈毅又和老道士协商，把乾元观作为新四军江南指挥部的总医院。

伤病员进山那天，风和日暖，花开鸟鸣，陈毅精神抖擞，挥笔写下一副对联，贴在乾元观的正门两旁：

深山隐高士，盛世期新民

——《句容民间故事》

陈毅拜会季经理

1938 年夏天，陈毅司令员率领新四军一支队从皖南来到苏南茅山，开展抗日战争。

茅山东麓的金坛西北地区有个茅麓公司，专门经营茅山绿茶。总经理姓季，名振国，年高六十。此人自称“文、武、商”全才，虽有点自夸，倒也不无根据。论文，中年时曾任过县教育局长；论武，年轻时从过军，当时还兼任公司200多人枪的自卫队队长；论商，更不用说了，远近驰名的茅麓公司总经理嘛！

新四军进入茅山的消息很快传到季振国的耳朵里。对于那个早有传闻是"红眉绿眼"的共产党新四军，季经理是又惧又恨、又恨又惧。他真想立即和新四军决一雌雄，可又怕寡不敌众，只好忍气吞声，静观事态发展。

秋去冬来，季振国有一天突然接到刚成立的新四军江南指挥部的一个通知：陈毅司令明天将到贵府拜访！

"什么拜访？"季振国断定这是胁迫和收买。他立即召集自卫队，在大院门口摆开阵势，准备给陈毅一个下马威！

连夜大雪，地上铺了三尺厚的冰雪。清晨，大地又裹上了金色的霞光。陈毅和警卫员的两匹骏马顶着寒风奔驰到季府高楼门前，刚刚翻身下马，几十把刺刀一齐刺到院门，同时响起惊天动地的一声："杀——！"

陈毅心不惊、眉不皱，把马拴在大石狮上，转身大笑道：

"**兵练风雪壮军势，民战虎狼振国威**！季老果然名不虚传！……请禀告，新四军陈毅特地登门求教！"

卫队副队长赶快奔进院门，向站在正厅里的季经理禀告了陈毅的话语。季经理一听，心中大惊："怎么，陈毅没把我的'兵礼'当成不敬，反而如此夸赞！看来，此人非同一般……"他灵机一动，转身向副队长挥手：

"有请！"

说着，跟在副队长身后，一直迎到院门口，拱手致歉：

"**部下鲁莽，将军恕罪**！"

陈毅拱手还礼："**陈毅粗俗，季老指教**！"

"请！"

"请！"

跨进院门，展现在面前的是精巧别致的花园，有山有水，有竹有梅……

陈毅诗兴大发，顺口吟道："**风摇翠竹有声画，雪打红梅无**

字诗!”

季振国不甘示弱,接口吟道:“陈将军若到夏天来,小园将是‘**千朵莲花三尺水,一弯明月半亭风**’。”

来到正厅坐下,季振国令管家速沏上等好茶。不一会儿,管家拿来上等茶叶,季振国亲自冲水。陈毅的右手食指和中指并拢弯曲,在茶几上轻敲数下……季经理吃惊地停住手问:“将军,你是广西人?”

“不,我是四川人。”陈毅不在意地回答。

“那,你怎么懂茶礼?”季经理更惊奇了。

“哈哈哈……”陈毅仰面大笑道:“这茶礼不是乾隆皇帝下江南创造的吗?我今天在江南名流季经理面前‘班门弄斧’,还望多多指教!”

听陈毅讲述“茶礼”的来历,季振国心情激动,递上茶杯,说:“**高尚茶礼源出江南地……**”

新四军警卫员向季经理呈上两杯茶费。

季经理急了:“将军见外!见外!”

陈毅请季振国收下茶费,然后说:

“**严明军纪始于共产党!**”

品下半杯绿茶,陈毅抬头看见中堂两旁有一副古老的对联:

“**生意兴隆通四海,财源茂盛达三江**。”

乘机借题发挥道:“季经理,恕我冒昧,想给你这副对联改动两个字!”

“陈将军赐教!”季振国心中大不以为然,嘴上却不得不客气地说道。

“我给你把‘海’改成‘军’,把‘三’改‘二’!”

季经理轻轻吟出陈毅修改后的上联:“**生意兴隆通四军……**啊!陈将军,新四军也想买茶叶,也允许品茶?”

“新四军共产党都是人,既不是匪,也不是神仙!”陈毅呷呷清茶,吟出两句品茶诗来:“**茶山仙气曾送三兄弟直上青云;绿茶圣水必助四将士威振江南!**”

季经理懂得,陈毅说的三兄弟升天的故事是茅山的传说,陈毅说的四将士是指新四军。但他还有个不解的问题:

"陈将军,你刚才说'**财源茂盛达二江**',这'二江'是……"

"除去江南,我们还要向江北发展!江南、江北,不是'二江'么?当然,要凭借江南父老的一臂之力,特别是季经理你噢!今天陈毅特来请你参加江南抗日自卫委员会,任委员会主任!"

"这……这……"季经理做梦也没有想到会有此事,一时竟不知所措:"我……我……恐怕担负不起抗日之重任……"

陈毅看出他的"心病",便借采茶来教育:"**一双巧手一叶一枝采茶山;两只巨拳同心合力灭豺狼!**"

说着,伸出手去,把季经理的手握得很紧很紧……

季振国从陈毅手中感觉到一股巨大的力量,马上坚定而深沉地点了下头。

拜访结束。季振国送陈毅出院门,并特地奉上一大包茶叶,说是请新四军官兵品尝。陈毅哪里肯收,笑着说:"季经理,刚才说喽,希望你'生意兴隆通四军'!"说着,纵身上马,飞驰而去。

冬去春来,江南人民代表会议在茅山脚下胜利开幕。季振国接到邀请后,率领全副武装的 200 人枪自卫队参加会议。他见到陈毅时恳切地说:"本公司自卫队从此由新四军指挥,本人期望在共产党领导下的抗日自卫会里效犬马之劳!"陈毅带头鼓掌欢迎,并请自卫队全体官兵列席人民代表会议。

季经理向大会赠送了一担新茶,陈毅亲自给大家沏茶,顿时,满室飘着幽幽的清香……陈毅诗兴大发,脱口吟道:

"**茅麓茶醒目提神,抗卫会振民兴国!**"

说着,端起茶杯,豪爽地倡议:"为季经理参加抗日自卫会,为抗日胜利,为中华民族的兴旺发达,让我们以茶代酒,干杯!"

"干杯!"

"干杯!"

——摘自吴润生《文曲星》

[注] 季振国,系纪振刚化名。

抗日“龙”与“凤”

且说句容县阴桥头村的王诚龙、王诚凤兄弟，可称是当时句容的首富，家有良田万亩，佃户五百余家，每年收租稻百万斤以上，并有商店多处，群众形容他家富裕的情况：“**火腿挂断梁，螃蟹爬过墙。**”但王氏兄弟乐善好施，仗义疏财，并不像其他财主那样当守财奴，视钱如命，同时兄弟俩先后在句容、南京受过中等教育，深受抗日救亡运动的影响，爱国情绪很高。陈毅来到江南建立茅山抗日根据地，1938 年冬，在王家召集了 20 多名当地士绅，宣传团结抗战的重要意义。

这一天，樊玉林、樊绪经领着陈毅来到了王家，受到王家兄弟的热情接待，安排在客厅奉茶。陈毅却讲：“我一生戎马生涯，只爱动，不爱静，就让我自己在这里随便走走可好？”王诚凤随即表示同意。

陈毅一转就转到了王诚龙的书房里，只见王诚龙正在挥笔写字，写的是：“**四抗会，十分好，百姓拥戴。**”陈毅首先赞了声：“好！”王诚龙抬头一看，见是陈毅，忙说：“陈司令，对不起，怠慢了，我有个每天练字的习惯。我交待弟弟诚凤和家人先行接待你，我写好就来。”陈毅笑笑说：“没关系。我看你写的是上联，我来续个下联如何？‘**三槐堂，二高贤，一心爱国。**’”王诚龙伸出大拇指赞叹说：“好，太好了。不过，你对我们兄弟俩评价太高，过誉了。不瞒你讲，我为今天的会议还写了个上联：‘**天王地肺，支持四老板，招徕八方客。**’”陈毅略一沉吟，说：“我再续个下联：‘**龙肝凤胆，谋求一方安，何惜万贯财！**’”王诚龙听了连连点头称是。这时，陈毅发现在一张很大的宣纸上写了四个大字：“魁、魏、忠、恶。”随后进房的樊玉林不解地问道：“这是什么意思？”王诚龙说：“没有什么意思，这是我练字时随笔写的。”陈毅一笑道：“不，这很有意思，我来给圈点一下。”说着他抓过一支红笔，在魏和恶两个字上打了个红×，而在魁和忠两个字上加了个红圈，并在字旁加了句批语：“身在曹营心在汉。”接着陈毅解释道：“魏者鬼委也，恶者心倾‘东亚共荣’也；魁者斗鬼也，忠者一心为中国也。我见王诚龙先生把魏恶二字写得潦潦草草，而把魁忠二字写得工工整整，可见其爱憎分明。”这一说，大家全明白了。原来在抗战初期，国民党委派王诚龙为延福乡乡长，鬼子来后，汪又委派他为汪伪乡长，而王诚龙出于一片爱国热忱，把一切希望寄托在新四军的身上了。因此，王诚龙慨叹说：“知我者，陈老总也。”

——节选自《茅山抗战故事》

第十四章 杂　题

地　名　联

镇江市区地名联

石婆婆磨刀劈竹竿，万家箍桶
范公公拖板搭浮桥，千秋太平

［简 注］ 1. 上联嵌镇江五巷名，下联嵌五桥名。另一则上下联前八字相同，后四字上联为“五条八叉”，下联为“万古千秋”。

2. 此联描述的为20世纪前半期状况，近几十年来由于街巷拓宽改造，有的街巷已不复存在。

句容地名联

王玉如辑

千垳地　万亩圩

又

放马岗　牧羊场

又

蟒蛇洞　兔子窝

又

螺蛳岩　火鳖山

又

金鸡岗　乌龟桥

又

马疲岗　狗爬山

又

千圪地上千棵柳　万亩圩中万家村

又

青山村边青菜地　白马庄前白云观

又

荷花塘边石榴园　射乌山下牡丹村

又

春城夏林秋板桥四季无冬
千银铜山铁门槛五金缺锡

又

老虎洞前牧羊场凶多吉少
狮子口中兔子窝生死攸关

又

金山凹木瓜园水桶山火炼培土垟村句曲胜境五行俱全
东大街南门桥西庙村北阳门中山路华阳古镇四通八达

又

青城埠黄梅桥红门楼白兔镇黑桥村五彩缤纷
猪场村狗爬山放牛墩牧羊场马鸡头六畜兴旺

——以上均选自《句容文史资料》第19辑

句容地名趣联

虎耳山龙王庙龙骑虎背
马庄桥狮子庵狮立马旁

——《句容文史资料》第3辑

［简注］　白土镇,即今白兔镇。

姓 氏 联

束 氏

水防熄火
自俭代租

——《中华姓氏对联鉴赏》

[简 注] 上联说宋代人束庄，任万州知州时，境内多发生火灾，他组织民众筑水防、表火道，预防了火灾。下联说明代丹徒人束清，洪武初年任万载知县，清廉而俭约，遇到有人交不起租赋，他甚至变卖自己的衣物代交，深受百姓爱戴。

眭 氏

明经知数（指西汉眭弘）
却诏出关（指北魏眭夸）

——《精彩对联》

谢 氏

东山丝竹陶情早（东晋谢安）
春草池塘得句新（宋谢灵运）

——《精彩对联》

杂 联

避 债 联

李德柱搜集

带马提枪，以曹孟德下长江之势来讨
神机妙算，施诸葛亮祭南屏小计避之

李德柱搜集

又

囊空，柜空，柴米油盐皆空，如此贫困，哪个小子敢要债
酒有，肉有，琴棋书画都有，突然暴富，谁说老夫不还钱

又

鼠因粮绝潜踪去
犬为家贫放胆眠

[简 注] 录自余康宁文《迎春话对联》,见《丹阳报》1990 年 1 月 15 日。据传为郑板桥所作,反映了劳苦大众家无隔宿粮的惨景。

题王仁堪颂德碑

赵铭辛

策河者三，命农者三，建学校者三，况复揽英接秀吐握者三，政报三年，公署上上考而公且去

簪花第一，饮泉第一，守江山第一，故应捍患御灾治平第一，化先一郡，民皆皞皞如而民不庸

——《江南赵氏楹联丛话》

[简 注] 王仁堪,字可庄,福建闽县人。清光绪年间任镇江知府。在任时兴水利、办义塾、修中泠泉,民感其德,立碑颂之。

平安神座

张仙查(荣图)

花长好月长圆人长寿国之福
树欲静风欲宁子欲养天必从

——《江南赵氏楹联丛话》

[简 注] 作者为镇江人。

作者简介（部分）

丁传靖　(1870—1930)字秀甫，号闇公，又有鹤睫、鬼车子、招隐行脚僧等别号，江苏镇江人。诗文有盛名，尤工戏曲，著《闇公诗存》等。

丁绍周　[清](1821—1873)字濂甫，江苏镇江人，道光进士，官光禄寺卿，著《蜀游草》。

丁绍德　[清]字懋斋，号稼轩，诸生(丁绍周之兄)，曾任宿迁教谕，咸丰末年以知县分浙补用。

马一浮　(1883—1967)名浮，字耕余，号湛翁，晚号蠲叟。祖籍浙江绍兴，生于四川成都，现代学者。

马公愚　(1890—1969)号冷翁，浙江温州人，历任教师、讲师、教授，著作颇多。

马相伯　(1840—1939)原名建常，又名良，祖籍江苏丹阳，生于镇江。中国教育家，创办震旦学院、复旦公学，一度代理北京大学校长。信奉天主教，曾获神学博士学位，著述收入《马相伯先生文集》。

方地山　(1871—1936)名尔谦，又字无隅，别署大方。江苏扬州人，书法家、收藏家，擅制联语。

王　川　(1947—　)江苏镇江人，镇江高专教师，中国美术家协会会员，中国作家协会会员，著有长篇小说《白发狂夫》等。

王　臣　[明]字存节，以能书授鸿胪序班，亦善篆。

王　坚　(1923—　)原名张维正，江苏扬中人。离休干部，原河北人民出版社总编。

王文治　(1730—1802)字禹卿，号梦楼，江苏镇江人。清乾隆二十五年(1760)中一甲三名进士,精于诗文书法和音律,著有《梦楼诗集》等。

王仁堪 (1850—1896)字可庄,福建闽县人,清光绪三年(1877)状元,曾任镇江知府,主持兴修中泠泉。

王芝兰 [清]曾任丹徒县知县。

王梦仙 (1891—1916)江苏镇江谏壁人,大港赵逸贤之妻(赵逸贤为赵伯先之宗弟),南社女诗人。

王德友 (1921—1994)又名代文,江苏扬中人,原文物出版社社长、总编、党委书记。20 世纪 40 年代前期,曾任扬中八桥小学教师。

毛　滂 [宋]字泽民,北宋崇宁初除删定官,后知秀州,有《东堂词》行于世。

毛奇龄 (1623—1716)字大可,又字僧开、僧弥、斋于,号秋晴,又署初晴、晚晴及河右僧,学者称西河先生。浙江萧山人。康熙十八年(1679)制科授翰林院检讨,充史官纂修,善书,工诗词古文,有《西河集》。

尹石公 (1888—1971)名文,字炎武,又号硕公,江苏镇江人,曾任上海市文管会委员,精于诗文,熟清史。

叶玉森 (1880—1933)字镔虹,一字荇衫,号渒渔,又有梦颉庵主、中泠亭长、五凤楼主等别号,与丁传靖、吴庠并称"铁瓮三子",多才多艺,对甲骨文尤有研究。

冯　煦 (1843—1927)字梦华,号蒿庵,江苏丹徒人,清光绪进士,官至安徽巡抚,有《蒿庵类稿》等。

庄德新 (1924—　)江苏泗阳人,泗阳县文化馆离休干部。

刘　墉 [清]字崇如,号石庵。乾隆进士。由编修累官体仁阁大学士,加太子少保。善书法,有《石庵诗集》。

刘　勰 (465? —532?)字彦和,原籍山东莒县,世居京口(今江苏镇江)。南朝梁天监初,兼东宫通事舍人。后撰《文心雕龙》,此书被誉为我国第一部体系完整的文学理论巨著。

米　芾 (1051—1107)初名黻,字元章,号襄阳漫士、海岳外史等，世居太原，迁襄阳，后定居润州，北宋书画家。

许　沅　(1878—1972)字秋帆，江苏镇江人，曾就学于金陵大学，精通数国语言，1927年离开政界，在上海创办大中华饭店和中央饭店，自任董事长，对家乡建设和慈善事业多有贡献。

许其郁　(1873—1937)字文卿，号蕉雪，晚号畅园，江苏丹徒人。早年曾在北京邮电部门供职，1922年辞职南归，杜门谢客，以吟咏书画自娱。著有《瘦竹山房诗画合稿》、《楹联选录》等。

许图南　(1912—2001)名荫鸿，别号舍北，祖籍江苏江宁，中迁兴化，定居镇江。解放后以教师为业，著有《郑板桥事迹考》等。

吉亮工　(1857—1915)字杜臣，一字住岑，别署莽书生。江苏扬州人，光绪举人，书画家。

阮　元　(1764—1849)字伯元，号芸台，江苏仪征人。清乾隆进士，官湖广、两广、云贵总督，体仁阁大学士。

华筱崖　[清]，佚其名，善写真，精体育术，年七十，健步犹能上高山绝顶。

伊秉绶　(1754—1815)字组似，号墨卿、默庵，福建宁化人，官至扬州知府。清代书画家。

朱庚成　(1922—2002)江苏宝应人，雕塑家，能诗善画。曾任镇江中国画院院长。

乔松年　[清]写金山吉公祠联时为陕西巡抚赞理军务。

孙龙父　(1917—1979)名珑，号赤诚居士、弄斧等。祖籍江苏泰州，后居扬州，书法家，扬州师范学院教师、副教授，著有《扬州八怪略论》等文。

毕　沅　(1730—1797)字缫衡，一字秋帆，自号灵岩山人，江苏太仓人。清乾隆进士，官至湖广总督，能诗文。

应　让　(1764—1822)原名谦，字地山，号退庵，江苏镇江人，清代"京江七子"之一。

沈秉成　[清]浙江吴兴人，曾在镇江做道台三年。

沈德潜　(1673—1769)字确士，号归愚，长洲(今江苏苏州)人，清乾隆进士，曾任内阁学士兼礼部侍郎，有《沈归愚诗文全集》。

冷　遹　(1882—1959)原名晓岚,字御秋,江苏丹徒人。武昌起义时,是革命军将领,1949年后曾任江苏省副省长等职。

杜文澜　(1815—1881)字小舫,秀水(今浙江嘉兴)人,官至江苏道员,署两淮盐运使,工词。

李　峤　(645?—714?)字巨石,赵州赞皇(今河北)人,20岁举进士,官至中书令,诗人,今存有《李峤杂咏》。

李　渔　(1611—1680)字笠鸿、谪凡,号笠翁,浙江兰溪人,戏曲理论家、作家,著有《闲情偶寄》等。

李丙荣　(1867—1938)字树人,江苏镇江人,李恩绶之长子,近代文史学家。清末民初,镇江刊刻文献和修复古迹,多半由他经办并作序记。

李名方　(1936—　)江苏扬中人。曾任扬中市副市长。

李宗海　(1904—1995)江苏兴化人,书法家,诗人,长于楹联。一生以教师为业。中国书法家协会会员,中国楹联学会江苏分会顾问。

李绍基　[清]字弼予,江苏泰兴人,赵曾望之友。

李承衔　(1823—1887?)字云浦,江苏丹徒人,清道光拔贡,同治举人。著有《自怡轩楹联剩话》,于光绪十一年(1885)刊行。

李恩绶　(1835—1911)字丹奴,号亚伯,晚年号讷庵,江苏镇江人,清末附贡生,参加修纂《清丹徒县志》,编成《清丹徒县志摭余》10卷,另有《讷庵类稿》等。

李竞成　(1880—1935)原名良波,江苏丹徒人,辛亥革命时曾任镇江新军领袖。

严保庸　(1796—1854)字伯常,号问樵,江苏丹徒人,清道光进士,入翰林院为庶吉士,能诗善画,尤工戏曲。

严惠宇　(1895—1968)名敦和,生于江苏泰州,祖籍镇江,镇江知名的实业家、教育家、慈善家。

苏涧宽　(1878—1942)字硕人,号考槃居士,晚年号汉节,原姓额鲁特氏,名炳宽,蒙古镶黄旗人,能诗文,工书法。著有《信好轩诗钞》、《信好轩印存》。

张　铉　[清]字舸斋,所居曰饮渌草堂,江苏丹徒人,工诗画。

吴　云　(1811—1883)字少甫,号平斋、退楼、愉庭。归安(今浙江吴兴)人。官至苏州知府。工画山水及枯木竹石,著有《两罍轩器图解》。

陆小波　(1882—1973)名锡庚,江苏镇江人,商界领袖人物,江苏省政协副主席。

陆维钊　字微昭,浙江平湖人,浙江美术学院教授、书法家。

陈　述　(1939—　)镇江人,擅长书法,为硬笔书法协会会员。

陈　彝　[清]字六舟,江苏扬州人,同治进士,官至吏部侍郎。

陈从周　(1918—2000)原名郁文,笔名梓室,浙江绍兴人。同济大学建筑系教授,出版有散文集、诗词集等。

陈仁锡　(1581—1636)字明卿,长洲(今江苏苏州)人。明万历二十五年(1597)举人。天启二年(1622),以殿试第三授翰林编修。著作颇多,诗文有《无梦园集》四十卷。

陈任旸　(1841?—1911)字寅谷,号耐叟,江苏宜兴人,清末秀才。30岁左右起在镇江焦山办理红船救生40年,为公众所推崇,著述有《京口三山志》等。

陈匪石　名世宜,号倦鹤,江苏南京人,南社诗人。

邹宝德　[清]字镜塘,江苏丹徒人。侨居杭州,从师俞樾,诗人兼书画家。

余　京　(1664—1739)字文圻、文畿,江苏丹徒人。布衣,工诗,为沈德潜所称赏,著有《江干诗草》。

佛　印　(1032—1098)名了元,字觉老,俗姓林,饶州人(今江西景德镇人)。历任江州、庐山及润州金焦二寺等寺上坐、住持,工书能诗,与苏轼等文人交游甚密,金山妙高台、楞伽台为其所建。

宗　仰　(1865—1921)原名黄浩舜,又名用仁,宗仰是法名,号乌目山僧,别号楞伽小隐,晚年又号印楞禅师,江苏常熟人。1914 年为金山江天禅寺首座大和尚,曾参加辛亥革命(参加同盟会和南社,从事反清活动)。

郑　普　[明]南安(今属福建)人,字汝德,号海亭,嘉靖进士,官至云南知府。究心经学,有《海亭集》。

杨　棨　(1787—1862)字羡门,别号甦庵道人,江苏镇江人。著有《京口山水志》、《蝶庵诗钞》等。

杨　慎　(1488—1559)字用修,号升庵,四川新都人,明代文学家。正德年间试进士第一,授翰林修撰,有后人辑《升庵集》。

杨一清　(1454—1530)字应宁,号邃庵、石淙,江苏镇江人。明成化进士,官至吏部尚书兼武英殿大学士、兵部尚书、华盖殿大学士等,有《石淙诗钞》等。

杨太晚　(1875—1953)安徽人,清末秀才,晚年定居镇江,解放后为江苏省文史馆馆员,书画家。

杨济川　(1881—1952)名其源,以字行,江苏镇江谏壁人。年轻时在上海布店当学徒、账房先生,自学现代科学文化知识,成为电器专家,1916 年创办华生电器制造厂。

杨积庆　(1926—2000)笔名柳向春,江苏镇江人,镇江师专教授,从事清诗研究及镇江地方古籍的校注。

杨继盛　(1516—1555)字仲芳,号椒山,保定容城(今属河北)人,明嘉靖进士,任兵部员外郎,因劾权相严嵩,被杀。有《杨忠愍集》。

林　逋　(967—1029)字君复,浙江杭州人,隐居西湖,终身不仕,卒谥和靖先生,有《林和靖诗集》。

茅　恒　(1837?—1912?)字北山,江苏镇江人。清末禀贡生,工书法,精音律,著《乐说》一卷。

茅　谦　(1848—1917)字了贞,号肺山,江苏镇江人。清光绪二十年(1894)考中举人。参加"公车上书",失败后回乡并迁居南京,创办新学堂,宣传新学,著有《肺山文存》等。

苗小轩 (1880—1966)名恩培,亦字孝先,别署辛叟,江苏淮阴人,所学为教育,所长为文学,浮沉转徙于讲坛、戎幕和文秘生涯之间。解放后,供职于镇江市国画室。

英　樸 [清]写金山吉公祠联时为浙江督粮道。

罗志让 (1818?—1890)字耦廉,江苏丹徒人,曾官知县,工诗,著有《亿堂诗钞》。

赵　祥 (1475年左右在世)字梦麟,江苏丹徒人,明成化进士,任户部郎中,喜赋诗,善书法。

赵　楫 (1836年左右在世)字子舟,江苏丹徒人,清道光进士,书法家,曾任山东道监察御史、天津河间兵备道,咸丰初卒于江北。

赵八雁 (1904—1958)书画家,原籍江苏扬州。建国后为镇江中学教师。

赵玉森 (1868—1945)字瑞侯,后改号醉侯。江苏丹徒人,曾任上海复旦公学教授。诗作甚丰,诗风豪放。1985年其孙赵同在出版其诗选。

赵庆桢 [清]字小亭,号星衢,刑部主事。咸丰初曾遵父命从戎。善书画,工词章,著有《绿阴山房诗钞》。

赵佑宸 [清]字粹甫,号蕊史,浙江鄞县人,咸丰进士,改庶吉士,授编修,曾任镇江知府。

赵宗抃 (1874—1947)字蜀琴,晚年自号悔盦,又号髯翁,自署书斋纵鹤轩,赵曾望之子。曾任镇江府中学监学,后至苏州工业专科学校任教兼舍监。

赵思伯 (1899—1973)名祥瑗,江苏丹徒人,毕业于南京高等师范学校,毕生从事教育工作,对古汉语造诣较深,尤擅填词,为镇江多景诗社首任社长。

赵彦偁 (1819—1881)字记楼,号君举,别号辛庵,江苏镇江人。青年时代设馆教读。后在浙、赣等地作幕,帮助试官评阅试卷,著作甚多,留有《积微精舍遗著五种》。

赵祖望 (1888?—1930?)字渭舫,一字苇佛,江苏镇江人,赵曾望之孙,赵宗抃之侄。京师译学馆毕业,曾官内阁中书、四直行走。“性耽史翰,尤嗜宋词”,1930年出版《宋词集联》。

赵曾望 (1847—1913)字绍庭,又作芍亭,号姜汀,江苏镇江人,清同治九年(1870)优贡生,入北京为内阁中书,后去官南归,从事著述。1911年创镇江海门吟社,被推为社长。著有《江南赵氏楹联丛话》等。

茗 山 (1914—2001)法名大鑫,俗名钱延龄,江苏盐城人,19岁出家。1949年以后任焦山定慧寺、南京栖霞寺、句容隆昌寺住持。长期担任江苏佛教协会会长,中国佛教协会副会长。文化修养浑厚,工书法、诗、联,有《茗山文集》传世。

柳诒徵 (1881—1956)字翼谋,号劬堂,江苏镇江人。辛亥革命时任丹徒县临时议会副议长。后历任东南大学等高等院校教授或讲师,以及南京国学图书馆馆长等,著有《中国文化史》等文史专著多部。

柳曾符 (1932—2005)字申耆,江苏镇江人,柳诒徵之孙,在上海复旦大学任教,中国书法家协会会员。

郭礼徵 (1875—1953)名鸿诒,原名文献。安徽亳县人,清末秀才,曾创办镇江大照电灯公司。

郭维庚 (1927—2005)笔名韦根,原籍安徽亳县。长期从事文化艺术领导工作,中国民间文艺家协会会员,有《脸谱故事》等著作。

高禾生 (1912—1994)江苏镇江人,建国后以教师为业,酷爱诗词创作,中国楹联学会江苏分会常务理事。

凌云超 (1915—1985)江苏扬中人,印尼籍华人,企业家、书法家,撰《中国书法三千年》。

顾鹤庆 (1766—?)字子余,号弢庵,能诗善书工画柳,有三绝之称。

袁 枚 (1716—1798)字子才,号简斋、随园老人。浙江杭州人,清乾隆进士,曾任江宁等地知县,擅诗文,有《随园诗话》、《子不语》、《小仓山房诗文集》等。

夏友兰 （1921— ）江苏宝应人，原扬州人大副主任，与人合作编著《古今联语趣语》。

翁闿运 （1913—?）字慧仁，江苏苏州人，书法家。其文、其著较多，有字帖行于世。

徐 渭 （1521—1593）初字文清，改字文长，号天池山人、青藤道士，或署田水月，浙江绍兴人，文学家、书画家，有《徐文长三集》。

陶 澍 （1779—1839）字子霖，号云汀，湖南安化人，清代学者。

章太炎 （1869—1936）字枚叔，后改名绛，号太炎，又名炳麟，浙江余杭人，中国民主革命家、思想家、学者，有《章太炎全集》。

梁章钜 （1775—1849）字闳中，一字茝林，晚号退庵，福建长乐人，清嘉庆进士，官至江苏巡抚。著作颇多，有《楹联丛话》等。

梁鼎芬 （1859—1919）字星海，号节菴，番禺（今广东广州）人，清光绪进士，官至湖北布政使，工诗。

曹汝金 ［清］字衡甫，光绪十一年（1885）拔贡，后绝意进取，好客善饮弈，精六壬，工医。

黄祖络 （? —1903）字幼农，庐陵（今江西吉安）人。光绪十五年（1889）任镇江道台，筹划恢复北固山名胜。

萧 统 （501—531）字德施，南兰陵人，南朝萧武帝长子，曾被立为太子，未及即位而卒，谥昭明。信佛能文，曾招聚文学之士，编集《文选》三十卷，对后世文学颇有影响。

萧 娴 （1902—1997）号雅秋，字蜕阁、秋子、枕琴室主。贵州贵阳人，久居南京，书法家，善诗文，一生撰联300余幅。

萨都剌 （1272—?）字天锡，号直斋，回族，世居雁门（今山西代县）。元泰定四年（1327）进士，曾任镇江路录事司达鲁花赤（掌印、断事的主管官）。诗作颇多，有《雁门集》。

笪重光 （1623—1692）字在辛，号江上外史，又自名蟾光、逸光、郁冈居士、扫叶道人、始青道人、僧摩等，原籍江苏句容，清顺治进士，任御史，善书法，画尤有名。

曾　燠　(1760—1831)字庶蕃,号宾谷,南城(今属江西)人,清乾隆进士,累官至两淮盐运使,著有《赏雨茅屋集》等。

彭元瑞　(1731—1803)字辑五,一字掌仍,号云楣,江西南昌人,清乾隆进士,官至工部尚书,工词翰,有《经进稿》、《恩余堂稿》传世。

彭玉麟　(1816—1890)字雪琴,湖南衡阳人,清末湘军将领,授兵部右侍郎,加太子少保,有廉直名。

董其昌　(1555—1636)字玄宰,号思白、香光居士,松江(今上海松江)人。明万历进士,官至南京礼部尚书,书画家,擅山水,著有《容台集》等。

程伯堂　(1864—1934?)自称鉴湖烟客,原籍浙江绍兴,清光绪二十三年(1897)年拔贡,任华亭县(今上海松江)知县多年。擅书法,精文学,1934 年在镇江江南印书馆出版《宋词集联》一书。

鲍　皋　(1708—1765)字步江,号海门,江苏镇江人。一生沉溺于诗,不事科举。著有《海门初集》、《海门二集》、《海门三集》。

慈　舟　(1915—2003)俗姓史,名源,法名月济,13 岁出家,金山寺方丈,镇江市佛教协会会长。

端　方　(1861—1911)字午桥,号匋斋,满洲正白旗人,曾任两江总督,有《匋斋吉金录》等。

薛时雨　(1818—1885)字慰农,一字澍生,晚年号桑根老人,安徽全椒人,清咸丰进士,曾授杭州知府,工诗词,著有《藤香馆诗钞》等。

戴启文　字子开,江苏丹徒人,清末诗人,著有《招隐山房诗钞》、《招隐山房续钞》。

后　记

中国对联集成江苏镇江卷《古今镇江楹联》，历时数年，终于付梓了。作为编者，不由得长长舒了口气，个中滋味难以言表！

楹联，俗称对联，是民间最为广泛的一种特色文化，是中国传统文化的独特精华之一，有着"诗中诗"的美誉。

有着三千多年文明史的国家级历史文化名城镇江，楹联文化积淀非常丰富。正因为此，搜集整理工作也显得尤为困难。

所幸的是，编辑之初，就得到了时任中共镇江市委常委、宣传部长孙燕丽的倾力支持。她调到南京之后，还一直关心此事。江苏省楹联研究会唐如浴会长，也对成书一次又一次催促、关心。镇江市委宣传部、市文联、市文化局领导欧阳箐、赵康琪、蒋宁都热情关注，予以指导。

成书过程中，镇江市文化馆、图书馆、民间文化艺术馆、文物商店、茅山道观等单位均予以热情支持。诸多专家学者及同仁朋友徐巧道、徐培鸿、左广斌、于文清、郭维庚、李德柱、曹志诚、王鸿、顾萍、刘燕平均予以了无私帮助，在此一并表示衷心谢意！

因时间仓促，加之编者水平有限，本书难免有疏漏错误之处及遗珠之憾，希望广大读者及专家学者不吝指教。

最后，还要感谢苏州大学出版社的许周鹈老师。作为责编，她的严谨、博学和谦谦君子之风，让我们得益多多。

谨为后记。

编　者

2007 年 11 月